# HANNAH E OS VAMPIROS DA FLORESTA

Editora Appris Ltda.
1.ª Edição - Copyright© 2025 dos autores
Direitos de Edição Reservados à Editora Appris Ltda.

Apesar de reais no universo da ficção, os personagens, situações e fatos desta obra são meramente imaginários, e sobre eles não se emitem juízos.

Catalogação na Fonte
Elaborado por: Dayanne Leal Souza
Bibliotecária CRB 9/2162

| | |
|---|---|
| L864h<br>2025 | Lopes, Misael<br>    Hannah e os vampiros da floresta / Misael Lopes. – 1. ed. – Curitiba:<br>Appris, 2025.<br>        235 p. ; 23 cm.<br><br>    ISBN 978-65-250-7309-5<br><br>    1. Terra-floresta. 2. Desflorestamento. 3. Violação. 4. Direitos.<br>5. Resiliência. 6. Luta. I. Lopes, Misael. II. Título.<br><br>                                                            CDD – 800 |

**Appris** editorial

Editora e Livraria Appris Ltda.
Av. Manoel Ribas, 2265 – Mercês
Curitiba/PR – CEP: 80810-002
Tel. (41) 3156 - 4731
www.editoraappris.com.br

Printed in Brazil
Impresso no Brasil

MISAEL LOPES

# HANNAH E OS VAMPIROS DA FLORESTA

Curitiba, PR
2025

## FICHA TÉCNICA

| | |
|---|---|
| EDITORIAL | Augusto V. de A. Coelho |
| | Sara C. de Andrade Coelho |
| COMITÊ EDITORIAL | Marli Caetano |
| | Andréa Barbosa Gouveia (UFPR) |
| | Edmeire C. Pereira (UFPR) |
| | Iraneide da Silva (UFC) |
| | Jacques de Lima Ferreira (UP) |
| SUPERVISORA EDITORIAL | Renata C. Lopes |
| PRODUÇÃO EDITORIAL | Adrielli de Almeida |
| REVISÃO | José A. Ramos Junior |
| DIAGRAMAÇÃO | Amélia Lopes |
| CAPA | Eneo Lage |
| REVISÃO DE PROVA | Ana Castro |

*No começo pensei que estivesse lutando para salvar seringueiras,*
*Depois pensei que estava lutando para salvar a Floresta Amazônica*
*Agora, percebo que estou lutando pela humanidade.*

*(Chico Mendes)*

Em memória do meu pai, Moací Lopes, cuja determinação, integridade e cuidado à família me motivaram a criar o valoroso guerreiro indígena Moacir.

À minha mãe, Odete dos Santos, que com sua coragem me inspirou a conceber Tainá, a bela, leal e destemida indígena, esposa de Moacir.

Em memória de Darci, nosso antigo hóspede e colaborador, cujas narrativas deram origem ao enigmático personagem Darci.

# APRESENTAÇÃO

Ao chegar a Roraima em julho de 1999, após ter servido como tenente dentista R2 no exército durante três anos no Paraná, entreguei minha documentação ao quartel-general, me colocando à disposição para o que fosse necessário, reiniciando assim minha trajetória na vida civil. Em um certo dia, já no começo de 2000, enquanto atendia um paciente, recebi uma ligação:

— Eu falo com o tenente Misael?

— Sim, sou eu.

— Por que o tenente ainda não se apresentou no quartel, considerando que foi convocado?

A chamada era de um coronel do Estado-Maior das Forças Armadas.

Na manhã do dia anterior, às sete horas, eu estava no quartel me apresentando para evitar punições severas. Fui designado para o Posto Médico do Exército e continuei realizando atendimentos em meu consultório. Aproximadamente dois meses depois, devido à falta de um tenente dentista no 5º Pelotão de Fronteira, localizado na divisa entre Brasil e Venezuela, numa área chamada Auaris, em território Yanomami, recebi ordens do general para assumir o pelotão como tenente dentista dentro de um mês e também para atuar como possível substituto do comandante do pelotão durante suas ausências, visto que era o único tenente dentista disponível na ocasião. Desse modo, fui transferido do posto médico para o C Fron RR/7 BIS (Comando de Fronteira Roraima/7º Batalhão de Infantaria de Selva), que na época era comandado pelo coronel Eliesér Girão Monteiro Filho, atualmente conhecido como general Girão Monteiro e deputado federal pelo Partido Liberal (PL) do Rio Grande do Norte (RN).

Além das diretrizes militares diárias, nossa equipe de saúde tinha a responsabilidade de cuidar da saúde indígena na região. Para cumprir essa tarefa, cruzávamos rios em canoas, percorríamos trilhas na floresta e visitávamos as aldeias. Uma das funções primordiais do pelotão era assegurar o funcionamento de uma pequena usina hidrelétrica; para isso, era necessário enfrentar morros e precipícios, incluindo aqueles mencionados pelo autor do livro, como o Monte da Bruxa Inaiê e o Vale das Estacas. Utilizávamos um grande tronco de madeira, com a ajuda de uma falsa baiana, até chegarmos a uma parte estreita do rio, após superar o temido "Morro da Bruxa".

Certa noite, enquanto repousava em um dos quartos das casas do Pelotão, fui abruptamente despertado por um grito estridente e aterrador proveniente do quarto ao lado. Era o tenente farmacêutico, que havia sonhado com uma velha indígena maligna, já falecida, que assombrava os habitantes da floresta de Auaris – uma lenda contada pelos indígenas. Essa figura emergiu das histórias e da realidade indígena, ganhando vida por meio da bruxa Inaiê, em uma narrativa envolvente que defende a natureza, os povos da floresta e a própria humanidade. Com uma diversidade de personagens marcantes, como Rudá, o xamã, Aruna, Moacir, Tainá, e Hannah, o guardião da floresta, entre outros, com traços românticos, este livro te convida a adentrar na incansável luta desses personagens pela sobrevivência de sua comunidade diante da ameaça constante e da ambição desmedida de alguns políticos, fazendeiros e empresários, que atuam sem qualquer traço de compaixão humana.

# SUMÁRIO

# I

# A ORIGEM

Em uma região remota da densa floresta Amazônica, nas proximidades do rio Orinoco e da imponente Serra Parima, na fronteira entre Brasil e Venezuela, longe da presença do homem branco, nasceu Hannah. Nas imediações da Serra Parima, no extremo-norte do território brasileiro e extremo-oeste do estado de Roraima, próximo à divisa com a Venezuela, na terra indígena Yanomami, se estabeleceu parte da comunidade Ye'kwana, em um lugar conhecido como Auaris.

Segundo os Ye'kwana, foi nessa região, na fronteira entre Brasil e Venezuela, próximo ao rio Orinoco, que o mundo teve seu início. Próximo à nascente do rio Auaris está o centro do conhecimento e da forma de vida desse povo. É nesse local que, segundo eles, Deus pisou pela primeira vez em nosso planeta e deu origem ao mundo, criando todas as coisas existentes.

Para eles, essa é considerada a essência do território Ye'kwana, o local onde Wanadi (um ser celestial) pisou pela primeira vez e deu início à criação do mundo e de tudo que conhecemos hoje em dia.

O primeiro membro dos Ye'kwana desceu dos céus e se estabeleceu na fronteira entre Venezuela e Brasil. No entanto, ao longo do tempo, foram cruelmente perseguidos por seringalistas com o objetivo de escravizá-los, resultando na destruição de muitas aldeias. Assim, uma parte dos indígenas buscou refúgio na região de Auaris, no Brasil, onde passou a residir, dando origem à comunidade Ye'kwana que lá habita atualmente.

Próximo aos Ye'kwana, de forma cortês, reside o povo Sanöma, um grupo Yanomami vizinho. Cada comunidade vive sua própria cultura e suas tradições.

Tainá estava inquieta com os afazeres domésticos, os cuidados com a plantação e também ansiosa para agradar seu marido, que havia decidido retornar para casa após algumas batalhas.

— Não quero que você vá até a floresta procurar aquele garoto estranho, Kauane, seu pai não aprovaria.

— Ele não é estranho, mãe, e o nome dele é Hannah — respondeu a pequena indígena, contrariada com sua mãe, Tainá, na entrada da oca onde viviam.

Hannah, um menino magro e ágil, era conhecido como o enviado de Wanadi. Desde seu nascimento até os seis anos de idade naquele momento, ele vivia isolado na floresta. Durante suas visitas às aldeias, ele justificava sua presença com o propósito de espalhar positividade, contagiando a todos com otimismo.

Hannah agia com cuidado, mantendo-se alerta para afastar qualquer negatividade da natureza selvagem. Assim que se embrenhava na densa floresta, se ocultava para compartilhar a vida com os animais e a natureza. Sua maneira peculiar de se alimentar e repousar permanecia um enigma para todos.

Conta-se que Hannah, ainda jovem, perdeu seus pais quando os colonizadores chegaram em busca de ouro. Há relatos, por outro lado, de que Hannah veio ao mundo nas proximidades da nascente do rio Orinoco, na Serra Parima, ao sul da Venezuela, na fronteira com o Brasil, perto de Auaris, em uma noite tempestuosa. Há até quem diga que desceu dos céus, sendo guiado por um objeto voador não identificado (ovni), e pousou na serra Parima já em território brasileiro. O que permanece incerto é o mistério em torno disso. Contudo, é fato conhecido que Hannah parecia ser portador de sorte por onde passava, fazendo a natureza florescer e desfrutando de proteção, plantas desabrochavam, frutas amadureciam, e os dias iniciavam mais radiantes. Parecia ser a conexão entre os seres vivos e a terra, entre a mãe natureza e a floresta.

Na outra margem do alto rio Auaris e da Reserva florestal de Parima, lugar que Hannah se encontrava, existia uma aldeia onde vivia uma menina chamada Kauane, com apenas cinco anos de idade. Desde o seu nascimento, ela foi honrada como a guardião dos segredos por meio de uma visão xamânica.

Era a própria Kauane que alertava o povo sobre a chegada da criança.

— Hannah está chegando, Hannah está chegando — anunciava ela enquanto corria em sua direção.

Costumava se adornar pintando seu corpo com desenhos xadrez em preto e branco e tingindo suas bochechas de vermelho. Seus olhos, repletos de magia, lembravam jabuticabas maduras, refletindo a esperança de seu povo.

Com a autorização da aldeia, Kauane confeccionou um cocar para Hannah e delicadamente o colocou sobre sua cabeça.

Naquela comunidade, nenhum jovem possuía um cocar — um adorno de cabeça decorado com penas que somente os guerreiros destemidos e o chefe da aldeia podiam usar. Aos olhos dos xamãs e dos outros membros, o menino já era considerado o guardião e observador da floresta, como se fosse um príncipe destinado a ser coroado, mesmo tão jovem.

— O que você faz na floresta todos os dias? — perguntou Kauane.

— Eu também sou parte da floresta — respondeu Hannah, com convicção.

Curiosa, Kauane questionou o garoto sobre o motivo de seu zelo pela floresta, sugerindo até que ele fosse morar lá — junto deles na aldeia. Seus olhos irradiavam determinação, demonstrando um desejo sincero de proteger o mundo.

— A essência da floresta vive em nós e não posso permitir que seja prejudicada, devo cuidar dela e ajudá-la a respirar por meio da minha amizade — explicou o menino.

— Você é amigo da floresta? — indagou novamente a menina.

— Um amigo cuida do outro e encontra alegria nisso. Contribuo para a felicidade da floresta. Ao zelar por ela, cuido também de você. Nós somos floresta!

Hannah compartilhava da crença dos nativos de sua aldeia: no momento em que Deus Wanadi criou a floresta, seu irmão inimigo tentou desestabilizá-la com pragas e doenças. Assim, Deus separou o céu da terra, permitindo a existência de espíritos bons e maus. Hannah confiava que Wanadi lhe concedia a força e proteção necessárias para proteger a terra-floresta contra os ataques dos inimigos enviados pelo maléfico irmão de Deus.

Hannah ofereceu jabuticabas a Kauane, deu um beijo delicado em sua mão e desapareceu entre os galhos e as folhas.

De dentro de uma oca, moradia indígena, uma jovem mulher chamou com delicadeza:

— Kauane, vem ajudar a mãe a fazer o beiju.

Kauane se apressou em direção à oca e perguntou a Tainá:

— Onde está nosso pai?

— Seu pai foi pescar no rio, ele está voltando.

Enquanto isso, do lado de fora, no pátio das ocas e malocas, várias crianças de dois a dez anos brincavam entre o sol e a lua.

# II

# INFÂNCIA NA FLORESTA

O nascimento de Hannah ocorreu sob a opressão que perdurou por mais de quatro séculos desde a chegada dos europeus ao continente sul americano e às terras dos povos aborígenes. Durante esse tempo, suas aldeias foram invadidas, seu povo escravizado, suas águas contaminadas pela exploração mineral, afetando tanto os habitantes quanto a vida aquática, e sua comunidade quase dizimada por doenças trazidas pelos estrangeiros. A hostilidade do colonizador em relação ao seu povo parecia ressoar em sua alma enquanto caminhava sobre espinhos, dormia ao relento e presenciava o nascer do sol em sua cama improvisada de galhos e folhas. Contudo, a vida na floresta alimentava sua alma, e ao pisar no chão coberto por folhas caídas, ele sentia uma explosão de energia. Hannah era a própria essência vibrante da floresta.

Na calmaria da floresta, uma pequena embarcação repleta de crianças virou nas águas do rio Auaris. Meninos com idade entre cinco e dez anos lutavam para retornar à canoa. O pequeno guardião da floresta observava na margem do rio e saltou na água, nadando como um pirarucu ao redor dos amigos, virando prontamente a canoa para ajudá-los a chegar com segurança à terra firme.

— Que Wanadi te proteja — gritaram os meninos.

Os Ye'kwana são verdadeiros mestres na arte da navegação, desde jovem aprendendo a dominar as águas dos rios a exímios construtores de canoas e navegadores habilidosos.

O jovem guerreiro adentrou a densa floresta, aspirando o aroma envolvente e a frescura erótica da vegetação, saltitando alegremente e desaparecendo por entre galhos e cipós. Ele estava convicto de que Wanadi, o Deus criador do céu e da terra, de toda forma de vida, da floresta, dos animais e dos pássaros, estava ali presente naquele lugar, na mata, em algum ponto, cuja presença se revelava pelo canto dos pássaros, pelo sussurro do vento e dos trovões.

Um leve ruído no solo despertou a atenção do menino, porém as escassas onças da redondeza não pareciam amedrontar Hannah, que permanecia deitado em sua rede de palha sob a exuberante copa das árvores. No entanto, ele teve uma percepção do que sempre assombrou seu povo: a chegada dos seringueiros invadindo suas terras, em uma época em que eles viviam em harmonia. Mil indígenas foram brutalmente assassinados por um implacável seringueiro enviado pelo irmão malévolo de Deus. Por fim, experimentou paz ao ouvir uma voz delicada e afável ressoar em seus ouvidos.

— Hannah — exclamou Kauane, perdida entre as árvores enquanto procurava pelo menino. Sua irmã Anaí, de sete anos e conhecida como a flor do céu em sua aldeia, estava ao seu lado.

— O que fazem por aqui, filhas do grande guerreiro? — indagou Hannah, surpreso.

— Viemos trazer um pedaço da caça que minha mãe preparou para você — disse Kauane.

— Não é necessário, não gosto de comer animais, e o chefe guerreiro pode ficar irritado se souber que vocês estão aqui.

— Você me preocupa. É perigoso ficar sozinho na floresta. Porque continua insistindo nisso — a menina falou, já irritada com Hannah.

— Vamos, Kauane, nosso pai pode vir atrás da gente — disse Anaí, visivelmente inquieta.

Antes de partirem, Hannah ofereceu bananas e jabuticabas para as meninas. Em seguida, elas seguiram adentrando a densa mata sem que Moacir e a mãe delas, Tainá, notassem a fuga das pequenas indígenas.

III.

# A CAPTURA

Moacir convocou todos os guerreiros do povo Ye'kwana para se reunirem na maloca central da aldeia. Apesar da proximidade geográfica, os Ye'kwana e os Sanöma viviam em realidades distintas, como se fossem completos estranhos uns para os outros. Os Sanöma, pertencentes aos povos Yanomami, também são valorosos guerreiros e estavam se preparando para honrar a passagem de seu xamã. Movidos pela fúria, procuravam incansavelmente por seus inimigos, determinados a descobrir quem era o responsável pela morte súbita do seu líder espiritual. Os próximos dias seriam de festividades, cerimônias e rituais para honrar o falecido e superar o luto. A tradição indicava a cremação do corpo seguida de uma jornada de caça; posteriormente, os restos ósseos seriam incinerados e as cinzas misturadas a um mingau para serem consumidas. A vingança não tardaria a chegar.

— Nosso povo guerreará com os Yanomami — disse Moacir, empunhando seu tacape.

Moacir foi um habilidoso guerreiro e o principal chefe responsável por defender seu povo contra invasores estrangeiros, aldeias vizinhas e seringueiros. Ele liderou o deslocamento de toda a aldeia em busca de um local seguro nas margens do rio Auaris, próximo à serra Parima, onde atualmente vivem em harmonia.

Naquele instante, entrou na aldeia Rudá, o pajé. Apenas ele conseguia fazer Moacir retroceder em seu ímpeto. Era ele quem acalmava a aldeia, fornecia orientação e mantinha a serenidade de seu povo. Rudá era o indivíduo mais alto da aldeia, esbelto e alto, com quase dois metros de altura e cabelos brancos que caíam até os ombros. Porém, sua voz era suave, suas palavras, gentis e enérgicas. Rudá rogava calma aos guerreiros, explicava que não havia motivo para desespero. Ele explicou que os Sanöma praticariam seus rituais fúnebres, lamentariam seus mortos, experimentariam fúria, mas isso tudo passaria.

Era preciso seguir o protocolo cerimonial e apenas cumprir o ritual. O pajé entraria em contato com o espírito da onça, acenderia seu cachimbo, sentado no banco da onça, realizaria a purificação espiritual e então todos se entregariam à dança, à bebida e ao fumo à sua volta. Por fim, o pajé invocaria os bons espíritos da floresta e todos estariam protegidos contra possíveis ataques dos adversários, conforme sua fé.

No dia seguinte, o líder guerreiro Moacir reuniu todos os guerreiros Ye'kwana da aldeia e dos arredores para a cerimônia que estava prestes a começar. Enquanto o pajé tragava seu cachimbo ritualístico, a fumaça se espalhava pelo ambiente do lado de fora das ocas. Ao assentar no banco sagrado, o pajé foi possuído pelo "espírito". Um evento incomum ocorreu: em meio à dança, bebida e fumaça ao seu redor, o pajé não rugia como um jaguar, nem se movimentava como um felino, mas gritava e imitava os gestos de um macaco. Invocando os espíritos, ele subitamente escalou o telhado da oca com destreza semelhante à do macaco. Lá de cima, ele emitiu urros como um leão. Enquanto isso, todos estavam sob influência de plantas alucinógenas e imersos na fumaça, com exceção do grande guerreiro, que apenas apreciava sua palha. Gritos ecoavam, dançavam freneticamente, saltos eram dados e cigarros eram fumados. Com a chegada da noite, o pajé saltou no chão, e seu corpo contorceu-se como uma serpente. Então, o pajé desabou como se estivesse morto.

Ao clarear o dia e mesmo sob o intenso brilho do sol, a aldeia ainda permanecia embebida no efeito alucinógeno das substâncias do pajé.

— Levanta, vô Rudá, Levanta!

Alguém agitou o rosto do pajé, que despertou, sobressaltado. À sua frente, uma menina. Era a pequena Kauane, com seus longos e sedosos cabelos escuros.

O pajé acordou confuso em sua rede. Foi o guerreiro Moacir que o colocou ali enquanto ele hibernava.

— O que se passou, filha de Moacir, árvore frondosa de Tainá, guardiã dos mistérios!?

— Hannah foi levado, vô.

— E o Pajé teve uma visão! Onde está o jovem espião? — questionou Rudá.

— Eu estava na floresta, fui capturada. Estavam me levando à força. Hannah acertou o homem que me carregava, eu escapei e eles capturaram o Hannah e o levaram.

— Quem eram eles?

— Não sei, vô!

— Como eram eles fisicamente?

— Eles se pareciam conosco, mas eram horrorosos, feios e só usavam uma tanga. Eles falaram que eu seria o aperitivo mais saboroso do dia. Que se tornariam mais fortes e mais espertos.

Os nativos que faziam parte dessa tradição acreditavam que, ao se alimentarem da carne de seus rivais, guerreiros valentes, adquiriam mais força, destreza e perspicácia.

— Não vai contar para o papai não, vô!

Kauane costumava sair escondida do Moacir para encontrar Hannah. Moacir ficaria chateado ao descobrir que sua filha tão pequena estava indo até o interior da floresta, sozinha.

Rudá recordou de seu sonho e saiu apressado em busca do guerreiro Moacir. Na visão, ele testemunhou um carneiro sendo assado em uma fogueira no topo da Serra Parima, localizada na fronteira entre as duas nações.

No meio do caminho, o pajé encontrou Anaí, irmã de Kauane. Ela o levou até uma região elevada na mata onde Moacir trabalhava na plantação. Moacir estava cultivando milho, mandioca, batata-doce e inhame, suas culturas favoritas. Em seguida, ele planejava plantar bananas, outra fruta que considerava essencial. Após preparar a roça, Tainá, filha de Rudá e esposa do guerreiro, cuidaria diariamente da plantação com cânticos para alegrá-la enquanto Moacir saía para caçar e pescar ou, se necessário, lutar. Entretanto, já fazia um bom tempo desde a última vez que precisou ir à guerra. O tempo era de paz. Naqueles tempos ele ajudava Tainá nos trabalhos da roça e a auxiliava em suas plantações.

O guerreiro caçava e pescava, além de ser habilidoso na construção de excelentes canoas.

O pajé percorria a seara do guerreiro com passadas longas e apressadas. Ao se aproximar, encontrou Moacir concentrado em cobrir as ramas de mandiocas.

— Preciso dialogar com o célebre guerreiro de Wanadi!

Moacir ergueu o olhar, indicando que compreendia a inquietação do xamã.

— Estou à disposição, nobre pajé! Meus sentidos permanecerão alertas para ti, astro luminoso que guia nossa comunidade e que atrai a chuva.

— Algo terrível aconteceu nas terras da nossa gente. Houve uma tentativa de sequestrar a pequena Kauane na floresta. O jovem Hannah conseguiu reagir e feriu o inimigo, fazendo com que sua filha escapasse, mas levaram ele. Eram muitos.

— Para onde eles o levaram? — perguntou Moacir.

— Ainda não sabemos ao certo. Disseram à filha de Tainá que a menina tinha carne de guerreiro valente e seria sacrificada para fortalecê-los.

— Os malditos Mawiishas — declarou o guerreiro. — O tempo está se esgotando para salvar Hannah. Se o garoto é amigo de Kauane, definitivamente é como um filho para Moacir.

Rudá lançou um olhar apreensivo para o guerreiro Moacir. O pajé tinha tido uma visão em seus sonhos, em que um carneiro estava sendo assado em uma churrasqueira. As partes foram separadas e grelhadas pelos Mawiishas, que as consumiram vorazmente.

Segundo eles, os Mawiishas eram parentes da onça, por isso também se alimentavam de humanos.

— Malditos canibais, vamos lutar contra eles e derrotá-los. Vamos resgatar o menino protetor da floresta — disse Moacir apressadamente enquanto seguia em direção à aldeia.

IV.

# GUERRA COM OS CANIBAIS

Na aldeia, Moacir solicitou que o indígena Araponga tocasse sua flauta em tom de guerra. Rapidamente os guerreiros se posicionaram aguardando as instruções do líder guerreiro. Moacir orientou que todos preparassem suas armas mais valiosas, arcos, flechas e tacape.

— Eu também irei — declarou um guerreiro recém-chegado.

— Oh Xamã, descendente de Rudá, a responsabilidade de zelar pelo nosso povo recai sobre você enquanto nós partimos em busca do pequeno Hannah — declarou Moacir com autoridade.

No entanto, o irmão de Tainá demonstrava uma postura inflexível:

— Eu farei a jornada e juntos iremos aniquilar todo o povo canibal. Nenhum sobreviverá.

Moacir e Xamã nunca tiveram uma boa relação, devido ao ciúme de Xamã por sua irmã, o que levou a um conflito antes do casamento de Tainá e Moacir. Xamã, acostumado com batalhas e com quase um e oitenta de altura, foi superado por Moacir, um homem de um e setenta, que decidiu poupar sua vida.

— Todos partirão deste mundo — declarou Xamã mais uma vez.

Diante da determinação e ambição do irmão de Tainá, Moacir concordou em ser acompanhado por Xamã, mas com uma ressalva.

— Todos partirão deste mundo, exceto as crianças e as mulheres.

Antes da partida dos guerreiros, o pajé realizou a dança da guerra, espalhando a fumaça do seu tabaco por toda a região onde estavam reunidos. Os guerreiros, então, dançaram e entoaram cantos de guerra com energia. O pajé abençoou a todos em honra a Wanadi, de acordo com preceitos de seus rituais.

Os guerreiros seguiram em direção a Serra Parima, onde acreditavam estar o pequeno Hannah, sob o domínio dos Mawiishas. Uma jornada exaustiva por meio da floresta, de penhascos e terras hostis, até alcançarem o território dos canibais. Próximos à Serra, o medo se apoderou de alguns Ye'kwana. Os Mawiishas eram comparados a onças, habitando de forma sorrateira na floresta, extremamente carnívoros, devorando toda carne disponível quando famintos. Comiam desde perdizes a cobras e seres humanos, incluindo preferencialmente a carne de guerreiros corajosos para fortalecerem-se, aumentando sua capacidade de sobrevivência. Ao vencer um guerreiro inimigo, o costume era se alimentarem da presa.

Um guerreiro Mawiishas percebeu a aproximação dos Ye'kwana, correu no meio da floresta para alertar seu povo, mas logo foi interceptado por Xamã, que o surpreendeu com seu tacape. Moacir e seus guerreiros avançaram em direção à aldeia dos Mawiishas e, ao chegarem, entraram em confronto com os canibais presentes no local. Em pouco tempo foram derrotados pelos tacapes dos Ye'kwana, que lutaram bravamente. Imediatamente, procuraram pelo jovem Hannah, mas ele não foi encontrado. As mulheres e crianças foram poupadas, porém obrigadas a revelar o lugar onde estava o jovem paladino da floresta. Hannah havia sido levado para o alto da Serra Parima, pelos selvagens guerreiros canibais.

Os guerreiros se deslocaram em direção à região da Serra Parima e não demoraram para entrar em confronto. Alguns Ye'kwana foram feridos por flechas, enquanto os Mawiishas eram sistematicamente eliminados. Ao chegarem à região montanhosa, avistaram uma coluna de fumaça. Aproximaram-se com cautela e Moacir logo identificou a posição dos canibais, que faziam fogo em um buraco cercado por pedras, onde grelhas de madeiras eram dispostas. Diante da grande presença indígena no local, avançaram pegando todos de surpresa e iniciaram o combate com determinação. Moacir e Xamã, com destreza e agilidade, usaram seus tacapes para derrubar todos que cruzaram seu caminho. A última vítima de Moacir foi Aritana, o temido chefe dos Mawiishas, que despencou do penhasco da Serra, servindo de alimento para os corvos.

— Hannah, o filho da floresta, onde você se encontra? — gritou o Xamã.

Um grito de um menino foi ouvido:

— Estou aqui, estou aqui!

Hannah estava amarrado entre as árvores e foi resgatado a tempo de não ser morto e devorado pelos canibais.

Os guerreiros regressaram para a aldeia dos Mawiishas, comunicando que todos os homens adultos estavam mortos. Moacir mandou que a aldeia sepultasse e lamentasse pelos seus mortos.

Dessa maneira, o último povo canibal das Américas foi extinto pelo tacape de Moacir, do Xamã e dos seus combatentes. Semanas mais tarde, todos os sobreviventes dos Mawiishas — mulheres, adolescentes e crianças — uniram-se à comunidade Ye'kwana e fundiram-se numa só nação indígena. Os Maiogongs, como também são chamados os Ye'kwana, e os Mawiishas se casaram entre si e tiveram numerosos descendentes. Com o tempo, passaram a compartilhar o mesmo idioma, uma mescla entre os dos Mawiishas e os dos Ye'kwana.

# MOACIR TRANSFERE O TACAPE

Moacir construiu uma cabana para Hannah, bem próximo de sua aldeia, no coração da floresta, pois ele preferiu morar sozinho e não compartilhar a mesma oca com a família do guerreiro. Além disso, ergueu outras habitações para abrigar as mulheres, jovens, crianças e adolescentes do extinto povo Mawiishas. Em seguida, reuniu toda a comunidade de sua aldeia e das aldeias próximas, incluindo o povo Sanöma, para declarar que entregaria seu tacape.

Durante várias décadas, Moacir exerceu o papel de líder e defensor de muitas comunidades da terra Yanomami. Enfrentou uma longa batalha contra invasores brancos que buscavam escravizá-los, como seringueiros, garimpeiros e até mesmo outros indígenas hostis. Durante um extenso período, sua própria aldeia foi obrigada a se deslocar de um lugar para outro até encontrarem uma região segura e pacífica, que veio a ser conhecida como Auaris. Grande parte desse tempo, Auaris e a região ficaram sob o comando desse valente guerreiro.

— Hoje, sob os olhos do pajé Rudá e os ouvidos da terra-floresta, desejo repassar meu tacape para as mãos de um grande guerreiro que cuidará de nossa defesa com destreza e agilidade.

Assim, convocou o guerreiro Xamã, entregou-lhe o tacape, abraçou-o e desejou boa sorte.

— Esgotado pelas batalhas, sinto que cumpri minha missão. Agora somos um só povo. Não mais precisam de mim na guerra. O grande guerreiro Xamã liderará vocês. Agora, dedicarei meu tempo a cuidar de todos, de minha família, plantar, pescar e ser um amigo. Estou exausto das lutas, anseio pela paz. Purificarei meu corpo de todo o sangue derramado durante anos de batalha. Agradeço a Tainá por tudo, por sua paciência comigo nesses tempos turbulentos.

Em seguida, Moacir abraçou sua mulher e suas filhas, Anaí e Kauane, logo depois, foi em direção a Hannah, retirou uma pena de seu cocar e a colocou no cocar do jovem defensor da floresta, ratificando assim sua vocação de proteger a terra-floresta.

Moacir disse a Hannah:

— As futuras gerações nos terão como exemplo e você será o guia do nosso povo, a voz e a força Ye'kwana. O Grande Espírito nos guiará por meio de suas ações. Hannah levará consigo o clamor de nosso povo.

O menino curvou-se ao guerreiro e agradeceu suas palavras, prometendo cumprir o seu desígnio.

Ao longo do tempo, todos passaram a confiar em seus vizinhos, os indígenas não eram mais vistos como uma ameaça uns aos outros. O xamã Rudá se dedicava inteiramente a aconselhar a aldeia, utilizar plantas da Amazônia para curar e conduzir rituais de forma calma e imperturbável. As mulheres Mawiishas uniram-se as Ye'kwana, cuidando das crianças, lavando roupas no rio, pescando, trabalhando nas plantações e preparando o famoso beiju. Logo, os homens Ye'kwana se uniram às mulheres Mawiishas e tiveram filhos. Enquanto isso, Hannah explorava a selva profundamente, comunicando-se com todos os animais e plantas. Por sua vez, Kauane e sua irmã, Anaí, não perdiam a oportunidade de adentrar apressadamente na floresta à procura do menino. Tainá caminhava radiante ao lado de Moacir como nunca antes. Foram muitos anos criando as filhas longe do marido devido às guerras e aos conflitos com seus inimigos. Enquanto ele caçava e pescava, Tainá cuidava da roça, preparava as refeições e, ao entardecer, fazia passeios pela floresta ao lado do guerreiro. Enquanto isso, o xamã Rudá, entre rituais e curas, passava boa parte do tempo na sua rede fumando seu cachimbo e espalhando fumaça por toda a aldeia.

Xamã pouco ficava na aldeia, pois preferia explorar novos lugares com sua canoa e interagir com diferentes povos durante trocas comerciais. Por outro lado, Araponga era conhecido por tocar sua flauta todas as manhãs e tardes. Enquanto isso, as crianças se divertiam brincando ao ar livre no pátio da aldeia sob o sol e a lua, enquanto os adolescentes mais velhos se aventuravam em canoas pelas águas do rio Auaris.

# O CICLO DA VIDA

Hannah escutava as plantas e sentia suas necessidades ao longo das diversas estações. O local em que ele vivia possuía uma vegetação exuberante, repleta de árvores frutíferas sempre carregadas. Sua existência estava intimamente ligada à terra e à vida da floresta. As aves entoavam cânticos por todo tempo, em uma harmonia que parecia captar a energia que trazia segurança e proteção. Ao passar por uma roça explorada, Hannah caminhava sobre o solo para acelerar o surgimento de novos brotos de árvores, permitindo que a região se recuperasse rapidamente como uma floresta. Kauane parecia ser a única a compreender o mistério que envolvia Hannah.

Muitos se questionavam de onde surgia a energia capaz de renovar a terra-floresta!?

O rio Auaris corria cristalino e farto, com seus peixes abundantes.

Rudá fumava seu charuto à entrada de sua oca quando o jovem Hannah se aproximou.

— Por que o guerreiro Moacir muda tanto as plantações de lugar, sábio Rudá?

Rudá sentiu-se confuso com a pergunta do jovem guardião. Como o próprio arquétipo da floresta, ele deveria ter essa compreensão.

— Hannah, se você foi designado para proteger as florestas de nosso povo, em breve a sabedoria iluminará sua mente.

— Seria por que a terra é frágil como as borboletas?

— Frágil e sagrada — afirmou o pajé.

Rudá comparou o ciclo de vida das borboletas com a transformação que a terra atravessa, destacando a importância da adaptação e acumulação de nutrientes em cada estágio. Assim como as borboletas passam de lagarta à crisálida e finalmente se tornam borboletas, a terra transita de mata para roça antes de retornar ao estágio de floresta. Tanto a roça quanto a lagarta experimentam diversas etapas de adaptações, evoluindo de semente para belas plantas, de lagarta para deslumbrantes borboletas.

— Assim, o solo deve ser tratado com cuidado, como uma borboleta, Rudá?

Rudá explicou para o jovem Hannah que a terra-floresta, à princípio, foi concebida para sustentar os seres do seu ecossistema. Não deveria ser degradada, queimada ou convertida em pastagens e extensas plantações. E, sobretudo, suas águas não deveriam ser contaminadas por substâncias nocivas como mercúrio e agrotóxicos. O homem modificou o uso do solo para alimentar uma multidão que não fazia parte do seu ambiente natural, resultando em um custo excessivo para o solo, o que deveria acelerar o seu envelhecimento e levá-lo à ruina. Quando se tratava da floresta, o impacto era ainda mais devastador, pois ela era tão delicada quanto uma borboleta.

— O homem branco, por ignorância ou avareza, não compreende isso, filho da floresta. Quando o homem branco desrespeitar completamente os mandamentos de Wanadi, nosso povo definhará e a terra se tornará estéril. A terra é um ser vivo assim como nós.

O jovem Hannah começou a perceber que sua conexão com a floresta e os animais era parte de sua intuição.

— Então ele muda a plantação de lugar para permitir que a floresta se regenere e a terra se renove — relatou o jovem.

— Assim é, Hannah. É nossa tradição mudar a plantação de lugar a cada duas colheitas para proporcionar descanso à terra, permitindo que ela se renove com vitalidade e reconheça nossa gratidão, trazendo alegria ao nosso povo. Devemos possibilitar o retorno dos pássaros cantando e dos animais se reproduzindo. Assim como nós, a terra não deve ser explorada incessantemente, necessitando de períodos de repouso e apreço. Em sinal de reverência, cantamos para a floresta e renovamos nossos cultivos. Somos parte integrante da terra, Hannah.

— Nós somos terra? — indagou Hannah, um tanto confuso, pois sempre se considerou como parte da floresta.

— Certamente, o Deus Wanadi nos moldou dessa forma, criando-nos a partir do solo e insuflando o sopro da vida em nossas narinas. Somos originários da terra e é para ela que nossos corpos retornarão. Enquanto nossos espíritos regressarão a Wanadi, continuando a existir conforme Sua vontade. Nossos ancestrais vieram de um lugar misterioso nos céus, mas fomos formados aqui a partir de uma terra pura, preservada por Wanadi. Agora, cabe a nós protegê-la, e você foi escolhido para isso. O homem tem contaminado a terra, nosso lar e nossa existência!

O adolescente de dezesseis anos ficou meditativo, inclinou-se e apanhou um punhado de terra, esfregando-a em seu rosto como se fosse água do rio. Em seguida, avistou uma flor que começou a se abrir; ao tocar o caule com a mão, a flor desabrochou completamente. Diante dos olhares de Rudá, Hannah apanhou a bela flor e dirigiu-se à margem do rio Auaris. Era um dia típico, no qual os pássaros cantavam harmoniosamente enquanto as flores desabrochavam em frutos tropicais.

Do outro lado, à margem do rio, Hannah avistou uma linda jovem de pele morena e cabelos pretos que desciam até a cintura, as curvas do seu corpo eram mais belas que as curvas do rio Auaris. Seios já formados e olhos escuros como jabuticabas, semelhantes aos da lua. A jovem entrou no rio, nadou um pouco e começou a se banhar. O guardião atento esperou até que ela retornasse à outra margem e, ao sair da água, Hannah a surpreendeu com a flor da floresta. Kauane, pela primeira vez, foi presenteada com uma flor. Seus olhos brilharam, um sorriso surgiu em suas belas maçãs do rosto, seus olhos se encheram de lágrimas. Kauane completava quinze anos e aquela foi a primeira flor que recebia. Hannah a beijou na face, seguiu seu caminho adentrando a floresta, deixando a jovem intrigada.

# VII

# ESCAMBO INDÍGENA

Xamã, o novo líder guerreiro, retornou de uma de suas jornadas trazendo consigo tecidos e materiais para a confecção das miçangas tão apreciadas pelos Ye'kwana. Com esses recursos, as mulheres puderam elaborar seus adornos, como tangas, colares, pulseiras e acessórios para os pequenos. Além disso, Xamã trouxe também sabão, sal, terçados, espingardas e munições. Em troca, o guerreiro construiu diversas canoas e remos para os povos que encontrou em suas viagens pelos rios Auaris, Uraricoera e rio Branco. Ele também levou arcos, flechas, zarabatanas, cestos, peneiras e outros itens produzidos por seu povo. Tainá, sua irmã, aguardava ansiosa sua chegada na margem do rio junto de seu pai, Rudá, o pajé, e suas filhas, Kauane e Anaí.

Na aldeia, os indígenas celebravam a chegada do guerreiro com danças e cantos, enquanto ele entregava todo o material de viagem para Tainá. Ela seria responsável para distribuir os recursos de acordo com as necessidades do povo. As mulheres da antiga aldeia dos canibais, conhecidos como Mawiishas, haviam aprendido os costumes dos Ye'kwana e a arte de fazer miçangas.

— Onde está Moacir? — perguntou Xamã a Tainá, assim que entraram na cabana.

Ao ouvir essa pergunta, o coração de Tainá se entristeceu. Uma lágrima escapou de seus olhos e ela rapidamente as enxugou. Moacir tinha saído para a floresta há três dias e ainda não havia retornado. Acostumado com uma vida em batalhas, ele andava incomodado com a tranquilidade da aldeia.

– Ele partiu, me abandonou – ela afirmou, enxugando os olhos.

Com uma natureza inquieta, o guerreiro Moacir nunca foi alguém de lidar facilmente, sua impaciência, seu coração inconstante e sua pressão elevada afetavam seu humor, deixando-o aflito. Apesar disso, Tainá mantinha um apego intenso pelo marido. Moacir sempre zelou por ela e pelas filhas, protegendo-as de todos os perigos da floresta.

VIII.

# A INQUIETAÇÃO DE TAINÁ

Kauane e Anaí caminhavam pela floresta, ao amanhecer. Desciam de canoa o rio Auaris contornando as frondosas árvores que embelezavam suas margens com suas folhagens, árvores que se vestiam com seus belos trajes verdes que caíam sobre as águas do caudaloso rio, como se fossem viçosas noivas desfilando pura elegância. Esta é a exuberante natureza da floresta tropical.

As jovens procuravam por Hannah e Moacir, que não eram vistos na aldeia há dias. Amarraram a canoa em um tronco de uma árvore à beira do rio e seguiram uma trilha pela floresta, a cerca de cinco quilômetros distante da aldeia. Correram por diversos caminhos, acompanhadas pelo canto dos pássaros e pelos guinchar dos macacos. Sua convivência com Hannah fez com que elas se aproximassem dos animais selvagens. Cruzaram com alguns indígenas de um vilarejo próximo, mas estes não tinham visto Hannah e Moacir.

Kauane estava angustiada diante da situação, seu coração pulsava de forma acelerada. Hannah não deveria tê-la abandonado, afinal, ele era sua âncora, a sua direção, era como o sol, a luz que guiava seu caminho, atraindo-a como um girassol em busca de luz. Anaí cresceu protegendo a irmã com sua destreza nas pernas e habilidade para caçar, porém o entardecer e os barulhos na floresta lhe causavam certo receio. A antiga bruxa da floresta poderia ressurgir a qualquer momento, de acordo com os relatos populares, muitos sucumbiram em desespero ao vê-la, outros enlouqueceram ou se suicidaram após seu aparecimento. Conta-se que quando ainda viva, a jovem senhora indígena envenenava os rios de forma que peixes e todos que bebessem daquelas águas morressem. Diziam que ela havia sido enviada pelo inimigo de Deus Wanadi. Num fatídico dia, enquanto envenenava o rio, uma onça-pintada a atacou ferozmente até devorá-la aos gritos. A partir desse episódio trágico, ela passou a vaguear pela floresta atacando indiscriminadamente tanto durante o dia quanto à noite, com seu rosto todo desfigurado.

Era fundamental cultivar amizade com a floresta para garantir proteção contra os maus espíritos.

Encontrar Hannah e Moacir era essencial para se sentirem seguras. No entanto, não havia sinal deles por perto — nem mesmo um indício do paradeiro do jovem Hannah e do guerreiro Moacir.

Na escuridão da noite, Kauane e Anaí construíram uma cabana com palhas e alguns galhos de árvores num espaço aberto da mata — o local parecia já ter sido utilizado em acampamentos anteriores. Os passos na floresta eram frequentemente interrompidos pelos gritos dos macacos. E a noite se esvaía. A bruxa da floresta não dava as caras, permitindo que as duas adormecessem ao som das corujas, acompanhadas pelo cantar dos grilos, sopros do vento e uma leve chuva, sem serem incomodadas.

Na aldeia, Tainá estava angustiada com a ausência das filhas e do marido. As jovens haviam saído pela manhã dizendo que iriam remar rio abaixo em busca do pai. Porém, sem informar que não retornariam no mesmo dia. Absorta em seus pensamentos, Tainá sentia-se abandonada, questionando se todo o seu trabalho na comunidade para ensinar as jovens a serem guerreiras e comprometidas com as tarefas domésticas realmente valia a pena. "Moacir foi embora", pensava ela, e agora, sem as filhas, vivia mergulhada num oceano de ponderações. "De que adianta ser tão complacente na vida se acabamos sozinhos no final?"

A aldeia despertou ao som da flauta do indígena Araponga.

— O que te aflige, filha de Rudá? — indagou Xamã à sua irmã, Tainá. — Teu irmão é teu servo, farei tudo que me pedir para te ver feliz novamente. A tristeza de Tainá entristeceu o coração de Xamã.

Sentada na sua rede, Tainá permaneceu com a cabeça baixa, suas filhas não apareceram, no entanto, ela tinha certeza que jamais partiriam. Ela relembrou do jovem Hannah. Kauane e o rapaz pareciam respirar o mesmo ar. Contudo, o que realmente a incomodava era Moacir, e uma pergunta ecoava incessantemente em sua mente: "Por que ele a abando-nou quando, pela primeira vez, poderiam ficar juntos longe da guerra?".

— As meninas saíram em busca do pai, mas ainda não retornaram desde ontem, Xamã.

Tainá se levantou, dirigiu-se até a saída de sua oca e contemplou a floresta. Seus olhos fitavam o horizonte. Xamã perguntou se ela desejava que ele fosse procurá-las, porém, Tainá permaneceu em silêncio. Seus pensamentos vagaram para longe. Foram anos mudando de território, construindo aldeias em lugares diferentes para evitar conflitos, e agora que finalmente encontraram um local "sob o sol e à luz do luar", ela se sentia só.

Rudá apreciava de seu charuto em um banco, no pátio ao ar livre das ocas, parecendo não se importar com as circunstâncias do momento e adentrando no Grande Silêncio. Ele tinha consciência de que Moacir não havia partido definitivamente, talvez apenas estivesse desfrutando a sensação de liberdade proporcionada pela floresta ou quem sabe em alguma missão ao lado de Hannah. Recentemente, o jovem Hannah havia percorrido a floresta, vigiando-a e expulsando garimpeiros invasores. Hannah cresceu, tornou-se alto e forte como Rudá e Xamã. Com uma voz firme e imponente, todos o respeitavam. O espírito da floresta habitava em Hannah, sua voz ecoava pelos caminhos que os raios de sol abriam sobre a copa das árvores. Nunca precisou usar seu arco certeiro, com respeito e autoridade que exercia sobre os demais, e o homem branco não ousava desafiá-lo. Por outro lado, ao retornar do Grande Silêncio, Rudá passou a refletir sobre a misteriosa bruxa da floresta. Ele reconhecia o caráter astuto e traiçoeiro da velha, sabendo que as jovens corriam perigo na ausência de sua proteção ou da proteção de Hannah. Quanto a Xamã e Moacir, era incerto se seriam capazes de enfrentar com sucesso a astúcia da bruxa. Eles eram guerreiros sagazes e corajosos, mas não possuíam a magia xamânica nem o poder espiritual da floresta, tinham apenas a sua própria proteção.

# IX

# MOACIR É SURPREENDIDO

Hannah percorreu as terras de Roraima, descendo pelo rio Auaris até chegar a sua foz, o Uraricoera, onde avistou o barco que levava Moacir, já mantido como escravo por invasores das terras Yanomami. Moacir caminhava pela floresta sem seu tacape, sem levar sequer seu arco e suas flechas, que já estavam aposentados. Ele estava à procura de Hannah, momento em que avistou a bruxa, a anciã malévola, no meio da floresta; ele se afastou dela para dentro da mata e ela o perseguiu por um longo caminho, com seu rosto desfigurado. Perto das águas do rio Auaris, em direção ao Uraricoera, Moacir foi capturado por homens armados e feito prisioneiro para ser escravizado. Hannah, apesar de seus poderes belicosos limitados, remou com todas as suas forças, ainda que estivesse sozinho naquele barco. Na embarcação que transportava Moacir, além dos três remadores, havia um vigia. Hannah continuou navegando até que o barco contendo Moacir se perdesse nas curvas sinuosas do rio Uraricoera.

A terra Yanomami emudeceu e ficou abatida, vendo seu herói ser levado como prisioneiro pelos colonizadores.

O regresso de Hannah à floresta foi marcado pela decepção. Dotado de poderes para conter epidemias, fumaças e entidades maléficas que afetavam a saúde dos indígenas, ele não conseguiu salvar Moacir, o guerreiro a quem estimava como um pai. Desolado, atracou sua canoa sob uma árvore de buriti, ao lado de uma outra canoa. Indagando-se se aquela seria a canoa de inimigos brancos, Hannah considerou a possibilidade de eliminá-los. Contudo, ele não sabia matar homem como Moacir e Xamã, Hannah aprendeu a ver a vida florescer na floresta pulsante de vida. Inquieto com a desproteção do solo sagrado, questionou-se se seu afastamento havia desagradado o Deus Wanadi ou se havia falhado em cumprir alguma obrigação.

O jovem Hannah ansiava pela presença do pajé e pelos seus ensinamentos. Sentia-se solitário, pois a floresta estava vazia e desolada, como um deserto sem vida. Se a floresta perecesse, os rios secariam, a terra se tornaria estéril e as pedras se partiriam. Nesse contexto, ele também sucumbiria, assim como todo o seu povo. E quanto a Kauane, a garota que havia conquistado seu coração na infância, qual seria a sua posição em relação ao seu pai? Se sentiria envergonhado, uma vez que Moacir era seu cúmplice nas observações secretas da floresta, ocultadas de Tainá. E o que ele poderia dizer a Tainá?

Hannah olhou para o espelho d'água, no rio, sua imagem refletiu distorcida. Ele voltou a olhar e viu a imagem da velha bruxa, desfigurada. A bruxa deu uma gargalhada. Hannah estava abatido, vulnerável, teve uma tontura com a imagem refletida da deplorável bruxa e quase caiu na água, mas conseguiu se recuperar aos poucos.

— Então foi você, impiedosa mulher — interpelou Hannah, com a visão um pouco turva. — Você induziu Moacir para cair nas mãos dos invasores brancos.

— Vou arrasar a floresta, fazer sumir os riachos e secar as árvores, e só então vou dar cabo de você, Hannah.

Enquanto proferia suas ameaças, a bruxa viu Hannah reunir um punhado de terra, cuspir nele para formar uma pasta viscosa que arremessou em seu rosto. Ela gritou como se estivesse sentindo dores e desapareceu imediatamente. A bruxa não tolerava o espírito de Hannah nem a vitalidade da terra. Ela buscava enfraquecer o guardião para poder vencê-lo, ou devastar a floresta, que era a força de Hannah. O jovem deixou a margem do rio e embrenhou na selva, chamando pelos animais que prontamente o seguiram: alguns macacos e duas onças pintadas que ele ajudara a alimentar desde pequenas, após terem perdido sua mãe nas mãos de um caçador estranho. Abraçou os animais como se fossem seus filhos, escalando as árvores com a agilidade digna de um primata. Seguiu pelas trilhas até encontrar o guerreiro Xamã no meio do caminho.

Ao avistar o guerreiro, Hannah recordou de Moacir e imergiu em pensamentos intricados. "O que ele diria para o irmão de Tainá? Se ele fosse Xamã, talvez teria seguido os sequestradores até o fim, mas não havia fim, o barco desapareceu, tornando-se uma busca impossível pela imensa floresta."

— Hannah, escudeiro da floresta, responsável pela proteção da natureza, tem protegido as filhas de Tainá? — questionou Xamã do outro lado da trilha.

— Do que está falando, filho de Rudá?

O guerreiro Hannah, surpreso, não tinha conhecimento de que Kauane, tão próxima dele, partira em busca de seu pai com sua irmã Anaí, e não retornara.

Desorientado, o guerreiro indagou se as moças estariam perdidas na floresta, lembrando-se então da sinistra bruxa e preocupando-se com o destino delas.

— Maldita bruxa — murmurou Hannah.

— O que você disse, filho da tempestade?

Xamã, sem entender, provocou o guerreiro sobre suas palavras, sem compreender a situação.

Hannah não retrucou, pois ele desejava conquistar a amizade de Xamã.

Durante o ressurgimento da bruxa da floresta, Xamã se encontrava em águas do Rio Branco e Amazonas reconhecendo novas terras, construindo barcos e fazendo trocas de materiais. Ele tinha conhecimento sobre uma indígena malévola que contaminava os rios, porém não sabia da sua aparição ou maldades. Foi então que Hannah revelou a história de uma mulher cruel dos Mawiishas que naquele momento se manifestava como a bruxa da floresta, com o rosto desfigurado e dentes pontiagudos, dourados e deteriorados.

Segundo Rudá, o sábio pajé, ela ajudava os garimpeiros na utilização do mercúrio nas margens dos rios para a extração de ouro, resultando na contaminação de todos os riachos nas terras Yanomami. O ouro que ela surrupiou dos garimpeiros foi usado para adornar seus dentes.

Pela primeira vez, Xamã e Hannah estavam juntos em uma caminhada, mesmo não compartilhando das mesmas ideologias até então. Enquanto Xamã havia completado trinta e três anos, Hannah tinha apenas dezenove anos. Xamã olhou para o rapaz e veio à sua mente o menino que na primeira infância levou seu povo a uma guerra contra os canibais. Ele se lembrou de como ajudou a resgatar aquele garoto e agora o via ao seu lado, e como o paladino da floresta, não pela vontade de Hannah, mas por um destino predefinido. Por sua vez, Hannah contemplou Xamã e sentiu-se honrado por estar ao lado do renomado e corajoso guerreiro, que protegia os Ye'kwana e as terras Yanomami. Ele sabia que os nomes Xamã e Moacir seriam eternizados na história de seu povo e de suas civilizações. Mesmo com a incerteza da existência futura de sua comunidade diante do avanço dos colonizadores brancos, conforme ditavam as narrativas históricas e geopolíticas das civilizações humanas. Em silêncio, Hannah baixou a cabeça, pois não encontrava palavras para descrever aquele que para ele representava o herói do seu povo: Moacir — seu tutor desde a infância, distante agora no rio em que ele não conseguiu alcançá-lo para protegê-lo. E por meio desses intricados pensamentos, ele caminhou, emudecido.

— As duas filhas de Moacir estão perdidas na floresta, Hannah, e quanto ao pai delas, não sabemos... Precisamos tomar alguma providência — Xamã falou, dirigindo-se a Hannah, que parecia absorto em seus pensamentos.

— Moacir foi capturado por invasores brancos, Xamã, e eu não pude salvá-lo, não consegui seguir o barco dos invasores.

Xamã olhou para Hannah, incrédulo.

— Hannah, Moacir foi o maior chefe guerreiro da América do Sul, das terras do Caribe e das terras Yanomami. Ele não cairia nessa armadilha.

Hannah mencionou a bruxa da floresta. Ela poderia ter perseguido o guerreiro Moacir e conduzindo-o até as margens do rio, distraindo-o até ele cair nas mãos dos invasores brancos.

— Que bruxa é essa que consegue seduzir até mesmo um feroz guerreiro como Moacir, Hannah? Eu irei derrotá-la! — exclamou Xamã, com toda sua habitual impulsividade e com sua bravura, brandindo seu tacape, golpeando o ar vigorosamente.

Todavia, ele sentiu uma tontura. Uma energia sombria emanava da bruxa ao redor. Percebendo isso, Hannah pôs a mão no ombro de Xamã e ele logo recobrou a consciência, dizendo:

— Xamã precisa fumar o charuto do seu velho pai Rudá, Xamã não pode sentir fraqueza.

Hannah, ciente de que a bruxa má estava à espreita, apressou o passo na mata, visto que o final de tarde se aproximava e era crucial encontrar Kauane e Anaí.

# X

# A CORUJA SOLITÁRIA

Era final de tarde na aldeia e o sol escondia-se próximo da linha do horizonte, iluminando as camadas superiores da atmosfera. Naquele crepúsculo, Rudá percebeu a ameaça iminente à sua aldeia e a necessidade imperiosa de manter o equilíbrio para garantir a sobrevivência. Os Ye'kwana eram conhecidos como um povo forte, guerreiro e ancestral, porém, forças externas e perigosas os rondavam constantemente para desestabilizá-los. Sentado no banco da onça esculpido em madeira, Rudá acendeu seu cachimbo e convidou Tainá para o preparo do rapé, uma mistura fina de tabaco, cascas de árvores, ervas e plantas para ser inalado pelo seu povo num ritual de purificação e fortalecimento espiritual. Além de ser filha de Rudá, Tainá era a esposa do guerreiro Moacir, que por muitos anos liderara os Ye'kwana como grande chefe. Ela desfrutava da confiança e respeito de todos na arte de preparo do rapé ao lado de seu pai, o sábio xamã Rudá.

— Pai, meu marido se perdeu na floresta, estou muito aflita.

— A floresta trará seu marido de volta, Tainá, não se preocupe. Moacir é um bravo guerreiro, homem íntegro e bondoso. Tenha um pouco de paciência.

— Pai... — Tainá permaneceu em silêncio.

— Diga, minha filha, o pajé está aqui para te escutar.

— Não posso me separar das minhas filhas. — Tainá baixou a cabeça e lágrimas escorreram de seus olhos marcantes, de traços asiáticos.

Foi a primeira vez, desde que se casou com o guerreiro, que Rudá viu Tainá chorando. Os dois estavam sentados no banco da onça, e ele abraçou Tainá, que encostou a cabeça em seu ombro. O pajé afagou os cabelos dela. Rudá era o pai da aldeia, um antigo guerreiro que passou seu tacape para Moacir. Após isso, dedicou-se à proteção mental e espiritual de seu povo, desde o momento em que seu pai, antes de falecer, lhe confiou o ofício de cuidar dos nativos.

— Para todas as coisas há um propósito divino, Tainá. Confie em Wanadi, o guardião que olha por você. O controle absoluto nem sempre está ao nosso alcance. É fundamental analisar as situações por várias perspectivas. Ao superarmos desafios, sairemos mais fortes, assim como nossa família. Antes de me tornar um xamã, vivi em retiro por três meses na floresta, conectando-me com a natureza e os animais, meditando sobre o significado da vida, da cura e da proteção. Os animais, os astros e a natureza têm o poder de nos influenciar de maneira positiva ou negativa. Aprendendo a viver em harmonia com eles, alcançamos equilíbrio em nossa jornada conjunta. Já imaginou que Moacir talvez esteja em retiro?

— Pai, Moacir não tem o dom e a aptidão para pajé, nunca terá!

— Mas tem a capacidade de proteger, Tainá, de servir, e isso o torna um bom homem. Pessoas assim não abandonam sua família.

Tainá enfim sorriu e afirmou:

— Isso é verdade, pai, isso ele tem. Um dia Moacir vai retornar.

O som da flauta de Araponga ecoava pela floresta, convocando os habitantes da mata para participarem de um ritual liderado pelo pajé. Sob os efeitos do seu cogumelo mágico, o pajé caminhava em passos leves, pedindo a todos que experimentassem o rapé e entoassem em união: vida longa ao povo Ye'kwana, vida longa ao povo Ye'kwana. Invocaram o Deus Wanadi para salvar a floresta e banir a bruxa má. Em seguida, o velho Pajé escalou uma árvore como um macaco prego e soltou seu rugido característico. Finalizado o ato, retornou ao chão e entregou-se ao sono em sua rede.

"A bruxa da floresta afogava Kauane no rio Auaris, numa região de cachoeira e pedras. Anaí estava desaparecida, Rudá não conseguia ver Anaí além de uma imagem longínqua, como uma névoa. A bruxa esboçava um sorriso maléfico e seus longos e pontiagudos dentes de ouro brilhavam sob os raios de sol. Uma imponente águia sobrevoava a floresta vinda do topo do Monte Parima e testemunhava a agonia de Kauane sendo submersa. Descendo rapidamente, a águia cravou suas garras afiadas nos olhos da bruxa, libertando a jovem e a colocando em segurança no solo. Anaí emergiu das profundezas do rio e iniciou manobras de ressuscitação em Kauane, com compressões vigorosas que finalmente provocaram a expulsão de uma substância escura, parecida com mercúrio."

O pajé saltou da sua rede ao sentir o toque de Tainá em seu ombro. Ele olhou para a filha, assustado.

— O que foi pai?

Ela colocou a mão no peito de Rudá, que pulsava rápido e forte.

— Nada, filha, você me assustou, acho que foi o cogumelo.

Rudá não podia revelar a Tainá sobre o perigo que suas filhas enfrentavam. Rudá também sabia que os rios estavam ameaçados.

O dia já tinha amanhecido e Xamã ainda não retornara para a oca de Rudá. Uma anciã indígena apareceu na entrada da oca e exclamou:

— Sábio Rudá, posso falar com você?

Era Aruna, dos extintos Mawiishas, antigo povo canibal.

— Oi, Aruna, entre, venha tomar um chá comigo — disse Tainá, acolhendo a anciã indígena na porta da oca.

Rudá também convidou Aruna para entrar e compartilhar um chá. Ela havia perdido seus filhos durante a guerra contra os Ye'kwana e, desde então, se tornara uma figura maternal para os Mawiishas, recebendo uma maloca para viver junto a seu povo na aldeia. Com o tempo, os Mawiishas assimilaram seus rituais e tradições. Sua relação como o povo Ye'kwana foi marcada não pela submissão, mas sim pela lealdade.

— Eu conheci Inaiê — disse Aruna, com o olhar fito em Rudá.

— Quem era Inaiê, Aruna? — perguntou o pajé, ansioso por resposta.

Ela explicou que Inaiê era conhecida como a coruja solitária que viveu na aldeia. Ainda no ventre da sua mãe, seus pais consumiram a carne de um guerreiro perverso, egoísta e delinquente, expulso da comunidade. Ao nascer, a criança chorava constantemente e se recusava a compartilhar seus pertences e alimentos com as outras crianças. Além disso, colocava fogo nas plantações para matar formigas e afugentar os passarinhos. Rejeitada pela família e pelo povo, Inaiê vagava pela floresta chorando e, depois, mutilando pequenos animais, até que um dia conheceu os garimpeiros e começou a envenenar os rios. Em resposta, os bons espíritos da floresta enviaram uma onça para devorá-la, visando proteger os rios e os peixes. No entanto, o irmão malvado de Deus transformou-a na bruxa malévola da floresta.

— Nossa, que história horrível. E o que podemos fazer para parar Inaiê, amiga Aruna, minhas filhas estão desaparecidas na floresta há três dias.

— Apenas alguém que possua o mesmo espírito da terra-floresta pode deter Inaiê, Tainá. Rudá talvez consiga enfraquecê-la, mas deter Inaiê... — Aruna cerrou os lábios e franziu a testa ao balançar a cabeça em sinal negativo.

— Hannah pode — disse Rudá. — Não sei quando, mas Hannah pode! Hannah é a terra, Hannah é a floresta!

Aruna trocou olhares com Rudá, assentiu brevemente e comentou:

— Quem sabe um dia Hannah possa detê-la, quem sabe.

Aruna, a anciã indígena mais idosa da aldeia e das terras Yanomami, se levantou da cadeira, deixou sua cuia sobre a mesa e despediu-se. Ao sair na soleira da porta, virou-se para Tainá e profetizou:

— Suas filhas irão voltar, Tainá.

Rapidamente Tainá correu à porta e indagou:

— E o Moacir, Aruna? Ele também irá voltar?

Sem dizer uma palavra, Aruna apenas encarou Tainá antes de se retirar.

# XI

# A FÚRIA DE INAIÊ

No momento em que o barco de Kauane e Anaí seguia a correnteza do rio Auaris, um trecho repleto de pedras, Xamã e Hannah, à beira do rio, gritaram para que remassem em direção à margem. Porém, elas não conseguiram e o barco acabou virando. Tentaram nadar, mas foram arrastadas para o fundo do rio pelo redemoinho de Inaiê. Xamã se jogou em direção à Kauane, que lutava para manter-se à tona, mas ao se aproximar suas forças cederam e ele não avançou mais. Nesse momento, Hannah chegou perto de Kauane e viu a velha má desaparecer nas profundezas do rio depois que uma imensa águia sobrevoou suas cabeças e executou um voou rasante, atacando Inaiê com suas potentes garras. Com cuidado, Hannah colocou Kauane na orla do rio, já desfalecida. Foi então que Anaí emergiu das águas como no sonho do pajé, Anaí aflorou das águas e nadou até a margem onde estava sua irmã. Com pressa, ela iniciou as compressões no peito de Kauane, que tossiu, e um líquido escuro escorreu — era mercúrio.

Assim como ocorreu com Moacir, a feiticeira atraiu as meninas para a beira do rio durante a noite. Com a chegada de Inaiê, elas fugiram de barco, porém a bruxa surgiu no topo do rio e elas precisaram seguir o curso da correnteza. Enquanto Hannah e Xamã seguiam pelo desfiladeiro do rio, avistaram um barco à distância.

— Onde está meu pai? — perguntou Kauane ofegante para Hannah.

O jovem guerreiro olhou para Xamã, intrigado com o que ele teria a dizer. Xamã dirigiu o olhar para Anaí e percebeu que seus olhos transmitiam a mesma indagação.

— Onde está nosso pai, Xamã? — perguntou Anaí. — Vasculhamos a floresta e as aldeias próximas por dias e não o encontramos. Apareceu então esse monstro, essa bruxa. Não queria acreditar, mas ela é real.

Hannah abraçou Kauane, que já se recuperara, ao dizer que seu pai estava bem, mas que fora levado de barco, rio Uraricoera abaixo.

— O que você está dizendo, Hannah? Meu pai não faria isso, ele não nos abandonaria — questionou Anaí.

— Seu pai foi capturado por homens brancos. Ele estava indefeso, eles estavam armados — explicou Hannah.

— Por que não o salvou, Hannah? Ele era meu pai!

Kauane encarou Hannah, decepcionada. Constrangido, ele baixou a cabeça.

— Quando visualizei seu pai no barco, já estava fora de alcance. Não consegui chegar à canoa, que desapareceu nas águas do Uraricoera. Eu faria qualquer coisa por Moacir, mas infelizmente não foi possível.

Kauane o abraçou e chorou.

— Eu o trarei de volta — disse Xamã. — Homens brancos morrerão nas mãos de Xamã!

Anaí olhou para Xamã, assustada e disse:

— Homens brancos são perigosos, eles têm armas de fogo e são numerosos, Xamã. Eles são malignos, assim como a bruxa da floresta. Mas eu quero meu pai de volta!

— Xamã não tem medo dos homens brancos, agora Xamã tem uma arma de fogo. Xamã apenas teme a bruxa. Ela suga minhas energias — disse o irmão de Tainá, revoltado.

Xamã dirigiu seu olhar para Hannah e perguntou:

— Você seria capaz de eliminar a bruxa, Hannah?

— Não devemos ceder ao medo diante da feiticeira, pois é justamente isso que ela deseja: semear o caos na floresta. A força do nosso povo não pode ser destruída. Devemos dissipar toda a energia da bruxa e encontrar uma solução.

— E qual seria essa solução, filho da tempestade?

— Sendo generoso com a floresta, respeitando a natureza e os animais. Os espíritos benevolentes da floresta nos guiarão. Desde pequeno, Rudá costumava dizer: "seja amigo da floresta, Hannah e ela sempre o protegerá; em troca você protegerá a floresta e nosso povo". Eu confio no velho pajé, Xamã — afirmou.

— Xamã confia em sua clava, em seu arco ou em seu rifle.

Xamã, nas suas viagens, adquiriu alguns rifles próximo do vilarejo de Boa Vista e Manaus.

Hannah acompanhou Kauane, Anaí, e o tio delas até a aldeia. saudou Rudá, olhando fixamente nos seus olhos, e indagou:

— Quem era aquela águia que salvou Kauane?

— A águia dos meus sonhos, Hannah? A rainha dos céus. A floresta revelará seus mistérios. Nem Rudá consegue compreender os segredos, mas pode senti-los. Você já deve sentir o segredo e a energia que habita este lugar, você é filho da floresta!

Tainá voltou-se para Hannah e disse:

— Você é como um escudo da nossa terra, um baluarte, égide da floresta. Tainá está feliz com você, moço. Você trouxe minhas filhas de volta e eu já sinto que sou como sua mãe. Fique conosco aqui hoje e fale sobre o Moacir; quem sabe você nos ajude a encontrá-lo.

Desse modo, Hannah relatou a Tainá sobre Moacir, levando-a às lágrimas. Tainá chorou por três dias, acreditando que suas lágrimas trariam seu guerreiro de volta.

XII.

# XAMÃ QUESTIONA A ORIGEM DE HANNAH

— Hannah, fique aqui hoje — insistiu Kauane —, nosso pai foi capturado pelo homem branco e minha mãe ficou chorando por três dias.

Hannah a fitou naquele momento e percebeu que amava aquela jovem mais do que imaginava. De modo que abraçou Kauane, que retribuiu o abraço com mais intensidade. Ela estava sofrendo.

— Dizem por aí que eu não posso ser sua garota porque você é diferente de nós. Você é filho da tempestade.

— Todos nós somos filhos da natureza, Kauane. O que mais dizem?

— Eles não sabem, alguns dizem que seus pais morreram lutando contra os seringueiros e garimpeiros e depois você foi alimentado por um grande pássaro. Outros afirmam que você é fruto de um raio em uma noite de tempestade, outros que você veio do céu como uma semente e foi brotando na terra, crescendo como uma árvore.

— E Kauane, o que pensa de mim?

Kauane o fitou.

— Eu sinto você profundamente na minha alma, não consigo imaginar minha vida sem a sua presença. Prometa que não irá embora como meu pai.

Hannah tocou os lábios de Kauane com ternura, dando-lhe um suave beijo no canto da boca. Foi nesse momento que Xamã surgiu, indicando que Kauane deveria voltar, pois o sol já havia se posto e a noite chegava. A filha de Tainá obedeceu.

Xamã segurava seu tacape como se protegesse sua própria aldeia. O filho de Rudá não era apenas o tio de Kauane, ele era o líder guerreiro do seu povo. O tacape, que já pertencera a Moacir, o mais distinto guerreiro que já empunhou tal arma fora de sua linhagem, era uma relíquia dos povos da floresta. Ele pertenceu a seu avô, depois a seu pai, Rudá, e agora, em suas mãos, o tacape simbolizava não somente uma ferramenta de guerra, mas também a responsabilidade com o povo. Apesar disso, nos dias atuais, Xamã confiava mais em seu rifle diante das ameaças dos invasores e garimpeiros.

— O filho da tormenta não pode se unir com Kauane — disse Xamã.

— Não entendo por que um filho de Rudá diria algo assim.

— Você talvez nem seja como nós, é filho da natureza, do raio ou da tempestade. Talvez tenha vindo dos céus, ou nascido da terra. Não possui mãe, pai, irmão, família. De onde provêm seus antepassados?

Hannah se calou por um momento, nunca teria parado para refletir sobre esse assunto. Tinha a floresta, mas não o passado.

— Hannah não carece de ancestrais. Tenho a floresta, os animais e a terra sob meus pés. Hannah tem Kauane e os amigos da aldeia. Fui plantado aqui para zelar por esta terra, para viver nela — disse Hannah, desapontado.

— Entretanto, o guerreiro que enfrenta os adversários sou eu, o Xamã, aquele que porta o tacape de Moacir e a linhagem de Rudá.

Após um instante em silêncio, Hannah fitou os olhos de Xamã e disse:

— A natureza é a expressão de Deus Wanadi, Xamã. Sinto-me honrado em ser descendente da tempestade, sou uma conjunção na enunciação de Deus. Contribuo para a conexão entre a floresta e todas as criaturas ao seu redor. Tenho absorvido ensinamentos de Rudá e da floresta. Aqueles que não controlam seus corações e suas palavras causam mais estragos do que as tempestades. A mãe floresta tem necessidades desconhecidas pelos homens. A essência da floresta está na sua alma. A terra tem alma, a floresta tem alma e os rios também.

Dado isso, Xamã se levantou e foi embora, falando baixinho:

— Se a floresta tem alma, a terra tem alma, os rios têm alma. Será que Xamã também tem alma?

XIII.

# OS INDIGENISTAS

No pátio da aldeia, Hannah sentiu o aroma do tabaco e foi ao encontro do pajé, que estava próximo à floresta, perto de algumas árvores. Rudá estava pensativo, a beleza de Tainá estava sendo consumida pelas lágrimas, e Moacir, o qual inspirava confiança em seu povo, estava desaparecido.

— Rudá, preciso conversar.

A inquietação do guerreiro tornou-o alheio à dor de Rudá.

— Fale, Hannah. E muito obrigado por trazer minhas netas de volta.

— Pajé, eu quero entender por que não posso ter Kauane como minha companheira. Será que sou tão diferente dos Ye'kwana?

Rudá fitou o semblante de Hannah e permaneceu em silêncio por um instante. Então, dirigiu-se lentamente para a floresta, como se buscasse na natureza a resposta certa para o jovem.

— Hannah tem amor por Kauane?

— Kauane é parte da minha alma. Tenho um amor profundo por sua neta.

Rudá, embebido em seus pensamentos, encarou a escuridão da mata e então o céu estrelado:

— O homem branco denomina amor a muitas experiências vividas, Hannah. Contudo, o amor é como uma fonte que nunca acaba. Quando se é amor, transborda do corpo para a alma e da alma para o espírito. Não se preocupe mais com isso, ele é maior do que todas as coisas visíveis. Ele pode surgir na sombra, mas renascerá para iluminar tudo ao seu redor. O amor transcende esta vida. Então, há de florescer na terra sagrada, no vale do paraíso, onde as águas nunca secam e as arvores nunca morrem.

Ao amanhecer, as lágrimas de Tainá escorriam pelo rio Auaris, fluindo em direção ao Uraricoera e talvez alcançando o Rio Branco. Ela acreditava que suas lágrimas traríam de volta Moacir, o guerreiro eterno. Quando chegassem onde Moacir estava, se transformariam em diamantes cujo brilho encantaria seu coração, fazendo com que ele retornasse para os braços de Tainá. Assim, segundo a bela indígena e mãe de Kauane e Anaí, jamais se separariam: Tainá nunca se afastaria de Moacir novamente e este, extasiado, jamais deixaria de contemplar sua amada.

Kauane acompanhou Hannah até o barco, ele pretendia navegar rio abaixo, levando sua energia pela floresta, ao mesmo tempo que protegia os rios dos invasores e evitava que adentrassem na mata para prejudicar os animais e derrubar as árvores.

— Querida mãe, afaste-se da beira do rio, suas lágrimas irão secar — disse Kauane.

— Enquanto eu beber a água deste rio, elas não secam — respondeu Tainá, serena. — Eu devolvo a água do rio em forma de lágrimas, elas seguirão seu curso até o rio Branco e o Amazonas para encontrar seu pai.

Mesmo falando com Kauane, Tainá não ergueu os olhos, pois suas lágrimas caíam vigorosamente sobre as águas de Auaris.

Kauane retornou a Aldeia e uniu-se a Anaí para confeccionar suas próprias miçangas. Eram elegantes conjuntos de colares, pulseiras, brincos e alguns adornos para casa. Parte dessas miçangas foi levada por Xamã em suas viagens, sendo trocadas por mantimentos, roupas, espingardas e munições. Além disso, Tainá apreciava tecer cestos para levá-los consigo quando ia para a roça.

Todos os anos, alguns europeus visitavam a aldeia dos Ye'kwana e as miçangas eram suas criações indígenas preferidas. Eles chegavam em embarcações e desembarcavam na floresta pelo rio Auaris. Sempre traziam alguns presentes e eram recebidos com festa pela aldeia. Dessa vez, foram dois alemães.

Herman e Valeska desembarcaram na aldeia pelo rio Auaris e encontraram Tainá à margem do rio. Não era a primeira vez que os alemães visitavam a aldeia e dessa vez trouxeram mais bagagens. Eles pretendiam passar uma temporada na região Yanomami.

— Por que a esposa de Moacir está na margem do rio, ao meio-dia? — questionou Valeska, enquanto descansava suas bagagens em um galho de árvore caído no chão.

Valeska era alta e esguia, de pele clara, nariz afilado e comprido, queixo delicado e olhos azuis, realçados por lábios bem delineados. Seus braços e pernas longos e alvos se estendiam como a neve, enquanto seus longos cabelos loiros caíam sobre um vestido longo e solto, estampado em xadrez.

Tainá ergueu seu rosto melancólico, olhos marejados, e reconheceu sua amiga estrangeira. Tainá a envolveu em um abraçou caloroso.

Enxugando as lágrimas, ela comentou:

— Eu choro à beira do rio. Minhas lágrimas seguirão o curso das águas em busca de Moacir, aprisionado pelos homens brancos.

Herman estendeu-lhe a mão sem compreender suas palavras.

— Boa tarde, Tainá. É bom te ver novamente!

Herman era um homem alto, loiro, cabelos grisalhos, barba por fazer, rosto mais arredondado e maçãs do rosto levemente avermelhadas.

— Onde se encontra Rudá, seu pai? — perguntou o estrangeiro.

— Provavelmente na roça, colhendo algumas espigas de milhos e ervas.

— Ervas? — indagou Valeska, com evidente interesse.

Valeska apreciava as ervas de Rudá, algumas a deixavam tranquila e a levavam a viagens alucinantes.

— Sim, amanhã celebraremos a chegada de vocês na aldeia. Por ora, vou continuar na beira do rio até completar três dias. Moacir precisa retornar.

Valeska compreendia que não deveria confrontar Tainá, uma vez que sua fé era essencial para seu bem-estar espiritual e mental dentro de sua cultura. Ela nutria um profundo amor pela civilização indígena e frequentemente se deixava envolver pelas narrativas e encantos da floresta. Embora tenha duvidado quando mencionaram à princípio Hannah, posteriormente refletiu: "por que esse jovem não seria designado para proteger a floresta, visto que ela é a vida do planeta?". Por outro lado, Herman não tinha hesitações acerca dos mistérios da floresta. Para ele, toda a essência de energia e magia positiva do planeta estava concentrada ali.

— Quero conversar com Rudá — afirmou Valeska, com impaciência.

— Ao chegar na aldeia, basta perguntar pelo Xamã e ele a guiará até o meu pai — disse Tainá.

Os estrangeiros chegaram à aldeia e foram identificados pelas crianças, que festejaram sua chegada. Os visitantes trouxeram consigo alimentos e brinquedos. Kauane e Anaí receberam Valeska, que imediatamente buscou pela presença do pajé.

Meu avô está nos cultivos e lidando com as ervas na roça. À noite, ele preparará o rapé para celebrar sua chegada, dona Valeska. E a sua também, senhor Herman.

— Quero ir até o pajé, meninas.

— Eu levo a mulher estrangeira para onde quiser.

Valeska virou-se e avistou um homem alto, de cabelos longos, olhos negros, corpo atlético e pele morena. Era Xamã, que deixou a jovem senhora encantada com a beleza do guerreiro Ye'kwana.

— Você é o Xamã? — perguntou Valeska, entusiasmada.

— À sua disposição — disse o guerreiro.

Xamã observava Valeska, que exibia suas pulseiras e colares feitos por indígenas, um vestido colorido e uma rasteirinha nos pés. Seu olhar se prendeu em seus braços longos, pernas alvas e esguias, além de seus olhos azuis, que conferiam um toque exótico aos seus cabelos loiros, adornando seus ombros.

— Permita-me acompanhá-la pela floresta, estou à sua disposição agora.

Xamã inclinou a cabeça ao retirar seu raro cocar, num gesto de reverência. Valeska sorriu diante da gentileza do líder guerreiro.

— Não é necessário todo esse cerimonial.

Ela estendeu a mão para Xamã, que a beijou. Ela esperava um simples aperto de mão, mas apreciou a cortesia do rapaz.

Nesse ínterim, Herman estava fascinado com Anaí e Kauane, que compartilhavam sua habilidade com as miçangas indígenas.

Xamã conduziu Valeska até o velho Rudá, que colhia algumas ervas, entre elas a erva rainha e o cipó-caapi.

— Olha quem veio nos visitar, pai!

Rudá continuou a manusear suas plantas como se estivesse abstraído em seus pensamentos.

— Cheguei até esse longínquo lugar para te ver, velho encantado.

Valeska já tinha testemunhado as viagens mágicas do longevo pajé, depois de ingerir o chá do Santo Daime.

— A estrangeira veio me ver ou beber o chá do pajé?

Rudá prontamente se virou e se aproximou de Valeska, que o abraçou.

— Para os dois — disse Valeska, sorrindo.

No entanto, o pajé cuidou em alertá-la:

— Nossa tradição não recorre às ervas como forma de gerar alucinações, mas sim para expandir a consciência, Valeska. Realizamos cerimônias religiosas em que as plantas são empregadas para ampliar a mente e harmonizar o espírito com a natureza e nosso Deus Wanadi, nos auxiliando na proteção contra doenças e artimanhas que os espíritos malévolos da floresta colocam em nosso caminho. Os líderes espirituais proíbem o uso com outros fins. É necessário agir com sabedoria ao interagir com a natureza. Você está entendendo?

— Entendi, Rudá. Pode parar com os ensinamentos, ok!?

Valeska não se convenceu muito da explicação do pajé. Para ela, o pajé curtia a sensação causada pelas ervas. Além disso, ela acreditava que ele usava uma quantidade a mais do que todos os outros na aldeia para seus deleites.

# XIV

# A CONVICÇÃO DE TAINÁ

Tainá estava sentada no barco de Moacir às margens do rio Auaris, recordando o abraço que não recebeu no dia em que o guerreiro partiu em busca de Hannah na floresta e das noites que não compartilharam. Ela relembrou dos momentos em que ele não a ajudou a descascar as mandiocas bravas e considerou: "um dia ele voltará para me ajudar com as mandiocas". Uma lágrima escorreu pelo seu rosto e perdeu-se na correnteza do rio. Tainá confiava que aquela lágrima se transformaria em um diamante capaz de conquistar o coração do guerreiro, "ele há de voltar" – ela fantasiava. Lá no alto da árvore mais imponente, um corvo observava Tainá e entoava o seu canto, alegrando a jovem mulher. Era como se a melodia estimulasse a liberação de substâncias cerebrais ligadas ao bem-estar, o arquétipo do corvo simbolizava a felicidade além das ilusões. Tainá sentiu suas forças sendo renovadas.

– Posso lhe fazer companhia, dona Tainá?

Ao seu lado, chegou um homem branco, alto e grisalho. Era Herman, que admirava os lindos cabelos negros da Ye'kwana e sua pele castanha. Tainá tinha traços orientais e pele castanho-clara. Herman sempre foi fascinado por Tainá, mas nunca se aproximou durante suas visitas à aldeia. Ele temia as mãos firmes dos guerreiros, temia o tacape, o arco e a flecha.

– Onde está sua esposa, Sr. Herman? – O alemão ficou pensativo e logo sorriu, respondendo: – Não sei se posso dizer que Valeska é minha esposa!

— Como assim, vocês sempre viajam juntos!?

— É uma longa história, dona Tainá, uma longa história.

— Tão longa quanto a minha história com Moacir?

Herman ficou encantado com a inocência da pergunta daquela mulher oriunda da floresta.

— Ah, dona Tainá, nós, homens brancos, somos complicados, muito complicados. Você não faz ideia. Posso te chamar de você?

— Claro, Sr. Herman!

— Apenas me chame de Herman.

Tainá ficou pensativa.

— Não, Sr. Herman, prefiro continuar te chamando assim: Sr. Herman, Moacir pode não gostar.

— Moacir não está mais aqui, foi embora e não deve voltar. Por quanto tempo você vai ficar aqui se lamentando e chorando?

Os grandes olhos de Tainá fixaram os olhos de Herman de maneira incrédula e perturbadora.

— Peço desculpa, Tainá, agi de forma tola, não era minha intenção. — Herman baixou a cabeça, envergonhado por falta de delicadeza.

— Senhor Herman, o espírito de meu marido está presente nesta floresta, neste rio. Ele nos observa pelos olhos do rio e nos escuta por meio dos ouvidos da floresta. Quando minhas lágrimas alcançarem Moacir, elas se transformarão em belos diamantes, que encantarão meu guerreiro e o farão retornar.

O Sr. Herman ficou desconcertado diante da resposta da mulher indígena dos seus sonhos. Tainá foi tão persuasiva que até ele por um momento se deixou envolver por sua narrativa. Contudo, logo voltou à sua realidade. Como poderia aquilo ser possível, como ela poderia acreditar nisso?

— Dona Tainá, pela ciência humana, isso é algo impossível.

Tainá encarou Herman, desapontada. "Como um homem tão culto e cosmopolita pode ignorar coisas tão simples", pensou.

— O homem branco está distante de Deus e da natureza, senhor Herman, e compreendo sua dificuldade em entender o espírito da floresta.

Subitamente, o assunto complicou a mente do viajante.

— Senhora Tainá, tentarei entender mais sobre a natureza, a floresta, os rios e os animais. Vivemos em cidades feitas de concretos e tijolos e nos distanciamos da natureza. Mas sou um indigenista e preciso aprender mais sobre isso, pode acreditar!

O sol se pôs e eles retornaram à aldeia. Na manhã seguinte, o povo se reuniria para o ritual.

## XV.

# O ASSÉDIO DE DAMIÃO

No alvorecer, o povo da floresta começou a se reunir na aldeia, exceto Hannah, cujo paradeiro nem mesmo Kauane sabia informar.

A mulher mais idosa da aldeia e descendente dos antigos Mawiishas veio visitar Tainá. Aruna ostentava longos cabelos brancos e lisos, uma postura firme e um corpo magro, com a pele já marcada pelo tempo. Ela era mãe de Aritana, o destemido chefe guerreiro do território dos Mawiishas, conhecido como o temível canibal, morto na batalha contra Moacir. O espírito de Aruna guardava todos os ancestrais e os segredos da antiga civilização. Entretanto, a anciã indígena sabia que havia firmado um pacto para garantir a sobrevivência e a união dos povos, após testemunhar a derrota de sua aldeia. A cada pôr do sol, Aruna renascia em forma de águia.

Xamã fez um gesto para que Araponga tocasse sua flauta, anunciando assim o início de mais um ritual. Enquanto o pajé preparava o rapé, as pessoas da floresta formavam um círculo e iniciavam cantos e danças. Valeska e Herman se juntaram à aldeia no ritual, participando da dança, já que não sabiam cantar. No entanto, foi no momento de experimentar o rapé que Valeska se entusiasmou ainda mais. Após a cerimônia, ela procurou pelo velho pajé e não o encontrou. Deixando o círculo, ela foi em busca de Rudá, que tinha ido para outro local da aldeia.

— Rudá, você veio fazer o chá e já está bebendo, eu também quero!

O velho xamã, mesmo contrariado, passou o chá para Valeska e pediu que ela não exagerasse. Valeska ignorou o pedido do pajé e chamou Herman para tomar o chá. Enquanto isso, o pajé voltou a inalar o rapé com os nativos reunidos, cantando e dançando. Mais tarde, ele acendeu o charuto e espalhou a fumaça pelo local, como se fosse um incenso. Ao final da celebração, Rudá já estava em cima de uma árvore, emitindo sons de macaco bugio e depois imitando o som da onça-pintada, ele desceu e foi descansar na sua rede, como de costume. Durante a cerimônia, Aruna sumiu sorrateiramente da área do ritual sem que Tainá, sua amiga, notasse.

Xamã procurou por Valeska, porém não a encontrou. Durante a festa, notou que ela não dava importância à sua presença — estava mais interessada em desfrutar do chá e do rapé do pajé. Observando a situação ao seu redor, sentiu-se frustrado. Porém, ao erguer os olhos, avistou uma águia voando sobre sua cabeça. Ao pousar em uma árvore, emitiu um som que iluminou seu espírito, como os primeiros raios de sol da manhã. Noutra árvore, um corvo pousou e cantou, aguçando seu espírito em alerta. Além disso, Herman não se encontrava na aldeia também. Com o entardecer se aproximando, não seria prudente ter ambos os estrangeiros perdidos na floresta. Contudo, as lembranças de Hannah trouxeram tranquilidade a Xamã. Agora como líder, ele assumia a responsabilidade de zelar pelo povo da floresta e pelos amigos, sabendo que não estava só. Hannah possuía profundo conhecimento dos mistérios da mata, controlava os espíritos e conquistava o respeito dos animais e intrusos com sabedoria.

Naquele momento, Hannah estava próximo do rio Uraricoera, já distante de Auris. Ele conversava com alguns homens que pareciam interessados nas riquezas naturais da região. Hannah informou aos homens que o local era considerado sagrado pelos Ye'kwana e que estavam lá por designação de Wanadi, não por escolha própria. Acrescentou que o homem branco não poderia adentrar sem a permissão deles e dos espíritos da floresta. Em seguida, um dos homens, conhecido como Damião ou Faraó, propôs algo a Hannah: tirá-lo da floresta sagrada dos Ye'kwana para se tornar seu aliado e facilitar a exploração das terras Yanomami.

— Hannah, valente da selva, una-se a nós e faremos de você um dos homens mais proeminentes destas terras. Concederemos terras, armas, munições, esposas e uma grande influência na região.

— Sr. Damião, a floresta não tem proprietário e nós não reivindicamos posse sobre este lugar, estamos aqui para viver em harmonia, zelando e protegendo o que nos foi confiado. Para que nos apossar da terra se somos livres na floresta e a floresta é livre, assim como os animais e pássaros que nela habitam? Conforme o velho pajé ensina, a floresta é nossa mãe, dela tiramos a nossa subsistência, ela nos nutre e nos protege. Ela tem uma alma e qualquer alma aprisionada e oprimida acaba sufocada e morta. Devemos ser amigos da floresta e não lutar contra ela. Se o homem não tomar a floresta para si, a terá para sempre.

Diante da recusa de Hannah, Faraó ficou furioso e proferiu algumas palavras grosseiras. No entanto, ao ouvir os rugidos e esturros de uma onça, Faraó e seus homens rapidamente embarcaram em suas canoas e sumiram rio abaixo. Iara, subitamente, pulou em Hannah e o abraçou.

# XVI

# ALIENAÇÃO

Após ingerirem o chá do pajé, Valeska e Herman experimentaram uma sensação de leveza, quase flutuante. Contemplando a "floresta real da Inglaterra", em sua versão medieval, Valeska sabia que era contra a lei caçar cervos, já que todos os cervos da terra pertenciam ao soberano. No entanto, isso não a incomodava. Ela tinha Robin Hood na floresta de Sherwood, perto da cidade de Nottingham, pronto para resgatá-la. Convicta de que era Lady Marian, nora de Sir Walter Loxley, barão de Nottingham, Valeska desejava saborear a carne do cervo real. Assim, pediu a Herman, a quem tratava como seu servo, que pegasse o arco e flecha para caçarem juntos na floresta de Sherwood. Surpreso com o pedido de Valeska, Herman olhou para ela, estupefato.

— Estamos na floresta de Sherwood?

Quando criança, Herman assistia à *Lenda medieval* e sonhava em explorar aquela mata, acompanhado por Robin Hood por meio dos campos e bosques, tirando dos ricos para dar comida aos pobres.

— Vamos entrar na floresta, está à vista!

Os olhos do indigenista alemão brilharam ao se perceber naquela mágica floresta do século XII. Ele sabia dos perigos da floresta real.

Herman advertiu Valeska que era proibido ingressar na floresta com arco e flecha e que a pena por matar um cervo real era a morte, fosse o assassino servo ou nobre. Contudo, diante da insistência de Marian

(Valeska), ele prontamente atendeu, após ela assegurar que Robin de Locksley (Robin Hood), seu amante e futuro marido, estava na floresta para protegê-los.

Eles partiram de canoa, margeando o rio Auaris.

— A floresta é bela — comentou Valeska. — Não me surpreenderia se avistássemos um guarda florestal por aqui.

— Também pode haver ladrões ou exploradores de mulheres por estas bandas — ponderou Herman.

— Meu amante é um ladrão, confio nos ladrões.

— Confio nos ladrões que tiram dos ricos e dão aos pobres — disse Herman.

— Quem dá aos necessitados, empresta a Deus — disse Valeska, distraída, fitando o voo de um corvo.

Enquanto eles conversavam, com o barco à deriva, uma águia os observava de longe. Valeska avistou a ave no topo de uma árvore e apontou que se tratava da águia real.

— Sim, só há águias reais no hemisfério norte, temos várias delas aqui na Inglaterra — comentou.

Em determinado ponto do rio, eles decidiram ancorar a canoa ao lado de uma árvore gigantesca e adentraram na floresta, encantadora, misteriosa e perigosa do século XII, no coração da Inglaterra. Herman correu pelos caminhos da floresta, parou abruptamente e, como se quisesse contemplar o céu, estendeu os braços observando as copas das árvores que competiam com os tênues raios de sol vindo aquecer o solo naquela bela tarde no Auaris. Exclamou em voz alta:

— Estou em Sherwood!

Logo atrás dele vinha Valeska, empunhando um arco e carregando um alforje de flechas nas costas. Herman portava uma lança curta e pesada, com duas asas na base da lâmina de ferro. Ele estava determinado a encontrar e caçar um javali, criatura pouco amigável, comum naquela floresta.

Após trilharem a floresta por meia hora, sem avistarem nenhum cervo ou javali, uma voz suave e calma ecoou entre as árvores: "Vocês precisam retornar".

Procuraram em volta, mas apenas o silêncio tomou conta do lugar, invadindo a floresta. Logo depois, o canto das cigarras preencheu o ar, e então um completo silêncio. Diante de "Marian", um cervo apareceu. Enquanto o cervo e Valeska trocavam olhares surpresos, Herman preparou seu arco, pronto para agir. No entanto, Valeska fez um gesto indicando que ele o baixasse.

— É necessário que regressem à aldeia, afastem-se da floresta, é perigosa — alertou o pequeno cervo.

Diante das palavras do cervo, Herman ficou imóvel e começou a se irritar.

— Viemos procurá-lo, caro cervo, por que nos pedes que voltemos?

— É preciso que retornem à dimensão física e concreta da existência, pois não estão preparados para essa jornada arriscada. Têm que regressar.

Herman não conseguiu compreender a mensagem do cervo. O chá do Santo Daime transportou-os a uma dimensão temida pelo pajé. Era necessário o desejo de retorno deles, exigiria esforço e somente eles poderiam realizá-lo.

— Devem voltar para restabelecer o equilíbrio entre as dimensões da existência humana, ainda não estão prontos para habitar esse universo paralelo — disse o cervo.

— Este é o meu mundo agora, cervo — afirmou Valeska. — Você avistou Robin por aqui?

Diante da negativa do cervo, Valeska se irritou.

— Elimine o cervo, Herman, ele é inútil e tagarela demais.

— Sou apenas um cervo inofensivo, não é necessário me matar — disse o cervo.

No entanto, diante da insistência de Herman e Valeska em continuar sua caçada, o cervo aconselhou-os a não darem ouvidos a nenhuma pessoa da floresta.

— Não confiem em nenhum estranho.

— Não acabe com esse cervo, Herman, ele deve ser importante para o Rei Ricardo.

"Marian" se referia ao Rei Ricardo Coração de Leão, a quem Robin Hood prestou homenagem.

— Se dependesse de mim, eu o eliminaria e o deixaria na porta do Xerife, aquele pateta.

Ele mencionava o Xerife de Sherwood, o carrasco da cidade contra os invasores da floresta.

Valeska permaneceu imóvel, observando o cervo desaparecer entre os galhos e as folhas das árvores. Indagou-se sobre o que havia no animal para provocar tamanha identificação. Diante daquela situação, decidiram ignorar futuros veados e atirar flechas assim que avistassem um.

O dia despediu-se dos visitantes da floresta e a noite os abraçou com serenidade. Valeska pensou em sua filha, Katarina, que ficara na Alemanha, trabalhando em um café e cursando jornalismo. Preocupava-se com as noites geladas no país estrangeiro e se questionava se Katarina estava bem alimentada e agasalhada. A jovem, por sua vez, subnutrida, mantinha-se ocupada entre o trabalho, a faculdade, a casa e as boates, não dedicando a devida atenção à sua alimentação. Enquanto isso, Herman, o pai de Katarina, não a tinha em seus pensamentos, pois confiava na inteligência e astúcia dela para se virar em Berlim, aos dezenove anos de idade.

Ele estava mais preocupado com a construção de uma cabana para se protegerem dos predadores da floresta.

Um casal de indígenas e três crianças caminhavam pela trilha carregando um balaio na cabeça, com algumas mandiocas no cesto.

— Cuidado com a bruxa! — alertou a mulher, antes de seguir seu caminho.

Os dois alemães ficaram confusos. "

— Cuidado com a bruxa? — questionou Herman, olhando para Valeska.

— Essa mulher me chamou de bruxa? A bruxa é ela, com essa roupa em frangalhos e carregando aquele cesto na cabeça.

"Marian" ficou incomodada na "floresta de Sherwood". Eles adentraram na mata e depararam-se com uma clareira.

— Este local é perfeito — afirmou Herman. — Vou buscar galhos e folhagens para construirmos nossa cabana aqui.

Os dois ativistas da floresta ergueram a cabana juntos, acenderam uma fogueira ao lado da sua tenda e se sentaram realizados no meio da "floresta real". Extenuados, logo adormeceram, contudo, foram despertados pelo choro de uma criança, que parecia estar além do seu alcance, mas ecoava perto de seus ouvidos. Ao abrirem os olhos, avistaram uma menina de cerca de sete anos parada em frente à cabana. Seus olhos enormes pareciam derramar lágrimas continuamente, sua boca era grande e seus dentes, pontiagudos e dourados. A menina fez gestos, convidando-os a segui-la. Valeska, assustada, levantou-se pensando: "Ela é só uma criança, deve estar precisando de ajuda". Herman pediu que ela esperasse. Entretanto, Valeska não hesitou, afinal, era uma criança. A menina desapareceu pela trilha da floresta e, de repente, um veado broqueou a saída de Valeska em frente à cabana.

— Mate o cervo — ordenou Valeska.

Com seu arco em mãos, Herman disparou uma flecha em direção ao cervo, que foi levemente atingido nas costas. O animal desapareceu na escuridão da floresta, enquanto ao longe, a garota podia ser ouvida pelo seu choro e seus dentes reluzentes. Valeska decidiu seguir a menina, no entanto sentiu receio diante da aparência dela, que a encarou e seguiu adiante. Herman a seguiu, confuso. Talvez estivesse diante de um dos enigmas da floresta real, ponderou.

Pelo caminho, reinava um misterioso silêncio. A menina ora sorria, ora chorava e eles pareciam ter caído no feitiço de Andira, a filha da bruxa Inaiê. Andira, por sua vez, também era filha de Aritana, o último chefe canibal, cuja vida foi ceifada por Moacir. A menina foi envenenada até a morte pela mãe ao se vingar de Aritana, visto que ele se negou a casar-se com Inaiê.

Enquanto a cabana desaparecia no horizonte, os caminhos selvagens da vasta floresta se transformavam em labirintos a serem desbravados em busca de Andira.

— Onde está Robin? — questionou Herman. — Será que ele nos abandonou?

Valeska imaginou: "Ele provavelmente está roubando os nobres agora, ou distribuindo dinheiro e mantimentos por aí".

Perdidos na escuridão da densa floresta longe do ponto de apoio habitual, Valeska percebeu que estavam distantes demais. Em meio àquele cenário sombrio, ela questionou:

— Menina, para onde você está nos levando?

— Mamãe quer ver vocês — disse a menina, sorrindo.

Enquanto caminhavam por uma região abrupta e íngreme, Herman e "Marian" seguiram pela encosta, agarrando-se aos troncos das árvores até alcançarem um precipício de vinte metros de profundidade. O fundo era coberto por pequenas árvores secas, com galhos pontiagudos. Uma passagem havia sido criada pelo tronco de uma árvore enorme derrubada, com cerca de vinte metros de comprimento. Acima da cabeça havia uma corda para equilíbrio, parecida com a técnica da Falsa Baiana. Mesmo pequena demais para alcançar a corda, a menina seguia caminhando sobre o tronco de madeira, parecendo flutuar sobre ele.

— Eu me recuso a atravessar este abismo — disse Herman.

Valeska, corajosa, seguiu Andira, segurando a corda acima da cabeça. Herman superou o desafio com grande apreensão. A fraca luz da lua ocultava os perigos que espreitavam no vale profundo. Ao alcançar o outro lado, Herman parou para recobrar as energias, transpirando de medo e com as pernas trêmulas.

— Chegamos — disse a garota, minutos depois, sorrindo e exibindo seus dentes imperfeitos, porém brilhantes.

Chegaram numa região de mata densa, região alta e montanhosa, de difícil acesso e retorno. Em meio à mata fechada, sob a sombra de uma gigantesca árvore e em meio à penumbra, emergiu Inaiê. Usando um chapéu de palha em formato de funil sobre sua cabeça, seus longos cabelos negros caíam sobre seu rosto enrugado e seu enorme nariz proeminente. Seus olhos grandes e escuros chamavam a atenção, mas eram os dentes enormes, afiados e adornados com ouro que mais impressionavam. E sobre seu ombro repousava um grandioso corvo negro, suspeitava-se que fosse a ave desaparecida da Torre de Londres. Para muitos, aquilo era tratado como uma lenda.

— *Eine hexe* — exclamou Valeska, surpresa, em alemão, vendo a bruxa.

— Já se olhou no espelho? — indagou Inaiê, que entendeu perfeitamente Valeska.

Herman estava paralisado diante da bruxa da floresta, segurando a lança de caçar javalis com firmeza, como se estivesse se preparando para um ataque. Inaiê se aproximou, ele pousou a lança no chão e a utilizou como suporte; o alemão tremia, demonstrando ansiedade. A bruxa acabara de drenar suas forças. Ela tomou a lança das suas mãos sem que ele esboçasse a menor reação e disse:

— Eu posso entregar o cervo a vocês.

Eles ficaram olhando a bruxa, perplexos.

— Me chamo Inaiê, a rainha da floresta — apresentou-se ela.

— Eu sou Marian, Lady Marian, é um prazer.

Valeska estendeu a mão à bruxa, que permaneceu imóvel, fitando-a nos olhos e deixando-a atordoada. Os dentes de Andira refletiram na noite enluarada sob os galhos da grande árvore. Um sorriso surgiu no rosto de Andira, como se apreciasse o assombro e o espanto nos olhos dos visitantes.

— Você avistou Robin em algum lugar, Inaiê? — perguntou Valeska, atônita.

Inaiê sorriu escandalosamente, ciente de que não havia nenhum Robin, apenas Hannah. O cervo que apareceu para eles também não era real; na verdade, tratava-se do velho pajé, transfigurado, na tentativa de alertar Valeska e Herman sobre os perigos da floresta diante de Inaiê. O cervo estava ferido e sua recuperação seria demorada. Apesar de o pajé estar machucado, a flecha só atingira seu ombro.

— Na hora certa Robin aparecerá, Marian, na hora certa.

A feiticeira saiu da vista deles e desapareceu na escuridão da floresta.

— Mamãe disse para vocês dormirem por aqui, devem estar exaustos. Amanhã ela conversa com vocês.

Andira aprendeu desde cedo a dissimular. Ela também se ocultava na escuridão da floresta.

Herman, assustado, sugeriu a Valeska que fugissem dali.

— Sim, Herman, vamos embora logo, encontraremos outro lugar para passar a noite. Não gostei dessa bruxa, ela parece terrível, poderia ser mais simpática.

Diante da situação desconfortável, decidiram retornar ao local da travessia no Vale Assombrado das Estacas e depararam-se com o enorme precipício. Já era noite e a corda de equilíbrio não estava mais disponível, restando apenas o longo tronco de árvore como alternativa para atravessar.

— Valeska, Inaiê retirou a corda de equilíbrio, não há como atravessar, se cairmos, seremos empalados nas estacas e no fundo desse precipício.

— Você não tem uma lanterna, Herman? Não podemos ficar aqui com essa megera, ela é perigosa! Pensei que as bruxas fossem mais amigáveis.

Herman estava sem uma lanterna e não havia muito a ser feito; mesmo se tivesse uma, o local era incrivelmente profundo. Cruzar o tronco da árvore sem a corda de equilíbrio representava um risco considerado.

— Não temos alternativa, Valeska, vamos passar a noite aqui e tentar escapar amanhã por algum outro caminho. Não temos ideia de onde estamos, vamos nos perder na mata e a bruxa acabará nos capturando de qualquer jeito. Estamos numa região montanhosa, terreno extremamente difícil de progredir.

Os dois ativistas procuraram um local para construir um abrigo, utilizando galhos e folhas, debaixo da copa de uma copiosa árvore e próximo da árvore da bruxa. Acenderam uma fogueira para afugentar os insetos e animais perigosos. No entanto, a bruxa apareceu, enfurecida. Ela detestava o fogo e os obrigou a apagar.

— Apaguem agora ou terão que sair imediatamente — ordenou Inaiê, visivelmente irritada pela presença do fogo.

Na manhã seguinte, a jovem Andira apareceu na tenda de Valeska e Herman, e convidou-os a tomar o café da manhã. Eles estavam famintos, acompanharam Andira e encontraram Inaiê sentada embaixo de uma frondosa árvore, com folhas espalhadas pelo chão, um javali morto e seu sangue servido em uma tigela de madeira. A carne do javali estava disposta sobre as folhas e a bruxa devorou os pedaços, com o sangue escorrendo de sua boca. Seu rosto estava sujo de sangue, do nariz ao queixo.

— Por favor, sentem-se e comam — disse a bruxa, voltando a rasgar a carne do animal com os dentes.

— Eu posso assar o Javali para você, Inaiê — sugeriu Valeska, tímida e pasma.

A bruxa levantou-se, zangada, caminhou até Valeska com passos decididos, aproximou-se, estendendo as mãos como se quisesse agarrar seu pescoço.

— Já avisei para não acender fogo, você é surda?

Ela proferiu as palavras encarando Valeska, exibindo seus deploráveis dentes, serrilhados. A bruxa retornou ao seu lugar, pegou a perna do javali e voltou a se alimentar, em seguida, dirigiu seu olhar para Herman e Valeska, apontando para o javali e ordenando:

— Sentem-se e comam. Em Sherwood, há muitos javalis e poucos veados. No entanto, posso conseguir um cervo para vocês. Por enquanto, desfrutem do javali.

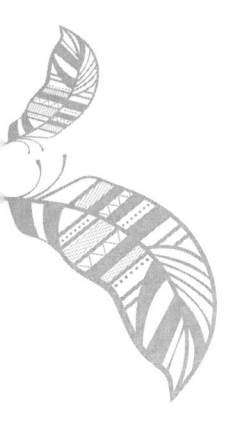

# XVII

# A OCA SAGRADA

— Regressem para a selva.

Hannah apareceu na aldeia na companhia de Iara, a sua amiga onça, e Samir, o macaco traquina. Samir costumava provocar Iara, levando-a a perder a paciência e a tentar atingi-lo com suas garras, contudo, Samir era incrivelmente ágil e conseguia sempre escapar. Por não poderem entrar na aldeia, eles obedientemente voltavam para a selva. Samir se escondeu entre as árvores, enquanto Iara optou por ficar por perto à espera de Hannah.

— Você não deveria chorar tanto, Tainá — disse o guardião da floresta.

— São meus olhos que escutam o meu coração, Hannah, e as lágrimas dos olhos de Tainá se comunicam com as águas do rio.

Nesse instante, Hannah teve seus olhos vendados por mãos suaves e macias como a pelagem de uma ovelha.

— Estava com saudade de você.

A voz terna de Kauane acariciou os ouvidos do guerreiro. As mãos de Hannah estavam frias e suadas. Era como se Hannah estivesse conhecendo a mais encantadora e meiga jovem da floresta pela primeira vez e por ela se enamorasse. Quando as mãos afetuosas de Kauane tocaram seus longos e negros cabelos, até a altura dos ombros, e o abraçaram, Hannah experimentou a beleza e teve a sensação de se perder no infinito.

Não foi o simples fato de ela abraçá-lo, mas sim a maneira como o fez.

— Por que demorou tanto, Hannah? Pensei que nunca mais o veria.

Foram dias tumultuados com a ameaça de possíveis agressores na floresta, logo após o sequestro do guerreiro Moacir. Hannah confrontou garimpeiros e invasores tentando adentrar na região próximo ao rio Auaris. Homens enviados por Damião, conhecido como o Faraó, ameaçáram tomar toda a área, porém Hannah, com a ajuda de Xamã e Iara, conseguiu intimidar os invasores.

— Eu e Xamã nos deparamos com vários homens maus, eram homens brancos tentando invadir a floresta.

— Tenho medo dos homens brancos, eles fazem mal à gente — disse Kauane, cismada.

— Onde está o velho Rudá? Preciso encontrá-lo.

— Ele sumiu por um tempo, depois chegou aqui ferido por uma flecha. Pensei que estivesse contigo na floresta.

— O que aconteceu com o pajé? — indagou Hannah.

— Ninguém tem ideia, ele está um tanto misterioso.

Hannah dirigiu-se à cabana do fabuloso pajé e o encontrou adormecido. Uma atadura no seu ombro evidenciava o ferimento. Hannah sentou ao seu lado e observou Rudá dormindo placidamente, em perfeita sintonia com a natureza. O velho pajé, depois de um longo tempo, despertou diante de Hannah, que ainda o observava. Um sorriso se abriu em seus lábios ao ver o jovem. A última vez que Hannah havia entrado na sua oca enquanto Rudá descansava fora na sua infância.

— O que houve com seu ombro, misterioso Rudá?

— Não foi grave, filho, apenas um pequeno ferimento, mas já está tudo bem. Você viu Valeska e Herman por aí?

— Já faz um tempo que não os vejo, pensei que tivessem partido, mestre xamã.

— Se ao menos tivessem ido. Que Wanadi os proteja!

— Seria melhor se eles retornassem para a Alemanha, a terra deles. Eu jamais abandonaria meu povo e minha terra para viver em outras nações.

— Ah, jovem guardião da floresta, eu até que apreciava a presença deles aqui, pois eles compartilham com o mundo o que acontece com nosso povo, o que é positivo, já que os homens brancos cobiçam nossas terras. Contudo, estou preocupado. E tanto Valeska como Herman são como membros de nosso povo, filhos de nossa terra.

— Se nosso mestre Rudá se preocupa com os dois estrangeiros é porque algo de grave está acontecendo. Se mestre Rudá se preocupa, Hannah também se preocupa!

— Eles perderam a proteção dos bons espíritos da floresta e agora estão sob sombras de maus espíritos. Preciso falar com a Aruna dos Mawiishas.

— Por que sábio Rudá precisa consultar com Aruna dos Mawiishas? O povo que tentou devorar Kauane e depois a mim. — Hannah ficou um pouco pensativo. — Se não fosse Moacir, o guerreiro do nosso povo, eu não estaria aqui!

Rudá sorriu com a inocência de Hannah sobre aquele assunto, colocou a mão em seu ombro e explicou:

— A tua presença neste local é a vontade de Deus Wanadi. Assim como o sol é essencial para o girassol, você é importante para o nosso povo, e a floresta toda se inclina para ti. Moacir apenas seguiu o seu destino.

O sábio velho Rudá reconhecia a importância de Hannah, nascido no topo do morro, numa noite de tempestade. A floresta nunca se mostrara tão exuberante e as águas do rio nunca tão cristalinas.

— Aruna também se encontra aqui por vontade de Wanadi, plantada neste lugar para o bem da terra-floresta. Recomenda-se que faça maior uso do rapé e consuma o chá do pajé para expandir tua consciência. Hannah deve abandonar suas perguntas ingênuas.

O pajé se despediu de Hannah e dirigiu-se à oca de Aruna.

— Espere, Rudá, o que Hannah não sabe? Os estrangeiros estão em perigo? — indagou ele.

— Da mesma forma que Kauane e Anaí estavam quando foram atraídas pela bruxa, se lembra? — gritou o velho pajé, já distante.

Ele não poderia esquecer daquele fatídico dia em que quase perdeu a jovem-menina, que sempre fora seu porto seguro desde a infância, afogada pela bruxa malvada.

Hannah se despediu de Kauane e a surpreendeu com um selinho nos lábios. Kauane ficou imóvel, observando Hannah se afastar, até que "acordou" com um grito de Tainá, chamando-a para ajudar a preparar a refeição do final da tarde.

— Por que vocês não estão namorando, Kauane? — questionou Tainá.

— Eu não sei, mãe, acho que ainda não é o tempo de Wanadi.

— Mas vocês se amam, não se amam?

— Eu sinto Hannah como um rio dentro de mim, mãe. Ele flui em meu peito e permeia todas as partes do meu ser assim como os afluentes do rio Auaris. Às vezes está mais calmo durante a seca, mas depois transborda; no entanto, na maioria das vezes permanece aqui, pleno, na medida certa, dando esperança a todas as gentes. Meu amor por Hannah é como um rio. Eu sei que ele tem um propósito a cumprir e não posso interferir nisso. Há um mistério que ainda não compreendo. E por que você parou de cantar para as plantas na roça, mãe? Elas estão morrendo.

Tainá permaneceu em silêncio.

— Não consigo filha, não consigo. Vou cantar assim que teu pai retornar.

— E se ele não voltar?

— Ele regressará assim que o rio transmutar minhas lágrimas em diamantes.

— Isso leva tempo, mãe?

— O tempo que perdurar até que nossas almas se unam, filha. O resplendor das águas transformadas em diamantes voltará a encantar o coração do seu pai.

Impressionada, Kauane pôs-se a pensar em Hannah e no dia em que o coração do guerreiro seria cativado por seu beijo, finalmente suas almas se encontrariam.

Era final de tarde, o som da flauta de Araponga ecoava por toda a aldeia. Momento em que o sol vagarosamente se escondia na floresta, sinalizando a todos que era hora de retornar para suas casas. A escuridão da mata podia despertar temores. Xamã atracara sua canoa em uma pequena e frondosa árvore andiroba, típica da Amazônia. Ele voltava de uma jornada pelos rios em busca de Moacir, cujo desaparecimento transformara a aldeia em um lugar apocalíptico.

Enquanto isso, Hannah mantinha sua conexão com a floresta, os animais e as plantas. Por outro lado, Tainá interrompera seus cantos para as plantações. Ela tinha a convicção de que suas melodias melancólicas tornavam as plantas mais suscetíveis, demandando maior trabalho e replantio.

Após a conversa com Aruna, o enigmático pajé foi encontrar Xamã, que se inclinou em reverência diante dele e recebeu um abraço. Rudá então perguntou:

— E Moacir, meu filho, trouxe notícias do nosso guerreiro?

— Não, pai. Naveguei por diversos rios, atravessei o rio Branco até Boa Vista e não obtive novidades. Estou desanimado, não tenho mais certeza se ele está vivo. Enfrentar os invasores com suas armas destrutivas está se tornando cada vez mais difícil. Tenho receio de um ataque em nossas próprias terras. Houve um tempo em que nossos arcos e flechas eram suficientes, mas hoje... hoje estou incerto quanto a isso, pai.

— Os bons espíritos da floresta não permitirão, meu filho, Deus Wanadi não permitirá. Contamos com Hannah, que está aqui para nos auxiliar. Ele carrega um espírito iluminado por Wanadi.

— Não seria o caso de adquirir armas? Podemos negociar com homens brancos em Boa Vista.

— Essa não é a melhor alternativa, não conseguiremos rivalizar com os homens brancos, pois são poderosos. Se optarmos por confrontá-los com armas, certamente seremos aniquilados. Ao recorrermos às mesmas armas para atacar, seremos também atacados. Essas armas nos conduzirão à morte. Ademais, a presença de armas de fogo na aldeia apenas trará sofrimento ao nosso povo, sendo utilizadas uns contra os outros, entre amigos e irmãos, como nas outras civilizações.

— E o que faremos então, Rudá?!

— Apenas o Deus Wanadi pode nos proteger. Permaneceremos em harmonia com ele e assim sobreviveremos. Porém, a princípio, é essencial controlar a bruxa da floresta, pois ela luta para nos enfraquecer, Xamã.

— Eu não tenho o poder de matá-la, meu pai. Não possuo habilidades sobrenaturais para derrotar a bruxa.

— De fato, você não tem esse poder, mas pode subjugar seu espírito por meio de rituais; pode influenciar sua mente e torná-la imune aos poderes de Inaiê. Dessa forma, ela será enfraquecida ao gastar energia sem obter resultados.

Xamã e Moacir não foram preparados para o mundo espiritual, mas sim para a guerra. Atender aos pedidos de seu pai Rudá exigia muito esforço. Diante disso, Rudá decidiu construir a Oca Sagrada. Convocou todos da aldeia e anunciou que iria erguer uma oca, purificá-la com suas ervas, a fumaça de seu cachimbo e o uso adequado do chá da ayahuasca.

— Todos devem visitar a oca em busca de fortalecimento espiritual contra as malevolências da bruxa — declarou o pajé aos membros do povo Ye'kwana.

Todas os dias pela manhã e à tarde, formavam-se filas para acessar a morada sagrada do pajé.

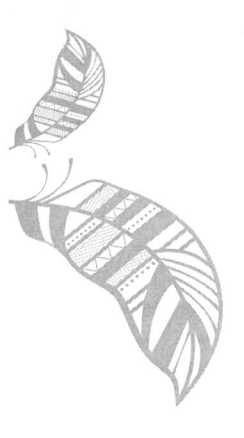

# XVIII

# A BUSCA

Xamã sentiu um intenso desejo de reencontrar Valeska e partiu em uma jornada para encontrá-la, explorando as margens do rio Auaris. Por outro lado, Hannah decidiu enfrentar sozinho seus próprios desafios, temeroso das possíveis consequências que a bruxa malvada podia acarretar aos animais da floresta, caso solicitasse ajuda. Ao mesmo tempo, estava ciente de que os homens brancos se aproximavam cada vez mais, prontos para invadir as terras indígenas em busca de riquezas como pedras preciosas e madeira, colocando em risco não só a natureza em si, mas também a vida de outros indígenas que corriam risco de serem capturados. A floresta, o coração da terra, estava sob grave ameaça.

Xamã, ao se deparar com Hannah e Iara a caminho da Serra Parima, viu-se na presença incômoda da onça, que rosnava baixo. No entanto, a situação foi amenizada por Hannah, que acariciou a cabeça do animal.

— Hannah, preciso de sua ajuda para encontrar Valeska. Ela e Herman estão desaparecidos na floresta — disse o bravo guerreiro com sua lança em punho.

— Sim, Xamã, já estamos procurando por Valeska. Seu pai suspeita que eles tenham sido atraídos pela bruxa — respondeu o Guardião da Floresta com serenidade e firmeza, empunhando também uma lança.

— A bruxa pode afogá-los no rio — disse Xamã.

— Ela pode tê-los atraídos até o Vale Assombrado das Estacas e os feitos prisioneiros, Xamã.

— Isso não é nada encorajador, o Vale das Estacas é um precipício e as estacas são muito afiadas — alertou Xamã.

— Vamos começar procurando pelas margens do rio, primeiro — sugeriu Hannah.

Durante um longo tempo, percorreram a beira do rio Auaris sem se deparar, no entanto, com nada além do canto dos pássaros e de macacos, além do rugido de algumas onças. Avistaram uma águia pairando bem perto, entoando seu canto enquanto voava em direção ao Monte.

— Você percebeu isso, Hannah?

— Sim, a águia parece indicar o caminho para a Serra Parima.

— É o caminho que leva ao Vale Assombrado das Estacas — disse Xamã, movendo-se em direção à águia. Estava, como sempre, destemido, por mais que estivesse apreensivo.

Havia uma trilha, raramente explorada e bastante estreita. Outros caminhos na região haviam desaparecidos devido à falta de uso e à dificuldade do terreno. Logo no início da trilha, ouviram o canto do corvo. Era um prelúdio de que algo não estava certo, eles estavam adentrando um local impregnado de energias negativas e roubadas. Avistaram o corvo sobrevoando o topo das árvores, imponente e assustador. Parecia ser Merlina, a "rainha dos corvos", hipoteticamente da torre de Londres, que havia "desaparecido".

Nas proximidades das margens do rio Auaris, o corvo sinalizou para um lugar sombrio e perigoso, como um portador de profundos segredos, sabedoria e astúcia. Repentinamente, surgiu uma águia, simbolizando a liberdade, coragem e poder, como se quisesse dizer: "Não temam, é hora de fazer uma escolha e encarar os desafios". E foi exatamente isso que Xamã e Hannah decidiram fazer, seguindo os ensinamentos da águia e respeitando a presença do corvo, que espreitava atentamente o caminho.

# O CANTO DO CORVO E O VOO DA ÁGUIA

Dias depois que Valeska e Herman cruzaram o Vale Assombrado das Estacas e encontraram Inaiê, por meio de Andira, já estavam familiarizados com a culinária peculiar da bruxa naquela região da floresta. Poucos alimentos estavam disponíveis, e a carne de javali, assim como a de outros animais, foi servida crua pela bruxa. Naquela região escassa em frutos e sem plantações, os estrangeiros se viram obrigados a se alimentar da carne crua dos animais, como verdadeiros bárbaros. Inaiê decidiu se aproximar de Herman e Valeska com o intuito de atrair Xamã e Hannah, a fim de eliminá-los. Seu objetivo era aniquilar a floresta e os rios, tendo como seus principais alvos os protetores da natureza e do povo. Com Xamã e Hannah fora do caminho (ela já havia afastado Moacir), a floresta estaria vulnerável à invasão de garimpeiros e posseiros, os quais, além de dizimar os nativos, devastariam o meio ambiente e a fauna local.

— Minha querida Valeska, vou arranjar um cervo para você — disse a bruxa, enquanto seus lábios estavam manchados de sangue e sua boca estava cheia de carne de um javali recém-abatido.

— Estou nesta floresta por causa de um cervo, Inaiê — afirmou Valeska empolgada e com brilho nos olhos.

— Herman, veja, teremos nosso cervo.

Herman, desconfiado da generosidade da velha bruxa, perguntou:

— E o que Inaiê pedirá em troca?

A resposta veio firme:

— Quero a lealdade de vocês.

Naquele instante, Herman encarou o rosto da bruxa, desfigurado e com dentes de ouro pontiagudos, cintilando sob os primeiros raios de sol. A bruxa cobriu o rosto com as mãos como se estivesse com vergonha da sua aparência e advertiu:

— Não me encare assim, ou você ficará pior do que eu.

Ela mostrou suas unhas, semelhantes a garras enormes e retráteis de um felino, e exibiu seus dentes, parecendo ainda mais horríveis do que aparentava. Herman baixou imediatamente a cabeça.

— Desculpe, senhora Inaiê, não quis deixá-la nervosa — disse com a voz trêmula, evitando o olhar da mulher, como se realmente estivesse fugindo do olhar de uma bruxa.

— Você terá nossa lealdade, Inaiê, fique tranquila — disse Valeska, sem encarar o rosto dela, tentando apaziguar a fúria da bruxa.

— Estou calma — respondeu Inaiê. — Vocês é quem deve se cuidar, não tolerarei traição.

No instante em que o corvo surgiu no topo de uma árvore e entoou seu canto, a feiticeira se acalmou.

Merlina percebeu que os guerreiros estavam procurando pelos viajantes, mas optou por não interferir. Para o corvo, a vida deveria seguir seu curso natural, acompanhando tanto os infortúnios quanto os bons momentos. Merlina via a vida como uma selva, em que a natureza e a sobrevivência ditavam as regras. Deixar viver ou morrer era seu princípio fundamental. Todos preferiam ter o corvo por perto, visível aos olhos, para manter e encontrar inspiração na aura surreal que ele trazia consigo. Nenhum encanto se desvaneceria enquanto os sonhos estivessem ali, tão tangíveis e ao mesmo tempo tão ilusórios. Parecia que os desejos e as aspirações estavam sempre à mão, proporcionando à bruxa da floresta um tranquilo momento de paz na presença do corvo.

Quando Hannah e Xamã chegaram ao Vale das Estacas, depararam-se com a ausência de uma corda de apoio sobre o tronco de árvore de quase vinte metros de extensão, que era usada como passagem. Apesar do tamanho impressionante do tronco, sua circunferência era estreita, o que tornava a travessia arriscada devido ao terreno escorregadio. O vale era profundo e repleto de estacas pontiagudas, uma queda poderia ter consequências fatais. Xamã ficou temeroso e expressou sua preocupação, acreditando ser uma armadilha da bruxa para matá-los. Hannah, por sua vez, mostrou irritação e propôs contornar o monte para chegar ao esconderijo da megera. Embora não soubessem como realizariam essa tarefa, avistaram a águia que retornava em voo. Voltaram até um determinado ponto, desceram a colina e iniciaram o contorno em direção à montanha principal, onde se localizava a casa de Inaiê. Seguindo o voo da águia, superaram as dificuldades de acesso ao local, agarrando-se nos troncos das pequenas árvores.

— Como pretendemos lidar com uma bruxa que já está morta? — Xamã estava visivelmente preocupado.

— Não se permita ser dominado pelo medo diante de Inaiê, pois a coragem é capaz de abrir caminhos por meio da percepção e da compreensão, entretanto, o temor obscurece e obstrui os trajetos, concedendo poder ao adversário. Mentalize sua jornada em busca de Valeska.

— Valeska só quer se divertir comigo.

Enquanto caminhavam pela encosta da região montanhosa, o Guardião provocou:

— Já a bruxa. — Hannah fez um gracejo. — Inaiê não representa perigo se soubermos controlar o medo, afinal, ela é um ser vampiro que se alimenta de energias. Se você dominar o medo, ela não pode te atingir.

— Moacir não se deixava intimidar, porém Inaiê o entregou nas mãos de Damião e seus comparsas.

— Xamã, o guerreiro não sabia da verdadeira identidade de Inaiê e foi surpreendido. — Em seguida Hannah ficou pensativo. — E eu não pude salvá-lo.

— Vamos resgatar Moacir, filho da tempestade, mas para isso é imprescindível derrotar a bruxa.

A determinação de Xamã aflorou, porém, logo se aquietou em profunda reflexão.

Apesar de nunca terem sido aliados, os dois guerreiros trocaram palavras de forma cordial pela primeira vez. Continuaram contornando a encosta da região montanhosa.

## XX.

# REGULAMENTOS DA BRUXA

Por fim, um cervo da floresta ficou preso entre os ramos da árvore, que serviu de armadilha preparada por Andira.

— Capturei um cervo — declarou a bruxinha à sua mãe, que conversava com Valeska e Herman no alto do morro, rodeados pelos arbustos. Inaiê informou aos estrangeiros que Robin Hood havia deixado a floresta e se aliara ao rei. Ele não estaria mais disponível para salvá-los; somente ela, Inaiê, teria o poder de protegê-los. Desapontada, Valeska pediu que soltassem o cervo, pois havia perdido o apetite. Mesmo assim, Herman concordou em ficar com o animal. Diante disso, Valeska pediu que fosse assado em fogo aberto. A atitude deixou Inaiê furiosa, mas ela ofereceu a eles uma condição.

— Que condição é essa? — perguntou Valeska.

— Deixo que vocês preparem o cervo, mas, em troca, quero que se tornem meus aliados contra Hannah e Xamã. Se concordarem, poderão acender a fogueira, apenas uma única vez, e bem distante dos meus olhos.

Valeska refletiu por um instante e então confrontou a bruxa:

— Isso não é suficiente para me aliar a você.

Foi nesse momento que, de repente, Inaiê começou a rir sem parar.

— Você está louca, sabe quem sou eu?

— Sei, uma bruxa. — Valeska riu.

A bruxa ficou ainda mais furiosa e agarrou o pescoço de Valeska com uma mão. Ergueu-a no ar como se fosse uma pena e a lançou ao chão, quando ela não tinha mais ar nos pulmões. Herman permaneceu imóvel, como se toda sua energia tivesse sido drenada.

A bruxa se retirava quando Valeska recuperou suas energias e gritou:

— Inaiê! — A bruxa ignorou o apelo. — Tenho uma proposta.

Inaiê virou-se para encarar Valeska, que permanecia sentada no chão.

— Aceito me tornar sua aliada, com uma condição.

A bruxa ficou furiosa mais uma vez, segurou o braço de Herman e ameaçou jogá-lo do alto do monte diante dos olhos de Valeska.

— Quem estabelece as regras aqui sou eu, não você, sua desmiolada.

Finalmente, Valeska pediu desculpas e Inaiê soltou Herman, que caiu no chão sem forças, pávido.

— Mas eu quero o chá — insistiu Valeska.

Pela primeira vez, Herman quebrou o silêncio, encarando a bruxa quando disse:

— Eu também sinto falta do chá e do rapé de Rudá.

Por um instante a bruxa ficou pensativa, percorreu o morro e decidiu atender ao pedido dos viajantes ao perguntar:

— Se eu trouxer o chá e o rapé para vocês, serão leais a mim?

Herman prontamente concordou, mas Valeska também fez sua exigência olhando fixamente para Inaiê:

— Quero o charuto, também.

Inaiê foi em direção à sua suposta amiga, encarando-a de perto e exalando um cheiro peculiar de enxofre.

— Vou trazer o chá de ayahuasca, o rapé e seu charuto, Valeska. Não me desaponte, garota!

Na manhã seguinte, no crepúsculo matutino, os estrangeiros despertaram e do lado deles estavam uma vasilha de barro contendo chá de ayahuasca, charuto e rapé. Sem questionar como a bruxa havia obtido aqueles itens tão rapidamente, eles ingeriram o chá e fumaram o charuto.

— Como ela conseguiu isso tão rápido? — Herman comentou, surpreso.

— Este chá é idêntico ao que o pajé prepara. — Valeska parecia animada.

— O charuto deve ter sido feito pelas mãos do pajé. — Herman também se sentiu melhor.

Valeska pegou o tepi de bambu e entregou a Herman para aplicar o rapé. Porém, Inaiê surgiu e tomou o tepi das mãos do estrangeiro.

— Nada disso, eu irei aplicar o rapé em vocês.

Na visão dos indígenas, e conforme a medicina sagrada da comunidade, somente alguém especial do povo, com responsabilidade e em equilíbrio espiritual com a natureza, poderia preparar e administrar o rapé. Por meio de um sopro, Inaiê buscava transferir suas energias aos viajantes e controlar seus pensamentos para atender às próprias intenções. Enquanto Valeska ignorava as orientações do pajé, Herman acabava cedendo aos desejos da mesma sem dar importância às consequências. Dessa forma, renderam-se prontamente às vontades da bruxa.

Assim, os viajantes lançaram olhares repletos de apreensão. Embora não dessem tanto valor aos ensinamentos do pajé, lá no fundo, pairavam incertezas sobre o assunto.

"Em última análise, tratava-se de uma bruxa perversa, possivelmente a bruxa de Sherwood, da floresta real no condado de Nottingham, Inglaterra; famosa floresta retratada no clássico *Robin Hood*", refletiu Valeska.

— Não, senhora Inaiê, não queremos.

— Se você se recusar, vou transformar seus dentes como os meus, garota mimada!

— Eu ajudo, mamãe. — A filha de Inaiê se aproximou com um pedacinho de pedra na mão. — Eu posso serrá-los com esta pedra. — Andira pareceu levar a proposta da mãe a sério.

— Perdoe, senhora Inaiê, Valeska está apenas brincando. Vamos deixar o rapé para depois — Herman também temia o efeito maléfico do sopro da bruxa.

Herman ergueu os olhos e não mais avistou a bruxa, que desaparecera na floresta. Ele apenas vislumbrou uma leve silhueta de Andira se desvanecendo entre os arbustos. Incomodado com o que presenciara, com aquela figura que se tornou invisível, Herman, por um breve momento, pareceu despertar para a realidade. Ao mesmo tempo, ele sentiu estar diante de uma revelação. Concomitantemente viu-se transportado para a Alemanha, para os terríveis campos de concentração nazista, e logo após, imaginou-se em Sherwood.

Nesse ínterim, os guerreiros se aproximaram do cume da montanha. Fatigados, estabeleceram acampamento nas imediações da região onde residiam Inaiê e sua filha.

Durante a noite, o corvo apareceu bem próximo a eles e fitou Hannah, porém sem se aproximar. Xamã, enfurecido, tentou acertar o corvo com uma flecha, mas foi impedido.

— Não faça isso, ele está querendo nos predizer alguma coisa.

— E por que não diz logo?

— Os corvos não falam, apenas anunciam, e é preciso estar atento aos sinais. O corvo nos ajuda a aguçar os sentidos da percepção, compreensão e minúcias. Ele anuncia o quanto podemos estar próximos de um ardil, podemos ser enganados por uma artimanha. A bruxa é ardilosa, maquiavélica e trapaceira.

— Como Hannah sabe dessas coisas?

— Pelo sábio xamã. Ele me ensinou quando eu era criança e nunca esqueci sobre os corvos.

Xamã ficou pensativo, por que seu pai nunca lhe ensinou tais coisas? Contudo, a Xamã, Rudá ensinou a arte da guerra, assim como Moacir. Já Hannah tinha uma missão diferente, ia além da habilidade de um guerreiro. Envolvia o sobrenatural, a sobrevivência na vida selvagem.

— Eu também quero adquirir essas habilidades, precisarei falar com Rudá.

Hannah, diante disso, contrapôs o guerreiro:

— Xamã, somos únicos e agraciados com talentos especiais que não podemos escolher. Devemos aceitar o que nos é dado e nos esforçar ao máximo. Somente assim estaremos preparados para assumir a próxima etapa de nossas jornadas. E de existência em existência, até alcançarmos o grandioso templo de Wanadi. Você estaria disposto a deixar sua aldeia e viver na floresta, cercado por animais e às vezes sem abrigo? Assim como eu não poderia simplesmente construir canoas para outras comunidades e trocar utensílios ao longo do rio.

Então, Xamã ponderou antes de falar:

— O filho da tempestade está certo, deixarei isso para lá e continuarei sendo eu mesmo, fazendo o meu melhor.

No meio da noite, o guerreiro Xamã despertou e avistou uma garotinha com a aparência de sete ou oito anos, sorrindo à porta de sua tenda. Seus dentes brilhavam mais que a própria luz do sol, naquela noite enluarada. Ela parecia acenar para ele. O líder dos Ye'kwana e defensor da terra dos Yanomami levantou-se surpreso, indagando: "Mas que diabos é isso?". A resposta veio estranhamente entre os arbustos: "Esta é Andira, filha de Aritana, que foi morto por Moacir".

Inaiê havia contado a Andira que os Ye'kwana tinham matado seu pai em um ataque, levando seu povo como refém para a própria aldeia, tornando-a, assim, uma aliada leal de sua mãe. Xamã seguiu Andira enquanto ela trilhava um caminho estreito. "Ela é apenas uma criança perdida na floresta", pensou ele. "Por que seus dentes brilham tanto?".

Xamã e Andira alcançaram o cume da montanha, um local sombrio que lembrava uma caverna rodeada de árvores com troncos enormes. Entre as árvores, havia várias aberturas que pareciam servir como saídas, e Andira optou por seguir por uma delas, enquanto Xamã a observava. Ela adentrou em um espaço semelhante a uma tenda e ali permaneceu. Pouco tempo depois, começou a garoar, tornando o chão escorregadio; a noite era escura e a floresta ficou ainda mais sombria. Xamã decidiu ficar próximo à tenda em que Andira estava e construiu um abrigo improvisado com galhos e folhas. Exausto, o guerreiro acabou adormecendo naquele lugar.

# XXI

# A SOBERANIA DE INAIÊ

Xamã perseguiu Valeska pela floresta adentro, os longos cabelos louros dela dançavam suavemente ao vento da manhã. Seu vestido curto exibia pernas esculpidas que pareciam passear graciosamente entre as árvores. Sua pele dourada reluzia sob a luz do sol e ofuscava os olhos do guerreiro. "Por que Valeska corre tanto, se nos meus braços estará mais segura?", ponderou o guerreiro. Porém, seus pés eram ágeis e Xamã tinha dificuldade para alcançá-la. Ela olhava para trás, acenando com um sorriso tímido, mas ele não conseguia aproximar-se dela. Por fim, Valeska desapareceu na densidade da mata.

— Xamã, Xamã. — Uma voz ecoava nos ouvidos do guerreiro depois de haver perdido de vista a mulher dos seus sonhos. — Xamã! — Mais uma vez aquela voz mágica parecia vir da floresta e, como em uma sinfonia, acalmava o cacique Ye'kwana.

O guerreiro entreabriu os olhos e vislumbrou a sombra de um rosto, uma graciosa mulher loura parecia turvar sua visão.

— Xamã.

Ele escutou a voz novamente, agora mais clara.

"É Valeska", pensou o guerreiro. Ele abriu os olhos e viu Valeska ali, de joelhos, diante dele. A surpresa envolveu a percepção do guerreiro, quase como um ataque repentino. O espanto foi roubado dos olhos da visitante, da prisioneira da sua insurgência. Ela parecia confusa, questionando o que Xamã fazia na Floresta Real, o guerreiro dos seus sonhos. Os lábios do guerreiro foram levemente tocados pelos dedos de Valeska. Ele a encarou fixamente como se estivesse em transe, aquilo que antes era a suposta realidade do sonho agora tornava-se um sonho real. E o corpo do guerreiro se aqueceu. Xamã pensou estar sonhando quando Valeska o beijou suavemente nos lábios. O guerreiro recobrou sua lucidez.

— Por que você está aqui, em vez de cuidar do seu povo?

— Este é o local da floresta onde reside o meu povo, o povo da floresta — sussurrou Xamã —, e você? Pajé está preocupado com você, com o que Inaiê poderia fazer.

— A bruxa?

— Sim, a megera!

Valeska deu uma gargalhada, que foi interrompida por Herman.

— Você irá despertar Inaiê.

— A bruxa é minha amiga agora — respondeu Valeska em voz diminuta.

— Essa mulher não é amiga de ninguém, ela é uma nape. — Xamã se referia a uma inimiga do seu povo, segundo a língua Yanomami. — Vou tirar vocês daqui. Onde está a menina?

— Qual menina você quer dizer? — Herman interveio na conversa, parecendo confuso.

— A menina com dentes que brilham como raios de sol — disse Xamã, intrigado.

— Ele deve estar se referindo à Andira, a filha de Inaiê, a bruxinha encantada. Valeska parecia estar se divertindo. De repente, ela dirigiu o olhar para a floresta escura, a fina chuva caindo e experimentou a solidão do bosque. Lágrimas encheram seus olhos. Valeska abraçou o guerreiro ali caído e chorou. Herman observou a atitude de sua ex-esposa com perplexidade. Ela era sua amiga, mas o episódio era desconcertante. Ele se viu incapaz diante da situação e, enfim, percebeu um vazio no peito, era a solidão que o envolveu como uma anaconda. Quem nunca experimentou o abraço da solidão? Somos seres solitários por natureza e no íntimo sempre nos encontraremos sozinhos. Contudo, o abraço da solidão se assemelha ao aperto de uma sucuri, que aos poucos vai te envolvendo e sufocando. A sensação é de que você será engolido vivo.

— Vou retirá-los deste local — prometeu o guerreiro ao levantar-se ao lado da naturalista alemã.

Contudo, foi repentinamente lançado para fora de sua tenda e chocou-se contra uma árvore. Inaiê avançou em direção ao guerreiro caído. Seus olhos faiscavam como chamas, sua boca entreaberta e os caninos dourados e pontiagudos conferiam-lhe a aparência de uma onça enfurecida. A criatura avançou em direção a Xamã com as mãos prontas para agarrar na sua garganta, no momento em que Valeska interveio, colocando-se entre eles e suplicando calma à feiticeira.

— Não o mate, Inaiê. Ele é apenas um amigo, é importante para mim, por favor!

— Ele é meu inimigo, defende a vida da floresta — declarou Inaiê, possessa. — Eu irei eliminá-lo, a ele e a seu velho pai, à águia e por último, a Hannah. Em seguida, devastarei toda a floresta e seus rios, e assim, o planeta maldito.

— Nem pensar, Inaiê! A floresta é como nós, mulheres: cheia de fertilidade, vida pulsante em nosso íntimo. Não somos meramente corpos a serem explorados e violentados. Assim é a floresta: fértil, protetora e provedora. — Valeska entendia que a floresta nunca estava segura, da mesma forma que as mulheres perante os homens e as crianças diante da humanidade. Era uma luta constante pela proteção, pelo reconhecimento e pela preservação desse espaço. — Porque a bruxa, sendo mulher, não compreendia isso? — refletiu Valeska.

— Prefiro as árvores cortadas, os rios e as matas envenenadas com agrotóxico, mercúrio e cianeto. Ainda haverei de ver os rios secos e as montanhas desnudas.

— E as crianças, Inaiê? O destino das crianças será...

— As crianças? Ah, as crianças sairão da floresta para perecer nas periferias urbanas, famintas e esqueléticas.

A bruxa soltou uma gargalhada. Quando ela abaixou a cabeça para finalizar Xamã, ele havia desaparecido.

Furiosa, Inaiê encarou Valeska e Herman e avisou:

— Procurem pelo filho de Rudá. Quero ele aqui. Se não o encontrarem, sofrerão as consequências. E não pensem que poderão escapar, meus olhos alcançarão vocês.

Seria uma tarefa impossível encontrá-lo, pois em toda a terra Yanomami não havia guerreiro mais ágil que Xamã, exceto Moacir. A bruxa sabia que localizar Xamã seria desafiador, uma vez que ele era um guerreiro nascido na mata e filho de um pajé, protegido pela floresta e pelos bons espíritos contra suas investidas e maldades. Diante disso, a bruxa declarou:

— Não sairão daqui. Fiquem ao meu lado!

Ela sabia que não seria uma boa ideia deixá-los soltos na floresta, pois isso poderia facilitar o resgate por Hannah e Xamã. Como medida de precaução, Inaiê pediu a Andira que permanecesse perto dos ativistas. No final do dia, Inaiê trouxe o chá de Valeska e Herman, além do rapé. Após tomarem o chá, Valeska e Herman esqueceram o ocorrido. A presença de Xamã já era esquecida. Foi então que Inaiê apresentou o tipi, uma espécie de cachimbo para aplicar o rapé.

— Amores, vamos fazer a aplicação do rapé. Quem quer experimentar primeiro?

Valeska rapidamente se levantou, pois estava sentada em algumas folhas no chão, sob a penumbra de uma árvore.

— Eu, Inaiê — falou a alemã, levantando o braço. Herman permanecia imóvel, com os olhos fechados, ao lado da sua ex-mulher, enquanto os efeitos do chá de ayahuasca se difundiam por sua mente.

A feiticeira, sob o olhar vigilante do corvo, aplicou o rapé nas narinas de Valeska, uma de cada vez. Em seguida, fez o mesmo procedimento com Herman, que, já cansado com toda a situação, não resistiu ao chamado da bruxa. Assoprando a substância em suas narinas, deixou-os tranquilos, fracos, imersos numa "miração" na encantadora floresta de Sherwood. Finalmente, Inaiê adentrou em suas mentes. O corvo ecoou seu canto e voou para longe, voou da copa da mesma árvore onde eles estavam.

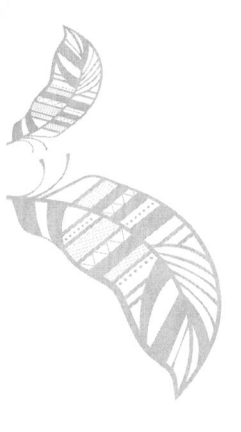

# XXII

# O FURTO

À beira do rio, Kauane teve os olhos cobertos no instante em que lavava roupas e entoava uma canção de seus antepassados. Um sobressalto que quebrou o remanso, logo veio a calmaria, como se as ondas do mar quebrassem na margem. Eram as mãos de Hannah.

— Tão cedo pela manhã te vejo assim cantando como um colibri. Isso é um bom presságio.

— Cantarolo para atrair o príncipe da floresta.

A morena de longos cabelos negros e olhos amendoados pronunciou essas palavras e logo se envergonhou. Ela baixou a cabeça, sendo acolhida por Hannah, que a envolveu em um abraço.

— Você é como um diamante que encanta e estou sempre envolto pelo seu brilho — disse o guerreiro.

— Gosto tanto de você, Hannah, mas não posso reter você comigo. — Ela se acalmou ao perceber o brilho em seu rosto. Hannah parecia estar radiante.

— Onde quer que eu esteja, o espírito de Hannah estará presente contigo para sempre. — Hannah continuou fitando os olhos de Kauane, que sorriu aliviada.

— E quanto a Xamã, o meu tio?

— Ele se perdeu na floresta.

— Como assim?

— Fomos atrás dos estrangeiros e construímos um abrigo perto do topo da colina, mas durante a noite ele desapareceu, não o encontrei mais. Nem Valeska e Herman encontrei, acredito que tenha sido desejo de Wanadi. Logo ele estará de volta, não se preocupe.

— O que acontecerá com aqueles dois estrangeiros, coitados?

— Pelos olhos do corvo, a vida está seguindo seu curso. Creio que não há nada que possamos fazer por enquanto.

— Estou temerosa pelo que ela pode tramar contra nossa gente, Hannah. — Kauane continuou lavando as roupas.

— Ela deseja exterminar o povo Yanomami e a terra-floresta. Para isso, precisa eliminar com todos nós dos Ye'kwana. Precisamos de seu pai aqui conosco, mas não podemos abandonar a aldeia para procurá-lo. Eu suspeito que é exatamente isso que a feiticeira quer para assim conseguir dominar a floresta.

— Penso nele todos os dias, mas confio em minha mãe. Ela está certa de que ele retornará assim que suas lágrimas se transformarem em diamante.

— Sim, Moacir voltará! Se sua mãe acredita, Wanadi irá cumprir o desejo do coração dela.

Kauane recolheu suas roupas, as depositou no cesto e as levou até sua moradia, na companhia do guardião da floresta. No trajeto, depara-ram-se com Araponga, o nativo que se dedicava a melodias na flauta e gostava de preguiçar pela aldeia. Logo adiante, avistaram Aruna trans-portando um cesto sobre a cabeça, e Hannah prontificou-se em ajudá-la até sua cabana. Antes de adentrar em seu lar, a indígena fitou os olhos do guerreiro e declarou:

— Que a vitória esteja contigo, Hannah, e protegido pelos bons espíritos da floresta! Assim como um bom filho, jamais abandone a mãe natureza. Se ela for violada, tal como tantas mulheres pelos homens, o mesmo deserto que habita nelas surgirá nas entranhas da floresta. Nesse vazio não há florescimento, tampouco amor. Jamais permita que roubem ou ceifem o amor presente aqui — disse Aruna, apontando para a floresta e depois para o peito de Hannah.

O guerreiro saiu da porta de Aruna ao lado de Kauane muito pensativo, ele parecia ter compreendido as palavras da velha nativa. Ela conhecia bem a fragilidade do solo da sua terra-floresta e o perigo que as sombras do infortúnio representavam para o povo. O invasor não dá avisos antes de chegar e explora impiedosamente a vida que habita aquele lugar, que sustenta os povos e a humanidade. Eles veem a riqueza como se fosse o próprio sustento da vida e deixam para trás apenas devastação, morte dos peixes, dos rios, dos povos e da natureza. Escravizam as pessoas e as fazem instrumentos de sua efêmera riqueza.

Kauane pressentia a árdua missão que Hannah teria pela frente: ser resistência, defensor e sobrevivente diante de tudo aquilo.

Rudá notou que uma porção do chá que estava preparando para compartilhar com a aldeia, o rapé e até o charuto estavam desaparecendo misteriosamente. Suspeitou de todos os habitantes da aldeia, porém não encontrou indícios que apontassem para o culpado. Observou os Sanöma, uma comunidade vizinha, mas também não obteve pistas significativas. O ancião decidiu realizar um ritual, ingeriu o chá e manteve-se vigilante até avistar a silhueta da bruxa adentrando na oca sagrada das bebidas. Sem poder revelar a situação para os demais do grupo, pois somente Aruna, além dele, detinha a capacidade de enxergar, Rudá convocou Aruna, que também tomou o chá sagrado e testemunhou a presença da sombra negra de Andira na oca durante a madrugada. Era um segredo que apenas os dois compartilhavam e preferiam não revelar ao povo, que não seria capaz de perceber por si mesmo. Assim, recorreram a Kauane, a guardiã dos mistérios da floresta, para proteger o segredo da comunidade.

— Sim, mestre Rudá, estou à disposição para servir ao pajé.

— A bruxa tem entrado na floresta para roubar o chá e o rapé sagrados, no entanto, é imprescindível que os habitantes da floresta não saibam, para evitar qualquer mal causado pelas bebidas. Rudá e Aruna não podem guardar esse segredo a fim de que nossa energia não se perca. Como você é a guardiã dos segredos da floresta, cabe a você mantê-lo consigo.

Rudá ofereceu a Kauane o primeiro chá preparado durante a noite e insuflou rapé em suas narinas, cantarolando que o segredo da feiticeira estaria sob cuidado de Kauane. Em seguida, ele e Aruna tomaram o chá juntos e realizaram o ritual conhecido como dança do esquecimento. Kauane soprou o rapé no nariz do pajé e de Aruna, batizando essa ação como o sopro da amnésia. Dessa forma, tanto ele quanto Aruna se viram livres do segredo, esquecendo-o graças ao efeito do chá e do rapé.

Dias depois, Xamã chegou na aldeia com um certo constrangimento. Talvez um pouco envergonhado por ter fugido da bruxa, algo que, para um líder como ele, não era motivo de orgulho. Apesar disso, seus pensamentos estavam voltados para Valeska, aquele beijo mexeu profundamente com suas emoções e reacendeu seu espírito. Xamã não foi capaz de salvar a encantadora princesa que o despertara com um beijo roubado, mas sentiu uma ligação especial com ela, algo que o deixava intrigado. Essa conexão o envolveu a tal ponto que ele perambulou pela floresta por diversos dias, conectando-se com a natureza. Não havia como enviar uma mensagem por aplicativo, fazer uma ligação ou mandar um e-mail. Na mata, o homem só podia se conectar à natureza e aos outros seres humanos por meio de suas experiências compartilhadas. Pela primeira vez, Xamã dividia com Valeska uma experiência desse tipo e o fato de ela ter enfrentado a bruxa para salvá-lo estabeleceu uma relação de confiança entre eles, mesmo diante da vulnerabilidade perante aquela mulher poderosa. Xamã e Valeska estavam conectados.

— Como vai, meu filho? — O pajé encontrou Xamã em uma conversa com sua irmã Tainá à beira do rio, observando o fluir das águas.

As canoas seguiam rio acima e rio abaixo, transportando o povo da terra-floresta com suas provisões, caças e peixes. Estamos imersos na experiência da vida, assim como os povos da floresta que vivem mergulhados nessa jornada de sobrevivência diária sem depredar a natureza, ao contrário do homem branco invasor. Eles retiram somente o necessário para subsistência, e no outro dia a terra-floresta já repõe o que foi consumido. Dessa forma, mantém-se o equilíbrio, e a conexão entre homem e natureza se entrelaça em um ser único, para que todos se tornem um com a floresta.

Na beira daquele rio estava Tainá, que teve essa conexão quebrada por Damião, conhecido como o Faraó. Xamã quase sucumbiu às garras da bruxa. Por conseguinte, o pajé vivia apreensivo com sua terra, sua comunidade e o futuro que os aguardava.

# XXIII

# OS RETIRANTES

Os capangas de Damião navegavam pelas águas do Uraricoera, bem próximo ao rio Auaris.

Esses homens nunca estiveram a passeio, sempre estavam especulando alguma treta. Diego era natural de Serra Talhada, no sertão de Pernambuco. Por sua vez, Miguel nascera em Caruaru, no agreste de Pernambuco. Darci era alagoano, proveniente de Arapiraca, no agreste de Alagoas: perigoso, ostentava em seu histórico algumas mortes de bandoleiros e criminosos; sua arma, um revólver calibre 38, ficava camuflada dentro do pequeno rádio de pilhas que carregava. Diferentes de Damião, gaúcho descendente de europeus e oriundo da classe média e um explorador nato, esses homens provinham de uma terra arrasada, marcada pela miséria e pela violência, e viram em Damião uma oportunidade de mudar de vida. Deixaram para trás o sertão e a caatinga nordestina rumo ao extremo-norte do Brasil, almejando encontrar uma terra farta para o trabalho. Foi durante essa jornada que se encontraram e, ao desembarcarem em Boa Vista, ainda na rodoviária, foram notados por Damião, que percebeu que estavam um tanto perdidos.

— Para onde os amigos estão indo?

Eles trocaram olhares, ergueram a cabeça para mirar nos olhos de Damião, homem de estatura avantajada, um bigode bem cuidado e barba espessa. Os olhos azuis de Damião brilhavam como o mar. Trocaram olhares e com desdém não proferiram uma palavra. Darci segurava firme o seu rádio de pilha para ter segurança de que ele estava ali. Damião não desistiu.

— Os amigos têm um lugar para comer e dormir?

Eles se entreolharam, de fato não tinham onde comer e dormir com segurança. O dinheiro só era suficiente para alimentação por dois ou três dias. Dormir? Isso parecia um luxo distante. Mesmo assim, decidiram não confiar naquele indivíduo.

— O amigo pode ficar tranquilo, temos o suficiente pra comida e hospedagem — respondeu Diego, virando as costas para o sujeito que tinha jeito de gaúcho.

Damião pegou um papel e uma caneta e anotou o telefone e o endereço de sua hospedagem, um local bem próximo à rodoviária. Observando o bilhete no rádio, Darci olhou para o rosto de Damião e teve um pensamento sombrio: "Eu poderia matar esse sujeito agora mesmo", refletiu, entretanto, sua mente astuta de assassino logo lhe sussurrou: "sempre haverá melhor oportunidade no dia apropriado".

Foi um dia exaustivo para os migrantes nordestinos que buscaram arduamente oportunidade de trabalho nas fazendas da região. Tiveram uma refeição modesta e dormiram em um quarto apertado, que mal cabia os três.

No dia seguinte, Miguel, conhecido por sua tranquilidade perante todos, sentia-se incomodado com o cansaço da viagem, a falta de sucesso na busca por trabalho e o desconforto de estar no pequeno quarto localizado em uma estreita rua da cidade. Naquela hora, ele ponderou sobre o bilhete que receberam do homem misterioso, cujo nome nem mesmo sabia.

— Amigo Darci, cadê aquela mensagem?

— É muito cedo para eliminar aquele sujeito, o que você pretende com a mensagem?

— Não vamos eliminar ninguém, precisamos arrumar um trabalho, talvez ele tenha algo para nós.

Darci abriu seu antigo rádio e retirou o papel.

— Aqui está — exclamou.

Nesse instante, Diego se levantou, visivelmente irritado.

— Não quero mais envolvimento com aquele sujeito atrevido. Vamos explorar outras opções de trabalho. Ouvi dizer que há muitas oportunidades em mineração nestas terras.

— E como conseguiremos chegar ao ouro se não houver quem nos guie? Vamos procurar por esse indivíduo — disse Miguel.

— Se ele não for útil, mato o sujeito — ameaçou Darci, antes de fechar o rádio.

Naquela tarde, por volta das duas horas, os três seguiram em direção à localização indicada até alcançarem uma residência adjacente a outras casas, já na quadra seguinte. A via era estreita e pavimentada com paralelepípedo, contudo, o local era espaçoso. Empurraram a porta igualmente estreita e se depararam com um amplo salão repleto de mesas. Ao fundo, avistava-se um balcão em que bebidas eram disponibilizadas. Algumas mulheres transitavam pelo recinto. Permaneceram ali parados, observando as mulheres que conversavam, riam e entravam e saíam das dependências da casa. Foi então que uma mulher de meia-idade veio ao encontro deles.

— A casa está fechada, abrirá somente às vinte horas, cavalheiros! Em que posso ajudá-los?

— Precisamos falar com o homem deste bilhete — se adiantou Diego, com o bilhete na mão.

Enquanto isso, Darci observava aquela mulher de quase quarentas anos, pele alva, adornada por algumas sardas, madeixas escuras e olhos azuis. Sua estatura era ligeiramente superior a um e sessenta, um pouco mais baixa que ele, já que Darci era apenas uns cinco centímetros mais alto. Ela não era esguia nem robusta, mas sim bonita.

— Aguarde um momento, vou verificar.

Daniela retornou completamente transformada, muito mais gentil. Carismática, ela informou a eles que poderiam entrar e seguir até a última porta do lado direito. O estabelecimento, com seu hall de entrada pintado nas cores branco e vermelho, conduzia a um corredor com várias portas em ambos os lados que aparentavam ser quartos.

Diego abriu a última porta e deparou-se com uma sala em que havia uma enorme mesa de madeira e uma imponente cadeira de couro ao fundo. Damião estava lá, confortavelmente apreciando seu valioso charuto.

— Entrem sem cerimônia — disse Damião, dando uma tragada em seu charuto, do alto de sua poltrona. Diego e Miguel se aproximaram.

— Decidimos procurar o patrão, já que nos deixou o bilhete — disse Diego enquanto observava atentamente os olhos de Damião.

— Onde está o amigo de vocês, o rapaz moreno do rádio de pilha?

Como Darci não estava com eles, Miguel foi procurá-lo. Darci, fascinado pela beleza de Daniela, conversava com ela sem perceber que era amante de Damião, seu principal confidente e parceiro nos negócios.

— Vamos, Darci, o chefe está chamando.

Darci, um tanto atrapalhado, ajeitou seu rádio de pilha embaixo do braço e entrou na sala onde Damião já estava discutindo as oportunidades de negócio com Diego.

— Caso vocês decidam se unir a mim, poderão faturar bastante e conquistar as melhores mulheres desse local.

Eles trocaram olhares como se quisessem dizer: "isso aqui é um bordel, afinal".

— Daniela me interessou, chefe! Bonita e simpática. Que mulher!

Darci parecia animado. A vontade de acabar com Damião subitamente passou.

— Aquele que ousar mexer com Daniela estará cavando a própria cova — Damião falou mirando nos olhos de Darci.

Darci fixou os olhos no seu rádio de pilha. "Por que diabos minha arma não está na minha cintura?". A pistola de Darci não era registrada, ele temia que as autoridades a confiscassem, por isso optava por transportá-la no rádio. Além disso, ninguém desconfiaria que ele estava armado, surpreendendo assim seus adversários. Contudo, Darci engoliu em seco:

— Chefe, eu não fazia ideia que Daniela era sua esposa.

— Ela não é minha mulher, é minha melhor amante, parceira e confidente. Não olhem para Daniela, há muitas outras por aí. Se se associarem a mim, terão muitas.

Darci se tranquilizou com a proposta de Damião. Ainda assim, não totalmente convencido.

— E qual será nosso trabalho, Sr. Damião? — inquiriu Darci.

— Vocês me ajudarão na extração de madeiras e também na caça aos indígenas. Utilizaremos a força do trabalho deles para isso. As mulheres indígenas serão destinas ao entretenimento dos trabalhadores. Será possível extrair diversas riquezas da floresta, como ouro e diamantes. Caso aceitem, irei garantir uma boa porcentagem a vocês.

Damião solicitou à moça responsável pela limpeza que chamasse Daniela.

— Me chamou, Faraó!

Daniela chegou radiante, exibindo seu charme natural. Ela apelidou Damião de Faraó devido ao seu poder, ao controle e à influência na região. Foi assim que todos passaram a se referir a ele como Faraó.

Darci segurava com firmeza seu rádio de pilha, como se quisesse se esconder dentro dele e só retornar com sua arma em punho, o tiro seria no peito. As palavras de Damião borbulhavam na cabeça de Darci: "quem ousar mexer com Daniela será homem morto". Todos aqueles que proferiram algo semelhante àquele peão do agreste de Alagoas já haviam partido deste mundo. Com sua mente ágil, Darci imaginou o cabaré repleto de outras mulheres. Ele desejou ouro e diamantes, recuperando a lucidez. Não era o momento certo para derramar sangue daquele sujeito.

— Aceitamos sua proposta, Sr. Damião — declarou Darci, dirigindo-se aos seus companheiros.

— Reserve os melhores quartos para nossos convidados e permita que escolham uma das moças para servi-los esta noite.

Faraó reverenciou a mão de Daniela com um beijo antes que ela desfilasse entre os capangas de Damião, que agora estavam a seu serviço.

Após desfrutarem dias de entretenimento no cabaré com as moças de Daniela, os seguidores de Damião foram conduzidos a uma fazenda próxima ao antigo Forte São Joaquim, localizado na junção dos rios Tacutu e Uraricoera, de onde nasce o rio Branco. Ali, Damião mantinha controle sobre o tráfico que se movimentava pelos rios Tacutu, Branco, Uraricoera e até mesmo o Auaris, onde se situavam os Ye'kwana, dominando vastas terras Yanomami. Saqueava embarcações, controlava o tráfico fluvial e impunha pedágios aos comerciantes.

Ao chegar na confluência dos rios com Darci, Miguel e Diego, Damião foi recebido à margem por um grupo de homens armados, liderados por Baltazar, um caboclo alto e robusto, descendente de europeu e indígenas, que atuava como capataz de Damião.

— Baltazar, esses são os meus homens de confiança. Conduza-os até o depósito e distribua as ferramentas necessárias para o trabalho. Eles serão os responsáveis pela derrubada.

Os três homens seguiram Baltazar por um caminho entre os arbustos, percorrendo diversas outras trilhas, até chegarem a um grande galpão de madeira com uma porta trancada por cadeado. Ao fundo do galpão, havia um robusto caixote de madeira com uma tampa pesada e trancada. Baltazar abriu os cadeados, ergueu a pesada tampa do caixote, revelando seu conteúdo vasto e imponente.

— Peguem suas ferramentas! — ordenou Baltazar com voz alta e firme.

Darci, segurando firme seu rádio de pilha, nunca antes havia sido abordado com tamanha autoridade e ousadia, deixando-o surpreso. Observou o ambiente ao redor, notou a presença de vários homens armados. Darci não apreciava o trabalho pesado de derrubar árvores, pois considerava tal atividade sem sentido; preferia atividades mais leves como garimpar ou lidar com os animais. Diego tampouco estava contente com as ordens recebidas, mas aproximou-se do caixote e foi o primeiro a investigar seu interior.

— O que é isso? — indagou Diego.

Darci aproximou-se:

— São armas, muitas armas.

Darci estava familiarizado com o revólver 38 e alguns rifles. Mas ali havia fuzis, carabinas, espingardas e escopetas, além de uma submetralhadora.

— Peguem uma, somente uma, exceto a metralhadora, que é do patrão.

Baltazar já demonstrava impaciência.

Enquanto se mantinha a certa distância do caixote, Miguel se questionava sobre a razão de estar naquele lugar. Sua mente evocou lembranças da família em Caruaru, uma cidade do agreste pernambucano. O que sua mãe pensaria sobre tudo isso? Talvez fosse apenas um devaneio e em breve ele despertaria em outro lugar, sem armas, sem os jagunços por perto e livre de Baltazar. Seu único desejo era obter algumas pedras preciosas e enviar auxílio à sua mãe e aos seus irmãos.

— Pegue a sua, Miguel. — Darci segurava seu rifle, incomodado com a passividade de Miguel, imóvel como se não houvesse tempo nem destino.

Miguel optou por um rifle semelhante ao de Darci. Diego preferiu uma pistola Taurus com capacidade para doze tiros.

Algum tempo depois, eles receberam de Damião a missão de capturar alguns indígenas, de preferência os mais fortes e saudáveis, a fim de trabalhar nas atividades de mineração, extração de madeira, pesca e agricultura para sustentar os homens. No entanto, estavam perdidos sem saber como realizar essa tarefa, até que Faraó se lembrou de sua antiga amiga Inaiê, dos tempos em que ambos eram jovens e começaram a garimpar nas margens dos rios. Ela o auxiliava na mineração utilizando mercúrio para extrair o ouro na beira do rio. Damião passou vários dias nas proximidades do rio Auaris à procura de Inaiê. Ele tinha ciência que ela intencionalmente contaminava os rios. Porém, quando finalmente a encontrou, Inaiê já não era mais a mesma pessoa; havia se tornado a bruxa da floresta, algo que Damião desconhecia. Causaram-lhe estranheza seus dentes, cicatrizes e rugas do rosto. Ele a avistou à beira do rio.

— É uma satisfação revê-la, minha grande amiga Inaiê! Preciso da sua ajuda.

— Se for para poluir os rios e devastar a floresta, eu te apoiarei.

Inicialmente, o objetivo era capturar alguns indígenas. Inaiê comprometeu-se não apenas em ajudar, mas também em entregar Moacir, o líder guerreiro, em suas mãos. Apesar de nutrir rancor por Aritana, o último guerreiro canibal, por tê-la abandonado, ele era o pai de sua filha e foi morto por Moacir. Enquanto Moacir entregava seu tacape para Xamã, abençoando-o e decidindo viver em paz ao lado de Tainá, longe das batalhas, Inaiê tramava seu plano de vingança. Faraó, com seus homens, Darci, Diego e Miguel, arquitetaram uma emboscada e capturaram Moacir.

## XXIV.

# O RÁDIO E O MAPA

Damião e seus capangas voltaram às águas do rio Auaris, próximo ao local onde haviam capturado Moacir. Apesar de muitas terras Yanomami terem sido invadidas por Damião e seu grupo, em Auaris ainda se podia sentir a resistência emanando de toda a floresta. Hannah, a personificação da natureza, era a força espiritual e a energia que mantinha os povos da floresta vivos e resilientes; Xamã, o guerreiro, percorria as terras Yanomami motivando resistência e buscando apoio nas comunidades locais. Rudá, o sábio xamã ancião, simbolizava o pai da nação indígena, a sabedoria que garantia o equilíbrio entre o povo e a natureza.

Depois de capturarem Moacir com o intuito de enfraquecer a terra-floresta, agora o plano era atrair Hannah e Xamã para serem mortos ou escravizados.

Damião falou se dirigindo a Darci, ainda no barco, às margens do rio.

— Vamos desembarcar aqui e passar alguns dias com a comunidade local. Vamos primeiro encontrar Inaiê e depois visitar a aldeia, os guerreiros e o pajé.

— Levaremos as armas, Faraó? — Miguel já estava familiarizado com a vida na selva, mas nunca ficava longe de seu rifle.

— Vamos camuflar as armas estrategicamente na mata, perto do rio. É importando agir como amigos e levar alguns presentes ao pajé. Darci não precisa trazer o rádio de pilha, na selva ele será inútil.

Darci não conseguia sequer imaginar-se separado de seu rádio de pilha.

— Meu rádio de pilha é como um amuleto para mim, Sr. Damião. Ele me acompanha para onde quer que eu vá.

Diego pegou um facão e uma faca e a colocou em sua bainha. Darci também prendeu sua faca na cintura. Miguel optou apenas pelo facão, enquanto Damião decidiu carregar somente uma mochila contendo mantimentos, alguns presentes e uma pequena barraca.

Na copa de uma árvore, perto do rio, Merlina observava Faraó e seus homens. Nenhum detalhe podia escapar aos olhos do corvo. Ninguém sabia como Merlina tinha chegado à Amazônia vinda do continente europeu. O espírito misterioso e livre e a mente curiosa do corvo desafiavam os limites da compreensão humana.

Com sua astúcia, o corvo não se deixava intimidar e mesmo diante da imponente e poderosa águia, bicava suas costas, agindo estrategicamente para proteger seu território e seus ninhos de outros predadores, incluindo a própria águia. Para Merlina, a natureza era uma dádiva, porém, ela reconhecia sua crueldade. Às vezes ovelha, às vezes leão. O bem e o mal caminhavam lado a lado, porém, só um alcançava seu objetivo. A maldade e a bondade podiam se encontrar, gerando energia e transformando tudo em regeneração. A vida era uma dança com muitos passos errados antes da sincronia completa. Antes que as cortinas se fechassem no palco da vida, Merlina preferia ser espectadora, sabendo discernir entre o certo e o errado, entre os bons e os maus, entre os justos e os insensatos. Ela decifrava o enigma da bruxa.

— Darci, me empresta seu rádio de pilhas, por favor.

— Para que, chefe, meu rádio de pilhas?

Darci jamais se separava de seu rádio de pilhas, mantendo-o sempre por perto, até mesmo na hora de dormir. "A hora de Damião está se aproximando", pensava Darci.

— Preciso colocar o mapa sobre ele. Temos que descobrir o esconderijo de Inaiê!

— Vocês não são amigos? — indagou Diego.

— Inaiê, a coruja solitária? Ela se tornou um mistério, antes eu sabia todos os seus movimentos. Agora, ela parece mais como uma alma vagando por essa floresta. Ela morava em um morro em direção à Serra Parima, creio que podemos encontrá-la por lá.

Darci trouxe o rádio e o colocou ao seu lado. Damião estendeu o mapa sobre o rádio e começou a fazer planos para chegar ao morro. Miguel observou aquele mapa sobre o rádio de Darci enquanto Damião o analisava e divagou: devo ter me perdido no caminho. Em qual pousada troquei minha mochila se meu navio atracou em outro cais? Foi então que ele percebeu que desembarcou sem passado, sem presente e sem futuro. Damião era agora sua única expectativa, Darci uma âncora, Diego uma incógnita e Baltazar um tirano na sua mente.

Damião dobrou o mapa e se levantou, pronto para desvendar o caminho até o monte de Inaiê. Ao seu lado, Darci ajeitou seu rádio de pilha embaixo do braço. "Em breve todas essas terras serão nossas", afirmou Damião, vislumbrando o futuro.

Por outro lado, Merlina percebeu as intenções de Damião, optando por guardar o segredo para não intervir. Afinal, quem daria ouvidos ao corvo? Revelar o segredo à bruxa só a fortaleceria, visto que Faraó ignorava a verdade de que Inaiê era uma criatura sem vida humana. E como comunicar à águia se a comunicação entre eles ainda não fluía? Ainda restava Hannah, que não detinha poder para entender o corvo. E para Merlina, o silêncio muitas vezes valia mais que o diálogo, ainda que este fosse comparado ao diamante.

# XXV

# PRESSÁGIOS

Avançar pelo terreno de uma floresta repleta de rios, colinas e riachos poderia ser desafiador para os habitantes das áreas urbanas, mas para os homens oriundos de regiões secas e áridas, era uma tarefa simples. O que representava a floresta para aqueles vindos do sertão e do agreste nordestino? Talvez fosse um paraíso no qual não compreendiam o motivo de invadir e destruir. Eles atuavam como pistoleiros, jagunços, contratados por Damião, conhecido como o "testa de ferro". Essa foi a forma encontrada por eles para garantir seu sustento ou melhorar suas condições de vida.

Por outro lado, Damião partiu do Sul do país determinado a fazer qualquer coisa e aceitar qualquer proposta para enriquecer e obter poder. Seu objetivo na época era adentrar na floresta, devastá-la, extrair toda a riqueza da terra e então transformá-la em pastagens para a criação de gado, até chegar o momento de plantar soja. Em seguida, os supostos "homens honestos" se apresentariam como os legítimos proprietários dessas terras, mediante documentos facilitados por autoridades governamentais ou funcionários públicos corruptos, surgindo como símbolos do "progresso" e da "modernidade", tornando-se posteriormente figuras políticas influentes no Congresso Nacional ou mesmo prefeitos em algumas cidades. Até que um dia seus nomes estariam nas ruas da localidade como pioneiros daqueles lugares.

Assim, para eles, o extermínio dos povos da floresta e a devastação do meio ambiente e da vida no planeta não tinham a relevância merecida. Outros poderosos continuariam a comandar a selvageria à distância, de suas mansões e empresas nos centros já industrializados e prósperos do país. Seriam condecorados por governadores e presidentes, homenageados pelo Congresso e Câmara dos Deputados. Enquanto isso, os povos da floresta veriam seus recursos serem exauridos, seriam subjugados ou mortos. Suas matas milenares seriam dizimadas, seus rios secariam, suas terras se converteriam em desertos, e o planeta rumaria para o colapso.

Os devaneios do pajé não o conduziam mais a altitudes tão elevadas; porém, com as infusões medicinais, suas visões se multiplicaram. Por sua vez, a anciã Aruna sentia como se voasse pela janela de sua morada na floresta. Hannah experimentava dores na cabeça e Iara, a mãe-onça, inquieta, incitava Hannah a percorrer as trilhas da floresta. Naquele exato momento, Damião e seu grupo atracaram suas canoas e invadiram as terras da região de Auaris.

Com a chegada do corvo ao Monte da Bruxa, Inaiê pressentiu algo diferente no ar e indagou o corvo:

— Merlina, o que você viu? Conta para mamãe bruxa. Por onde você andou?

No entanto, o corvo se esquivou, evitando se envolver. A bruxa percebeu más vibrações e se alegrou, pois tudo parecia finalmente se encaixar e seus desejos estavam prestes a se realizar.

— Onde está você, Andira, quero você aqui.

Andira saiu do seu esconderijo sombrio, coberto por galhos e folhas.

— Estou aqui, mamãe!

— Onde estão Valeska e Herman?

— Foram caçar javali, mamãe.

— Ah, que ótimo! Estou pressentindo que teremos visita, pelo menos terão algo para comer.

A bruxa riu alto e sumiu por entre as copas das árvores.

Na aldeia, Rudá convidou todos os membros da aldeia para o ritual com o chá e o rapé. Enquanto o pajé desfrutava de seu cogumelo mágico, Araponga tocava flauta e os guerreiros se aproximavam gradualmente, entre eles estava Xamã, o líder dos guerreiros. Hannah e

Kauane se abeiraram mansamente, parecendo se cortejarem a cada dia. Tainá chegou ao lado de sua filha Anaí e de Aruna, a anciã indígena conhecida como Mawiishas. Do lado de fora da aldeia, como guardiões, estavam Iara, a onça amiga de Hannah, e seu macaco Samir. O velho pajé convidou Kauane e Xamã para servirem o chá, enquanto Hannah e Tainá eram responsáveis para aplicar o rapé nas narinas dos habitantes da floresta. Somente aqueles com espíritos puros poderiam realizar essa tarefa. Eles dançaram e cantaram por um longo período. Tainá sentiu vontade de chorar, mas estava distante do rio e a esposa de Moacir não queria desperdiçar suas lágrimas; assim, engoliu o choro e tentou afastar as lembranças dolorosas. Após o ritual e vários cantos e danças, Hannah decidiu dirigir-se à aldeia. Ele pediu permissão ao pajé e falou com o povo pela primeira vez.

— Muitos de vocês não conhecem a minha origem, mas saibam que nasci nativo da terra. Terra e floresta, ambos em mim se unem. A mãe que me acolhe é a terra-floresta. Não tenho abrigo próprio, minha vida se dedica à comunidade. A floresta tem o propósito de nutrir, de ser a progenitora de todos, gerando vida por meio dos seus rios aéreos, fornecendo ar puro a todos nós. Aqui nasci, no coração do mundo criado por Deus Wanadi, com toda a sua riqueza e beleza, onde nossos rios majestosos se enfeitam com árvores frondosas que se assemelham a um traje nupcial branco, porém, tingido pela cor da esperança. Nossas matas exuberam riquezas, a fauna e flora florescem em abundância. Convivemos em harmonia com os animais e a natureza, que guardam o equilíbrio do restante do planeta. Ciente dos perigos que nossa terra-floresta enfrenta devido ao avanço dos colonizadores brancos, nossos inimigos se aproximam. Já invadiram várias comunidades indígenas e escravizaram muitos de nós. Com seu desejo insaciável, contaminam os rios, exterminam os peixes e tornam os alimentos escassos para nossos irmãos. No entanto, desconhecem que são seus próprios algozes. Acreditam que somos empecilhos para suas riquezas, que nossas terras, habitadas por milênios, não nos pertencem e podem ser tomadas à força. E depois de usurpadas, serão legitimadas por meio das artimanhas políticas de seus governos corruptos. Não sabemos quando nossos adversários virão bater à nossa porta. Auaris é um dos poucos redutos intocados da Amazônia. E assim permanecerá intacto se depender de mim, do pajé Rudá, nosso pai, de Xamã, de Tainá, de Kauane, de Iara, de minha amiga onça, de Samir e de todos vocês. Vamos lutar pela preservação da terra-floresta!

O povo da floresta deu um brado de guerra e iniciou uma dança e uma canção.

Kauane tornou-se mais apreensiva e reflexiva. Ela tinha o conhecimento de que a bruxa chegava à aldeia de forma furtiva, com o intuito de roubar o chá, o rapé e alguns charutos sagrados. Kauane estava ciente de que, ao revelar o segredo a um dos guerreiros, poderia torná-lo frágil e inseguro, pois ele não tinha nenhuma opção diante daquele acontecimento. O antigo mago e a anciã Aruna preferiram ingerir o chá do esquecimento para não perderem suas habilidades de concentração e transfiguração. Contudo, alguém da aldeia havia de ter o conhecimento. A jovem guardiã dos segredos dirigiu seu olhar a Hannah sem saber como partilhar o oculto.

Rudá se isolou sob a influência do cogumelo e do chá do Santo Daime. Em breve, ele poderia enxergar as áreas devastadas da Amazônia pelas mãos dos seres humanos. Voava alto como um gavião-real, com uma visão extremamente aguçada. Testemunhou a terra Yanomami devastada, saqueada; entre os clarões na floresta, uma Amazônia desolada se revelava. Retiraram o ouro dos rios e contaminaram a água com mercúrio, sufocando os peixes. Derrubaram o ipê e outras árvores nobres da floresta, deixando apenas uma fachada ilusória para os olhos do Estado. Algumas aldeias queimadas, indígenas violentadas e guerreiros escravizados ecoavam em suas visões. "Liberte o meu povo, rompa as correntes", clamava em seu transe visionário.

No meio do trajeto, entre Auaris e o Forte, localizado na confluência dos rios, Rudá se deparou com um homem alto e caboclo, com traços indígena e europeu, liderando nativos escravizados para derrubar árvores na floresta. Eles estavam presos por correntes. Rudá dialogou com o homem e, de repente, ele apontou o rifle e disparou contra Rudá, que só não foi atingido em cheio porque se esquivou no exato momento do tiro. Ainda assim, Auaris exibia uma atmosfera vibrante, as crianças se divertiam em brincadeiras de cabo de guerra, para depois se refrescarem nos rios, pescarem e navegarem em seus barcos. As plantações estavam abundantes em alimentos e a fauna se harmonizava com o ambiente. Rudá, mais uma vez, adormeceu na sua rede.

— Acorda Rudá, onde você esteve? — A voz de Hannah ecoou nos ouvidos do pajé, como se estivesse nos picos do Monte Parima.

O ombro de Rudá estava ferido e Kauane lavou-o com um punhado de ervas trazidas por Hannah. Deitado na rede da sua oca, de bruços, o pajé parecia não querer acordar.

— O ferimento não é profundo, Kauane, não se preocupe.

— Vou ficar aqui até ele acordar.

No entanto, Rudá dormiu por três dias e, quando acordou, sua pele estava íntegra, não tinha mais ferimento. Do seu lado estava Hannah e Xamã, apreensivos. Ele despertou com olhos de assombro.

— O que estão fazendo aqui?

— O que aconteceu, pai, nunca dormiu tanto?

— Eu já estou indo, vejo que o pajé está bem — disse Hannah.

— Espere! — disse o pajé ao levantar da rede.

Rudá relatou aos guerreiros que viu uma floresta ocupada por indivíduos brancos, invasores e criminosos armados.

— A paisagem da floresta estava destruída, nossos povos subjugados e tratados com crueldade. Os rios estavam contaminados. Os invasores brancos estão prestes a nos trazer sofrimento, eles tentarão invadir nossas terras, Hannah! Se conseguirem tomar o controle do coração da terra, toda a energia protetora da floresta se perderá.

— Xamã está disposto a lutar até a morte! — O chefe guerreiro Ye'kwana ergueu seu tacape e arco, porém sua fala foi interrompida pelo pajé.

— Nosso desafio será de resistência e temperança. Não podemos enfrentar esses homens de acordo com seus planos e sua força. — O pajé deu uma tragada em seu charuto. — Eles são numerosos e possuem armas poderosas. Nós temos a natureza do nosso lado. Não estamos em guerra com outros indígenas, meu filho. Não devemos confrontar diretamente um inimigo mais poderoso nem usar as mesmas táticas, pois é exatamente o que ele espera. — O velho pajé começou a tossir e interrompeu o diálogo.

Hannah se retirou e partiu em direção à Serra Parima, próximo ao rio Orinoco, na região de seu nascimento, em busca de forças renovadas, levando consigo Kauane, que andava tensa e agitada.

XXVI.

# O BANQUETE DA FEITICEIRA

Darci sempre foi conhecido por sua frieza e expertise, mas nunca experimentara tamanho temor ao ouvir os rugidos de Iara ecoando pela densa floresta. Ele apertou o rádio de pilha com firmeza, como se quisesse esmagá-lo e alcançar a arma que estava escondida ali. "Talvez devesse ter pegado um facão", ponderou ele.

O sol já começava a se pôr no horizonte. Damião andava incansavelmente cercado por seus homens, Diego à frente e Darci logo atrás. Miguel mantinha-se bem próximo ao Faraó, receoso de se deparar com uma onça. Subitamente, Darci virou-se e se surpreendeu ao avistar uma menina sorrindo, exibindo dentes dourados.

— Venha cá, menina. Quem é você? — indagou ele.

— O que houve, Darci? — perguntou Damião.

— Acho que vi uma garota com dentes de ouro.

— Deve ser uma nativa com dentes de ouro, arranque todos eles e me traga — ordenou ele.

Ao cair da noite, eles alcançaram o topo de um monte entre o rio Auaris e a serra Parima, em meio à vastidão da floresta. Escalaram com dificuldade, agarrando-se aos troncos de árvores e cipós. O corvo os observava de uma árvore, parecendo sorrir com os olhos. Naquela noite de lua cheia, Darci notou sua presença e pensou: "Só preciso de uma bala". O retirante praticava tiro ao alvejar pássaros no agreste de

Alagoas e depois em arame de cerca. Ele não erraria o tiro contra o corvo na copa da árvore. Contudo, a nativa estava à sua frente, sorrindo; ele apressou o passo. Damião desejava os dentes da menina, que parecia ser incrivelmente rápida – quando se aproximou, ela desapareceu. Os homens se surpreenderam ao se depararem com Valeska de pé no ponto mais alto do monte.

— Robin Hood?! – exclamou Valeska, surpresa ao ver Damião acompanhado por mais três homens.

Ela ainda nutria esperança de ser resgatada pelo cavaleiro. Damião iluminou o rosto de Valeska com sua lanterna e avistou uma mulher loura, esguia, com cabelos emaranhados e a boca manchada de sangue. "O que essa mulher fazia ali? Por que não estaria no seu cabaré? Será que ela é um canibal?", ponderou.

— Não me chame de Robin Hood, madame, sou Damião, conhecido como o Faraó! E estes não são os mosqueteiros, são meus aliados: Darci, Diego e Miguel.

Os três estavam em volta de Damião no alto do morro e Valeska os observava, atônita e envergonhada, e limpava a boca. Darci a cumprimentou e beijou sua mão.

— Peço desculpas, estava me alimentando de um javali. Vocês querem? – Ela apontou para um canto debaixo de uma árvore onde Herman se alimentava sem notar a chegada dos homens.

— Herman, estes são o Faraó e seus amigos.

Ela se aproximou de Herman, que os encarou, surpreso, com a mão suja de sangue.

— Faraó? – pensou alto ele. – Estamos na floresta e não no Egito.

— Faraó é como me chamam, Sr. Herman, meu nome é Damião. Como vai o senhor?

Damião estendeu a mão para Herman, mas recuou ao notar o sangue em sua mão.

— Por favor, sentem-se e se alimentem, devem estar com fome – disse Herman, com um tom sério. Contudo, eles se entreolharam desconfiados, apesar da fome.

— Que tal acendermos uma fogueira aqui, senhor Herman, e assarmos essa carne, se o senhor não se importar? – sugeriu Miguel, educadamente.

— Não ouse fazer isso, Sr. Miguel!

A bruxa emergiu das sombras da mata, furiosa e com todos os traços assustadores de sua natureza.

— Não quero fogo por aqui, se quiserem, que o façam bem longe.

Damião olhou para Inaiê e achou tudo muito excêntrico, considerando que seu desejo era incendiar toda a floresta.

— Que surpresa te encontrar aqui, Damião, meu velho amigo. — Ela abraçou Damião, que correspondeu. — O que te trouxe a este lugar depois de atravessar a floresta? Será que é saudade de sua velha amiga? — Inaiê provocava Damião por saber que Faraó não sentia saudade de ninguém.

O abraço da bruxa não era o abraço de uma mulher, parecia mais o abraço de uma anaconda de uma tonelada, e Damião sentiu o peso do abraço de Inaiê. O fardo do mau pesava sobre seus ombros. Inaiê convidou Damião e seus capangas para jantar o javali ali morto, sangrando. O testa de ferro Damião percebeu que algo muito estranho estava acontecendo e, como tinha propósitos definidos em conquistar o coração da Amazônia e dominar toda a floresta, o Faraó de Daniela estava disposto a fazer qualquer sacrifício.

— Minha amiga Inaiê quer que comamos o Javali assim, cru e sangrando? — indagou Damião para a bruxa.

— Eu quero, assim vocês vão se tornar mais desumanos. Não suporto humanos. — Em seguida, ela acrescentou: — Não é dessa maneira que procedemos quando chegamos na casa de outra pessoa. Devemos comer o que é posto na mesa, sem reclamar. Isso é falta de educação, Damião. Este é o meu lar, meu refúgio, e vocês não são obrigados a permanecer aqui! — Essa máxima, ou conforme o dicionário define: "uma regra de conduta ou pensamento expresso sem qualquer conotação de valor", foi usada pela bruxa.

— Muito obrigado, Inaiê, por nos proporcionar essa generosa refeição — agradeceu Darci enquanto cortava um pedaço da carne e começava a comer. Diego fez a mesma coisa, mas Miguel acabou vomitando, ao passo que Damião, instigado por Inaiê, fez o mesmo procedimento com outra parte do javali e se alimentou. Foi então que Andira emergiu da escuridão da mata, aproximando-se com uma caneca d'água e entregando a Miguel, que, embora surpreso com a presença da garota esquisita, bebeu e ficou melhor.

— Aquele que ousar a fazer mal à minha filha será devorado por mim vivo — ameaçou a feiticeira, fazendo com que todos se voltassem para Andira, atônitos. Andira trouxe algumas castanhas e bananas para Miguel se alimentar.

De manhã, todos acordaram com o misterioso e assustador canto do corvo. Darci, ao levantar, percebeu que seu rádio de pilha não estava ao seu alcance. Ansioso e apreensivo, ele procurou a bruxa para relatar o ocorrido. Após examiná-lo cuidadosamente, ela olhou dentro de suas pupilas e questionou:

— O que você guarda no interior do rádio, Darci?

Confuso, Darci respondeu que era apenas um rádio comum.

— Não me faça perder a paciência, Darci. Se quer o rádio de volta, precisará ser sincero. Fique tranquilo, seu segredo estará seguro comigo — tranquilizou a bruxa.

Darci então contou à bruxa sobre seu revólver, um segredo que o havia salvado em diversas ocasiões.

A bruxa decidiu devolver o rádio a Darci.

— Lembre-se de nosso segredo compartilhado — lembrou ela, entregando o aparelho.

— Não esquecerei.

Darci, indignado, encarou a bruxa com firmeza, porém ela retribuiu o olhar e fez com que Darci se sentisse fraco, levando-o a cair e se recuperar num piscar de olhos. Apesar da raiva, Darci percebeu a presença de poderes ocultos em seu opositor e optou por retaliar apenas em pensamento, imaginando empurrar a bruxa do penhasco sem recorrer à sua arma, agora revelada.

Ao presenciar a interação entre Inaiê e Darci, Damião, intrigado com o aspecto e atitudes da bruxa, começou a vê-la como alguém com habilidades e poderes surpreendentes, o que poderia ser vantajoso para seus próprios planos.

Nesse momento, Inaiê convidou todos para discutirem sobre o destino da floresta.

— Que momento incrível — exclamou a feiticeira —, estamos todos reunidos aqui como uma família. Minha filha, Andira, minha amiga Valeska e seu amigo Herman, agora também meu amigo, Damião, meu velho companheiro de batalhas passadas e contaminação dos rios, e agora seus fiéis escudeiros Darci, Diego e Miguel. Ah — ela apontou para o galho de um pequeno arbusto —, Merlina, minha preta predileta.

Diante disso, Merlina voou irritada para outro canto. Em seguida, a bruxa pediu que Andira trouxesse o chá de ayahuasca, o rapé e dois charutos.

Inaiê exigiu que todos se sentassem no alto do morro em formato de roda. O chão estava coberto por muitas folhas caídas das inúmeras árvores que cercavam aquele espaço bucólico e enigmático. Naquela manhã, o sol surgia como se fosse a primeira vez na floresta, desfilando sobre a copa das arvores e acariciando o solo com sua suavidade e a pele dos habitantes da floresta. No entanto, Inaiê estava incomodada com a paz daquela manhã.

— Calma mãe, o sol já vai esquentar — disse Andira, segurando uma jarra de chá para os convidados.

Após servir o chá, a bruxa pegou o rapé e, sem pedir permissão, foi aplicando-o um por um até chegar a vez de Darci, que se recusou ao experimento com a bruxa.

— Eu não quero seu sopro em meu corpo, mulher. Passo minha vez, senhora Inaiê.

A bruxa riu alto e sussurrou no ouvido de Darci:

— Você quer que eu conte nosso segredo, moreno do agreste?

Contrariado e temendo que seu segredo fosse revelado, Darci cedeu ao desejo da bruxa ao lembrar que possuía o corpo protegido após participar de um ritual religioso no sertão alagoano. Enquanto a bruxa soprava o rapé em suas narinas, Darci rezava para São Jorge manter seu corpo fechado. Logo após aplicar o rapé, a bruxa ofereceu um charuto a Damião e o convidou para dar um passeio na floresta.

No dia seguinte, a bruxa conduziu Damião até o Vale Assombrado das Estacas e o convidou pra atravessar o precipício. Uma árvore imensa servia de passarela, com uma corda de apoio sobre ela, que a bruxa prontamente reabilitou.

— Este é o caminho mais simples e veloz para chegar à aldeia Ye'kwana — disse a bruxa.

Damião hesitou em prosseguir por ali. Mas Inaiê o encorajou. Ela atravessou primeiro e, quando Damião estava no meio da travessia, a bruxa soltou sorrateiramente a corda. Damião perdeu o equilíbrio, suas pernas oscilaram sobre o tronco da árvore e ele se agarrou firmemente no tronco, entrelaçando pernas e braços. No abismo, ele viu apenas inúmeras árvores ressequidas com troncos e galhos pontiagudos. "É uma morte angustiante e terrível", pensou ele, "será que chegou o meu momento?".

— Tenha calma, Damião, estarei ao seu lado.

— Não me deixe cair, Inaiê! — O Faraó estava ofegante, buscando ajuda com a voz embargada. A feiticeira voltou a estender a falsa-baiana, a corda de equilíbrio. Foi até Damião e o ajudou a se levantar.

— Você salvou minha vida — Damião, já sentado no chão, expressou sua gratidão a Inaiê, que retribuiu com um abraço leve, mas com o peso de algumas nuvens negras. Num sussurro, ela disse a Damião:

— Você deve lealdade a mim.

— Sempre fui leal a você, Inaiê.

— Vejo tudo isso aqui como um jogo de xadrez, Damião!

— Eu sou o rei, Inaiê! — Damião ergueu o olhar para fixar o rosto da bruxa. Antes que ela reagisse, ele afirmou: — Você é a rainha.

— Lembre-se de que sou a soberana da floresta e, em toda partida de xadrez, a rainha vela pelo rei. A rainha comanda a guerra e a festa.

Damião refletiu: "Sou eu quem liderará a guerra e a diversão", mas o olhar penetrante de Inaiê pareceu sondar as profundezas do peito de Damião, como se pretendesse extrair-lhe o coração e a mente. Damião se viu vulnerável mais uma vez e assentiu aos desejos da feiticeira.

— Você é a soberana das matas e dos rios, Inaiê — proclamou.

Isso arrancou um sorriso da bruxa, que repetiu entusiasmada:

— Eu sou a rainha das matas, eu sou a rainha da floresta, e dos rios.

## XXVII.

# A FLOR DO BEIJO E A BRISA

Lá no topo da Serra Parima, uma brisa suave tocou o rosto de Kauane. Ela usava um vestido colorido acima dos joelhos, gentilmente presenteado por Valeska. Com colares e pulseiras de miçangas trazidas por Xamã de suas jornadas, a jovem completava seu visual com uma rasteirinha também presenteada por Valeska. Ao redor de seus olhos negros com traços asiáticos, ela usava uma faixa azul-clara, contornada por um azul-escuro, que se estendia até a região acima da orelha. Descendo do centro do lábio inferior ao centro do queixo, havia uma faixa vermelho escarlate. Uma tiara com tons vivos e pedras brilhantes, um outro mimo de Valeska, adornava sua testa. Seus olhos e suas sobrancelhas estavam delicadamente tracejados de preto. Seus longos cabelos negros chegavam à cintura, trançados de ambos os lados e repousando sobre seus ombros. Ao lado da orelha esquerda, uma pena amarela estava presa à tiara, colocada ali por Hannah. A jovem morena de vinte e um anos e soberana dos mistérios da floresta irradiava uma beleza como nunca antes, como se por um instante tivesse se esquecido que sua terra estava sob ameaça.

— Aqui estamos em segurança, Kauane, os poderes de Inaiê não chegam até esse lugar.

Na região da Serra Parima, Hannah nasceu segundo a crença de seu povo, em que o Deus Wanadi teria criado o mundo. Foi nesse mesmo local que Moacir o resgatou. Os Mawiishas, conhecidos como o último povo canibal, foram totalmente eliminados naquela área. Hannah não estava usando um cocar, porém, ostentava um lenço vermelho amarrado em volta da testa, com a ponta presa à cabeça. Duas linhas partiam da região superior do nariz até a orelha: uma vermelha e outra verde. Ele trajava uma saia feita de palha havaiana e em seu cabelo havia uma pena dourada que estava fixada. Algumas figuras geométricas decoravam seu peito e membros. Nas costas, carregava uma aljava cheia de flechas enquanto sustentava um arco com a mão esquerda.

— Nessa região da serra está o epicentro do saber de nossos povos — Kauane exclamou, estendendo os braços na direção do território dos povos da Venezuela.

— O coração do conhecimento e o centro de toda a energia que emana na floresta, e é dessas rochas que nascem os rios — disse Hannah.

— Por que me trouxe até aqui? — indagou Kauane a Hannah.

— Feche os olhos — disse o guerreiro.

Hannah dirigiu-se a uma área da região montanhosa e regressou com a flor do beijo em mãos, de tonalidade vermelha e pétalas brancas. Ajoelhou-se diante de Kauane, pedindo a mão da "princesa da floresta".

— Abra seus olhos — declamou Hannah.

Kauane fitou Hannah e sentiu um leve tremor de emoção diante de sua atitude ao entregar-lhe uma linda flor vermelha com pétalas brancas. Hannah expressou seu desejo de tê-la como esposa. Antes que Kauane concedesse sua resposta, uma brisa, como se fosse provocada por um majestoso pássaro em pouso, envolveu-os.

— Vocês não deveriam fazer isso.

Atrás deles, caminhava uma anciã indígena de pele extremamente enrugada, os cabelos brancos lisos e entrelaçados.

— Aruna, você aqui? — perguntou a filha de Tainá.

— Hannah não pode aceitá-la como esposa neste momento, pois sua essência está profundamente ligada à natureza da floresta. A floresta é como uma mãe que protege, cuida e sustenta. Hannah não pode assumir dois papéis simultaneamente. Inaiê arruinaria o sentimento que existe entre vocês.

— Não entendo, Aruna — disse Kauane, perplexa e ansiosa diante da inusitada situação. Esperou aquele momento por tanto tempo.

— Você só poderá se unir a Hannah no dia em que ele se chamar Uriah!

— E quando será isso, Aruna?

— Será quando os inimigos ocultos da floresta forem vencidos e a floresta voltar à plena luz. Então, Hannah se torna Uriah, o guerreiro da luz! Kauane não deve revelar isso a ninguém, nem mesmo para Tainá, sua mãe.

— E quanto a mim, ficarei esperando por isso?

— Kauane tem plena liberdade para escolher seu caminho, porém, se tiver a paciência necessária, será como um majestoso falcão na vida de Hannah, trazendo ao guerreiro coragem e serenidade. A pureza e a determinação de Kauane serão sentinelas dos segredos da floresta. — Sem que Hannah dissesse nada, Aruna dirigiu-se ao guerreiro: — Para ir além dos sonhos, é crucial manter os desejos vivos, pois é de sua determinação que brotará sua força.

Aruna caminhou entre os arbustos, descendo a encosta da Serra até sumir da vista dos jovens. Hannah abraçou Kauane, que se pôs a chorar. A partir desse momento, passaram todo o dia e a noite repousando e absorvendo as energias e o encanto de Parima.

# XXVIII

# O ESPELHO

Com o passar do tempo, Anaí cresceu e se tornou uma jovem mais alta do que sua própria mãe. Suas rotinas incluíam trabalhar na roça, lavar roupas no rio, preparar beijus e assar peixes e carnes para Tainá. Desfrutava de uma vida pacata típica de uma aldeia nativa. Enquanto realizava suas tarefas, Anaí recordava de Herman, que vivia no topo da colina da coruja solitária pensando em Tainá, que matutava incessante-mente em Moacir. Aos vinte e três anos, Anaí idealizava Herman, que já passava dos quarenta, como alguém capaz de protegê-la e levá-la para conhecer a Europa. Enquanto Herman havia deixado a aldeia para morar no topo da colina da bruxa, Anaí mantinha-se ocupada com suas obri-gações domésticas, na esperança de que um dia ele retornasse. Quando esse momento chegasse, Anaí revelaria seu desejo de partir ao lado de Herman. Conhecida como "A bela flor do céu", Anaí guardava silêncio sobre seu anseio, não o compartilhando com ninguém, nem mesmo com sua mãe, e muito menos com Herman. Contudo, acreditava fielmente que, ao desejar com intensidade e convicção, seu coração tocaria o de Wanadi e ele atenderia seu desejo.

Anaí estava lavando roupas às margens do rio Auaris, entoando canções de seus antepassados e sonhando com Herman chegando para abraçá-la. Imaginava ele a colocando em sua canoa, rumo a Manaus. Ela partiria para a Alemanha. Enquanto um barco se aproximava, Anaí torcia para que fosse Herman quem estivesse ali. Com as mãos mergulhadas no rio e segurando uma peça de roupa, viu os homens desembarcarem. Contudo, nenhum deles era Herman. Um dos homens tinha traços semelhantes aos dele e se apresentou:

— Prazer, meu nome é Damião, mais conhecido como o Faraó.

Anaí ergueu os olhos ao ouvir a voz do desconhecido. Sentada à beira do rio, achou Damião muito bonito. Fitou seus olhos azuis como o mar e admirou sua pela clara, barba bem-feita e altura imponente.

— Quem são vocês? — ela perguntou, assustada.

— Somos amigos — se antecipou Diego.

Anaí não imaginava que aqueles homens eram bandidos, pistoleiros. Damião era um indivíduo sem escrúpulos, cujo único objetivo era dominar a terra-floresta, o local mais desejado do mundo, da mesma forma como os portugueses conquistaram e eliminaram grande parte dos povos originários.

Damião não agia sozinho, já que precisava seguir ordens de alguém acima dele. Todo seu comportamento estava previamente planejado e agora ele teria que prestar contas à bruxa. Quanto aos outros três homens, tinham um objetivo claro: retornar um dia para sua terra com muito ouro na mala. Sobre as consequências, eles não avaliavam nem se importavam com elas. Para quem já fugiu da seca e da fome, fugir da polícia não lhes trazia temor algum.

— É melhor irem embora, aqui não é território de vocês — disse Anaí, expressando seu desconforto.

— Queremos conversar com o pajé e seus conselheiros, moça — disse Diego, fixando um olhar penetrante que deixou Anaí ainda mais intimidada.

— Não precisa ter medo — disse Miguel. — Viemos em paz, só queremos fazer amizade.

Damião retirou um espelho da mochila e de imediato mostrou para Anaí. Surpresa, Anaí ficou encantada ao se deparar com sua face refletida: seus olhos negros, imensos, e seus lábios desprovidos de batom, mas igualmente belos. Esse era apenas o segundo encontro dela com o espelho; o primeiro ocorreu quando Valeska lhe apresentou o objeto, e desde então ela se sentiu fascinada.

— Posso ficar com ele?

— Sim, pode, é seu — respondeu Damião, com gentileza.

— Agora tenho um espelho só para mim — disse Anaí, já mais descontraída enquanto se observava no espelho.

"A bela flor do céu" considerou em levar os estranhos até seu avô, Rudá. Ao chegarem à aldeia, ela os conduziu até sua mãe, que preparava a comida. Tainá, ao ser apresentada aos homens, sentiu-se mal e apoiou-se num canto de sua oca.

— O que houve, mãe? Eles vieram nos visitar.

Porém, mesmo sem saber que estava diante dos homens que levaram seu marido, Tainá sentiu um mal pressentimento. Seu coração acelerou, entrando em uma taquicardia. Eles saíram da casa de Tainá e seguiram até o pajé, que estava sentado no banco da onça fumando charuto. Anaí, timidamente, se aproximou acompanhada por Damião e seus homens.

— Eu já esperava o homem branco aqui — disse Rudá após soltar a fumaça de seu charuto, sem olhar para o rosto dos homens. — O homem branco é perigoso para nosso povo, oco e sem alma. — Rudá soltou mais fumaça do charuto, enquanto fitava o horizonte.

— Lamento, Sr. Rudá, não queremos prejudicá-los. Estamos aqui como amigos. Me chamo Damião, o Faraó.

Os olhos de Rudá encontraram os olhos de Damião, que neles percebeu a cobiça e a morte. Rudá contemplava o fogo que consumia a floresta, consumindo o rio e aniquilando os peixes. Por fim, vislumbrou um dragão envolto em chamas.

— Veja o que eu trouxe como presente para o senhor. — Damião retirou uma flauta peruana de sua mochila. — Esta é uma flauta Inca, nobre Rudá.

Rudá recebeu a flauta e a examinou atentamente. Não resistiu e começou a tocar, produzindo um som suave e penetrante que se moveu pela floresta. Para ele, a melodia daquele instrumento soprado transmitia vitalidade e o conectava com a natureza e os seres espirituais benevolentes, como se as melodias fossem entoadas pelo Deus Wanadi. Por breves instantes, o espírito do pajé se uniu aos seus antepassados e logo retornou.

— O que o homem branco deseja com meu povo e com a terra das florestas?

Rudá encarou Damião, que mantinha o olhar firme desde o início, mas acabou desviando o olhar como se quisesse encerrar o assunto rapidamente.

— O homem branco não costuma trazer vida ao nosso povo — protestou o pajé.

— O homem branco pode resgatar os indígenas de uma região como esta, que é habitada por animais, cobras e insetos — afirmou Damião.

— E para onde irá o nosso povo, Sr. Damião?

— Para as cidades — retrucou Faraó. — Isso aqui poderá se tornar cidades e terras destinadas à agricultura e à criação de gado.

— O homem branco deseja espalhar cimento em todos os lugares por onde quer que passa, pretende erguer uma casa sobre a outra e concretar os rios. Contudo, para realizar tais feitos, o homem branco acaba destruindo a natureza, que é o lar dos animais e do nosso povo. Esse homem polui os rios, ocasiona a seca das águas e a morte dos peixes. Além disso, ele gera indivíduos carentes, mendigos, suicidas, famintos e dependentes químicos. Constrói prisões para prender pessoas. O pajé não deseja isso; ele anseia pela liberdade e felicidade de seu povo. O pajé almeja testemunhar as árvores crescendo e os animais convivendo pacificamente com a natureza. Pajé quer ver as crianças brincando no rio, pescando e crescendo em liberdade. O Pajé não quer presenciar o seu povo morando nas periferias das cidades sem comida, sem rios, sem peixe e sem frutas. Este território é nosso lar; aqui vivemos em harmonia com a terra-floresta. Sem árvores não há chuva; consequentemente, os rios secam e toda a população sucumbe ao calor e à sede. O pajé respeita o homem de pele clara e sua vida; portanto, também é fundamental que o homem branco respeite a vida do nosso povo.

Faraó ficou surpreso com as palavras do pajé e indagou:

— Por que este lugar é tão próspero? As árvores, os pássaros, os animais são magníficos e nunca sofreram invasão como em outras terras.

— Este lugar tem amor, Sr. Damião. E onde há amor, há vida infinita. Temos também Hannah e nossos guerreiros — disse o pajé.

Darci, intrigado, saltou do seu banco e perguntou:

— Quem é esse Hannah?

— Se cortarem uma árvore, ela renascerá, pois o espírito da floresta está em Hannah. Hannah é a própria floresta.

— Não acredito nesse Hannah — discordou Diego.

— Se Hannah ordenar que uma onça devore o moço agora, ela o fará — advertiu o pajé.

Diego retrucou:

— Eu posso matar a onça, pajé.

— O homem branco age pior que os animais irracionais. Ele invade o habitat natural das onças e as terras de nosso povo. O homem branco invasor não é bem-vindo aqui — Rudá concluiu com autoridade.

Diego se levantou irritado e convidou Damião a irem embora. No entanto, o pajé sugeriu que ficassem aquela noite e participassem da celebração do chá de ayahuasca. Faraó ficou animado com a ideia, já que era a primeira vez que ele seria hospedado em uma aldeia e a convite de um pajé. Para Damião, Rudá era o mais respeitado entre os pajés. Ele tinha receio de entrar em outras aldeias, pois muitos indígenas foram sequestrados e muitas indígenas sofreram violência. Além disso, vários rios estavam sendo poluídos pelo seu bando devido à prática ilegal de garimpo. Damião já havia ingerido o chá vindo das mãos da bruxa e agora estava prestes a beber o preparado pelo pajé. Entretanto, ele começou a lembrar do rapé e como o sopro do pajé poderia afetar suas mentes, atrapalhando seus planos com Inaiê. Ele lembrou da música produzida pelo pajé ao tocar a flauta inca. Por um momento, se encantou, sua alma se transportou para um lugar bom, pacífico e gentil. Faraó sabia que não poderia permitir-se ser afetado por essas experiências fraternais dos homens. Ele pensava em seus capangas, os quais não deveriam ser expostos ao sopro do pajé.

— Não! O rapé eu não permito.

A voz do Faraó ressoou pela floresta.

— Tranquilize-se, Sr. Damião, apenas vamos administrar o rapé em nossa comunidade. Não iremos compartilhar nossa vitalidade com seus homens. Para receber o rapé, é imprescindível possuir uma espiritualidade em sintonia com a floresta e estar livre de qualquer substância intoxicante, como bebidas alcoólicas. Damião e seus homens não estão qualificados para receber o rapé. A energia do pajé é destinada a nossa comunidade e nossos aliados.

— E esse chá, amigo Rudá, não nos fará mal? — Miguel expressou sua preocupação ao recordar do chá e do rapé administrado pela feiticeira.

— Não, caro jovem, o chá só trará malefícios se consumido em excesso ou se os corações dos amigos estiverem corrompidos por más intenções. Nesse caso, estarão vulneráveis às influências negativas dos espíritos sombrios da floresta ou da mencionada bruxa.

Miguel refletiu sobre o chá e o rapé entregues pela feiticeira e mergulhou em profundo silêncio. Ele havia feito a escolha consciente de estar presente naquele lugar, integrar-se ao grupo liderado por Damião e estabelecer um pacto com Inaiê, sabendo que ela era a bruxa da floresta. Considerou desistir, mas já era tarde demais para ele; a distância até o agreste de Pernambuco tornara-se intransponível. Retornar de mãos vazias era inconcebível.

Assim que o sol se pôs, o experiente pajé iniciou a preparação para o chá. Devido aos efeitos do sopro da amnésia, ele não percebeu que uma parte da bebida havia sumido, fato conhecido apenas por Kauane. Na sequência, todos na aldeia tomaram o chá, inclusive Damião e seus homens. Com a chegada de Xamã, os jovens guerreiros se agitaram, gritando em coro: "Viva Xamã, nosso líder guerreiro, viva Xamã!". Damião e seus capangas mantinham os olhares fixo em Xamã.

— Então esse é o guerreiro Xamã, um dos obstáculos para nossa invasão. Vamos armar uma emboscada para ele — disse Damião.

Xamã retornou de mais uma de suas jornadas entre Auaris e Manaus e deparou-se com a floresta ainda mais invadida pelos forasteiros brancos. Ao perceber que os invasores se aproximavam de suas terras, sentiu-se apreensivo e convocou o pajé:

— Precisamos expulsar esses indivíduos de nossas terras, pois eles são invasores.

Após realizar o ritual, o pajé embarcou em uma impressionante jornada por uma caverna habitada por morcegos-vampiros em profusão. Durante à noite, os morcegos-vampiros emergiam da caverna e, enquanto Hannah dormia, saciavam sua sede com o sangue dele. Em meio à escuridão da noite, o pajé acordou sobressaltado com a insistência de Xamã batendo em seu ombro.

— São vampiros — disse o pajé ao despertar.

— Quem são os vampiros, pai?!

— Vampiros anestesiam suas presas e depois se alimentam do seu sangue. Essa é a intenção deles conosco, trazem presentes, se fazem de amigos, nos enganam enquanto se apoderam de toda a riqueza da floresta e depois nos expulsão de nossas próprias terras. Vampiros sugam energias por toda parte, eles não produzem ou quase nada produzem. Eles estão sempre presentes, observando tudo e se alimentando. Vampiros não suportam a felicidade alheia e sempre acham que merecem mais do que você. Dessa forma, eles sugam o seu sangue, a sua energia vital.

— Xamã tem aversão aos vampiros, pai.

— Os morcegos-vampiros almejam esgotar todas as riquezas da terra, deixando-a vazia e desolada. Não devemos simplesmente expulsá-los, Xamã. É crucial que aprofundemos nosso conhecimento sobre nossos adversários. Enquanto estiverem por perto, será mais conveniente vigiá-los e desvendar suas reais intenções. Já detectamos sua intenção de urbanizar nossas terras. Pretendem sepultar nossos igarapés e rios com concreto, extinguir nossas árvores para dar lugar ao gado e à plantação de soja. Planejam fazer desaparecer nossos rios voadores. Caso isso ocorra, transformarão nossa terra em um deserto árido e seco.

— Caso isso ocorra, mestre Rudá, o que será de nosso povo?

— Os bosques preciosos serão destruídos, os rios serão contaminados e a vida de nossos peixes serão ceifadas, além de nos expulsarem de nossas terras ancestrais. Infelizmente, muitos perderão a vida, mulheres enfrentarão violência e exploração e acabarão marginalizadas nas periferias urbanas. Alguns cairão no vício das drogas e poderão ser explorados pelos traficantes, enquanto outros considerarão o caminho do suicídio. — Esses foram dilemas profundos discutidos pelo sábio pajé com Herman e Valeska, os bravos ativistas da floresta. — No entanto, há aqueles decididos a lutar por uma existência digna até o fim e a preservar nossa herança cultural. Prometa para seu pai idoso que seguirá esse caminho, Xamã.

Xamã não deu muita importância ao que Pajé disse, apenas respondeu:

— Xamã irá acabar com todos os invasores, esta é terra do povo Ye'kwana.

Na manhã seguinte, Damião e sua equipe partiram cedo, trazendo um alívio para os habitantes da floresta. No entanto, deixaram para trás uma sensação de insegurança: o medo pairando, com o receio de um possível retorno não amigável, mas sim como invasores implacáveis, verdadeiros vampiros da floresta.

# XXIX

# KAUANE DESAFIA INAIÊ

Após retornarem da Serra Parima, Hannah e Kauane não encontraram Damião e seus amigos. Na beira do rio, depararam-se com Tainá em prantos, suas lágrimas banhando as águas do Auaris. Ao vê-los, Tainá encheu-se de alegria e os conduziu até sua morada. Kauane relatou à sua mãe que não puderam unir-se em matrimônio, porém ela lembrou do segredo de Hannah e ficou em silêncio.

— Vocês não se amam? — perguntou Tainá.

Kauane explicou que iriam esperar o retorno de Moacir e que, enquanto a floresta não estivesse segura, não seria um bom momento.

— Moacir voltará quando minhas lágrimas se transformarem em diamantes — disse Tainá, convicta.

Sempre que dizia isso, seus olhos brilhavam de esperança, mesmo com tristeza no rosto. Hannah abraçou Tainá e afirmou:

— Sim, Moacir voltará.

Suas palavras foram tão cheias de certeza que Tainá desabou em lágrimas pela primeira vez longe do rio.

Em seguida, Anaí chegou trazendo alguns alimentos da roça e se deparou com Hannah:

— Quero ir até o Herman e a Valeska — disse a irmã de Kauane, mirando Hannah. — Você poderia me levar? — Hannah não tinha intenção alguma de encontrar a velha bruxa. — Preciso vê-los e saber como estão, e só você pode me levar com segurança, Hannah.

— Eu também quero acompanhar vocês, mal posso esperar para vê-los — disse Kauane, entusiasmada.

— Por favor, cuide das minhas filhas, Hannah, Inaiê pode ser perigosa e muito astuta.

Com o consentimento implícito de Tainá, Hannah mal teve a oportunidade de expressar sua opinião e atendeu ao pedido de Anaí. Ela organizou suas coisas, incluindo o espelho presenteado por Damião, e o guardou dentro de sua bolsa de palha, com a intenção de mostrá-lo à Valeska.

Hannah ainda não havia chegado à casa da bruxa, apesar disso, esteve bem perto num dia em que ele e Xamã tentaram pela primeira vez. Apenas o filho de Rudá pisou brevemente na morada de Inaiê e conseguiu escapar para salvar sua vida. Encontrar a bruxa não trazia benefício algum para Hannah, pois ela emanava uma energia negativa. O último encontro entre eles aconteceu às margens do rio, quando, com a ajuda de Aruna, ele salvou Kauane prestes a se afogar. Antes disso, à beira do rio, Hannah havia lançado uma mistura de terra e saliva no rosto da bruxa, que saiu atordoada e furiosa. Inaiê era uma criatura perturbada e imprevisível.

É certo que Inaiê não foi sepultada, foi devorada por uma onça nas margens do rio e tornou-se assim a bruxa da floresta. Segundo Aruna, ela precisava ser enterrada no monte próximo ao rio Auaris, para que toda a sua magia e feitiçaria se dissipassem e finalmente encontrasse descanso. Entretanto, não seria simples sepultar a bruxa com seus poderes sobre-humanos. Guiada por esses poderes, Inaiê desejava eliminar Hannah, pois ele era o guardião da luz da terra-floresta. Ela estava ciente de que ao devastar a floresta e os rios, Hannah se enfraqueceria. Contudo, aniquilar Hannah resultaria na fragilidade da terra-floresta. Inaiê tinha muitos planos em mente.

Hannah, Anaí e Kauane partiram, seguindo por uma trilha até o rio Auaris, onde embarcaram em uma canoa e desceram até uma determinada altura. O céu estava límpido, com escassas nuvens ao alvorecer. Foram acompanhados por diversas criaturas da fauna e flora: um majestoso gavião-real, o travesso macaco Samir, Iara, a sua mais leal onça, e uma série de outros animais. A combinação dessas forças naturais despertava a preocupação de Inaiê em Hannah, que se mostrava como uma ameaça concreta ao seu plano.

As águas do rio estavam agitadas com o sopro que a bruxa lançou no rio para virar o barco e muitos redemoinhos se formaram. Hannah trouxe calma ao tocar a água brevemente. Ao desembarcarem, depararam-se com javalis enfurecidos devorando tudo em seu caminho. Inaiê direcionou sua energia, deixando-os atordoados. Quando os javalis tentaram atacar Kauane e Anaí, foram impedidos por Iara e seus irmãos Brenda e Thor.

— Vamos acampar aqui — disse Hannah, ao perceber que o crepúsculo chegava trazendo incerteza à noite.

Ele sabia dos perigos armados por Inaiê e optou pela trilha mais curta até o morro da bruxa, mesmo passando pelo assombrado vale das estacas.

Durante a noite, Andira chegou à cabana de Kauane e Anaí, porém elas permaneciam profundamente adormecidas e não despertaram com o choro da pequena bruxinha. Sem insistir, Andira retirou-se, entretanto, Hannah percebeu sua presença e a seguiu por um trecho do trajeto, observando para onde ela ia em direção à morada de Inaiê. Assim que os primeiros raios de sol surgiram tocando a copa das árvores, Anaí se levantou e pegou o espelho presenteado pelo Faraó, começando a se maquiar. Ela ansiava estar bela para encontrar Valeska. Kauane despertou e juntas se maquiaram. Desenharam contornos escuros ao redor dos olhos. Kauane delineou a área do osso zigomático abaixo dos olhos, até próximo à orelha, com uma cor azul. Anaí, por sua vez, fez o contorno com a cor vermelha. Criaram uma tiara na testa, Kauane usou vermelho e Anaí optou por um tom azulado. Por fim, dividiram o cabelo ao meio e fizeram duas tranças caindo sobre os ombros.

— Queremos realçar nossa beleza, vamos encontrar Valeska, Hannah — afirmou Anaí, imersa em seus desejos.

Enquanto Hannah preparava seu equipamento para viagem, Merlina contemplava a beleza esculpida e marcante das duas mulheres indígenas na copa de uma árvore, de fronte ao acampamento já desfeito.

Explorar o território da feiticeira durante o dia era desafiador, porém à noite ela se tornava ainda mais poderosa, especialmente na madrugada. Esse fato motivava Andira a atrair seus inimigos nesse período de pouca iluminação, sobretudo, em noites de lua nova. Durante o dia, a bruxa se mostrava sonolenta, embora um pouco irritada com a intensidade da luz. Sob os olhares vigilantes de Merlina na copa de uma árvore, eles partiram em direção ao morro, onde se encontrava a morada da feiticeira. No caminho, os javalis continuaram sendo atacados e coagidos pelas onças e pelo majestoso gavião-real denominado por Hannah de Enarê, no qual, segundo ele, estavam refletidos os olhos da alma de Rudá.

Por fim, deram início à escalada do morro da bruxa. Uma trilha estreita os conduzia ao topo da montanha. Uma região escura que lembrava uma caverna rodeada de árvores com troncos enormes. Entre elas, havia diversos espaços que serviam como passagens para lugares sombrios no meio da vegetação. Entraram em um espaço que lembrava uma tenda, com um teto baixo de folhas e cipós entre as árvores. Um susto fez Kauane gritar. Lá estava Andira, a filha de Aritana, sentada e sorrindo com seus dentes afiados cobertos de ouro e seu nariz fino e longo. A menina levou a mão à boca, abaixou a cabeça e sorriu cada vez mais.

— Diga-me o seu nome — pediu Anaí. Andira abaixou novamente a cabeça e adotou uma expressão séria.

— Andira, por que a pergunta? — respondeu a filha de Inaiê.

Anaí estendeu delicadamente a mão em direção à Andira, com o intuito de cumprimentá-la, porém, a pequena feiticeira inesperadamente agarrou sua mão e a mordeu no braço. O braço de Anaí acabou sangrando, mas de maneira surpreendente, Andira tomou a iniciativa de segurá-lo e, de maneira peculiar, lambeu o sangue.

— Parabéns, Andira, você deu as boas-vindas a esta gente.

Foi então que sutilmente surgiu Inaiê em um beco entre as árvores.

— Viemos em paz, senhora Inaiê — disse Hannah, fitando os olhos da feiticeira.

Sem conseguir corresponder ao olhar desafiador de Hannah, Inaiê rompeu em risadas e exclamou:

— Sumam daqui! — A bruxa tinha consciência de que sua histeria era ineficaz. As filhas de Tainá estavam sob a proteção de Hannah e seria mais sensato recebê-los.

— Vocês estão na minha casa, não são bem-vindos e são inconvenientes. Afinal, o que procuram?

— Procuramos por Valeska e Herman, senhora Inaiê. — A bruxa franziu a testa e, zangada, olhou para Kauane, que sustentou: — Estamos aqui para ver nossos amigos!

— Pedimos para Hannah nos trazer para encontrar Herman e Valeska, senhora bruxa, quero dizer, senhora Inaiê. — Anaí percebeu que não deveria irritar Inaiê.

A bruxa lançou um olhar de esguelha para Anaí e disse:

— Vou descansar na minha cabana; fiquem por aqui aguardando-os. Mas não tentem nenhuma gracinha, estarei de olho em vocês. Não se atrevam em tirar meus amigos do meu monte.

Nesse ínterim, os ativistas Herman e Valeska estavam submetidos a condições abusivas sob o domínio de Inaiê. Tal situação cruel era consequência do consumo inapropriado do chá do pajé, levando-os a experimentarem alucinações. Infelizmente, ambos foram levados ao estado de escravidão pelas artimanhas da bruxa.

Por volta do meio-dia, Valeska e Herman alcançaram o alto do morro, carregando um cervo. Ali, bem rente a Kauane, Anaí e Hannah, colocaram o cervo no chão sobre algumas folhas. Exaustos, sentaram-se na terra úmida ao lado do animal abatido. Estavam sujos e manchados de sangue. Herman exibia uma barba grande e emaranhada enquanto Valeska tinha os cabelos desgrenhados e pontas desfiadas. Com os rostos cobertos de terra e sangue, vestiam roupas surradas e rasgadas, parecendo mendigos.

— Valeska!

Anaí foi a primeira a vê-la e sua voz escapou surpresa. Valeska levantou os olhos ao perceber as jovens ali presente. Ela baixou a cabeça, examinou a si mesma e, jogando os seus cabelos sobre o rosto, correu para longe entre as árvores. Herman sentiu calafrios percorrerem seu corpo enquanto o suor encharcava suas roupas surradas e rasgadas. Anaí e Kauane passaram por ele seguindo adiante para perseguir Valeska, que desapareceu na mata.

Após um certo tempo na floresta, isolados e reclusos com a bruxa e sua filha, os dois ativistas alemães adotaram um estilo de vida primitivo. As duas jovens correram freneticamente, porém, Valeska era especialmente ágil e sumiu entre os arbustos. Kauane e Anaí ficaram desapontadas: "Por que Valeska fugiria delas?". Elas queriam compartilhar a maquiagem, mostrar o espelho e exibir sua beleza, sem entender como um amigo poderia evitar o outro. Elas não compreenderam que Valeska se sentia envergonhada por estar suja e maltrapilha, com cabelos mau cuidados e unhas enormes, quase igual às da bruxa.

Herman guardou sua presa em uma cabana, sobre uma pequena árvore e também se embrenhou na mata. Ele optou por ficar em silêncio, sem desejo de interagir com ninguém, enquanto Hannah o observava.

Após um tempo, Kauane e Anaí regressaram, sentindo-se desanimadas. O corvo entoava seu canto, aparentando contentamento com a chegada das visitas. No entanto, Inaiê saiu de sua misteriosa cabana, enfurecida com o corvo e sua melodia.

— Você, Merlina, não canta assim para mim, por que o faz para eles? – questionou ela.

Merlina ficou em silêncio e voou para outra árvore distante. A bruxa se voltou para Hannah com expressão furiosa.

— Valeska e Herman não querem mais vocês aqui, não desejam ver suas carinhas bonitas. Portanto, já podem ir embora! – Disse ela com desdém, mostrando a palma das mãos e franzindo a testa enquanto cerrava os lábios com dificuldade devido aos dentes proeminentes.

— Senhora Inaiê, só partiremos depois de conversarmos com nossos amigos – afirmou Hannah para a bruxa, que o encarou furiosamente antes de se dirigir a um pedaço do cervo deixado ali por Valeska. Ela tinha consciência de que, antes de enfrentá-lo, precisaria consumir as energias do guerreiro.

Ao cair da tarde, Herman e Valeska retornaram ao topo do morro da bruxa. Dirigiram-se à presa abatida restante e se alimentaram vorazmente, fazendo o sangue do animal escorrer por suas mãos e bocas selvagens. Por fim, Valeska fixou seu olhar em Kauane e Anaí e as convidou para comer:

— Não estão com fome? Podem se servir, ainda há bastante carne aqui.

Ela baixou a cabeça e continuou se alimentando.

Kauane e Anaí ficaram emocionadas ao presenciarem aquela cena, a apatia e o distanciamento de Valeska. Anaí trocou olhares com Herman e vislumbrou um futuro ao lado dele. Aproximou-se de Herman, que seguia comendo. Sentou-se ao seu lado e observou-o devorar a comida, como se fosse sua última refeição, agindo como um Tiranossauro Rex selvagem.

— Você não lembra de mim, Herman?

Herman engoliu o pedaço de carne e encarou a jovem alta com um corpo atlético; em seguida, abaixou o olhar.

— Sim, Anaí, me lembro de você. Lembro todos os dias da Tainá também. Sinto saudades da sua mãe! Mas nos perdemos, na verdade, eu me perdi.

— Minha mãe é apaixonada e fiel ao meu pai, Herman!

— Seu pai desapareceu para sempre.

— Minha mãe ainda espera pelo retorno dele, todos os dias ela chora à beira do rio. E se ela mantém essa esperança, eu também mantenho. Mas eu estou aqui por você. Volte conosco, Herman.

— Minha vida está nesta montanha agora, vocês devem voltar, Inaiê é perigosa!

— Hannah está conosco aqui, não há risco algum, venha conosco.

— Eu não posso.

— Por que não pode, o que está acontecendo, está com medo?

— Não posso deixar Valeska aqui sozinha com a bruxa, e...

— O que você está querendo dizer, Herman?

— Ela ameaçou matar sua mãe, se eu sair daqui.

Anaí emudeceu, sua mãe significava tudo para ela. A "bela flor do céu" estava temerosa, Anaí abraçou Herman.

— Que situação ridícula é essa aqui? Odeio abraços — disse a bruxa, ao lado deles. — Se tiverem fome, comam o cervo, mas não provoquem incêndios em todo o morro de Inaiê. Não tolero fogo, e se causarem, serão queimados e sepultados, longe daqui.

A feiticeira temia o fogo e tinha horror à terra. Seu desejo era transformar todas as florestas em areia. Ela acreditava que a terra tinha um apetite voraz, vida própria, capaz de dar origem à vegetação, aos animais e ao próprio ser humano. Ela suspeitava que Hannah era nascido da terra e possuía seu poder. Sabia que, ao destruir a floresta e esgotar a água da chuva, a terra se transformaria em areia, condenando Hannah à morte. Entretanto, temia ainda mais ser consumida pelo fogo e devorada pela terra. Ela compreendia que em cem anos seu corpo retornaria ao pó da terra, enriquecendo-a. Seu corpo devolveria à terra tudo o que recebeu em vida, criando assim um novo ciclo de vida. O que mais a perturbava era a falta de controle sobre isso. A noção de servir de adubo e matéria viva para renascer em outras formas não lhe agradava.

Kauane tentou convencer Valeska a retornar para a aldeia ou viver com Hannah no meio da floresta, distante dali. No entanto, para Valeska, a floresta que ela habitava pertencia a diferentes lugares geográficos, ora era a floresta Ye'kwana, ora a floresta Sherwood da Inglaterra e, em muitas ocasiões, a floresta de Inaiê. O intenso consumo de chá de ayahuasca e rapé soprado pela bruxa mantinha sua mente desconectada com a realidade. Valeska sentia medo de Inaiê e a obedecia como se fosse uma leal serva do "Palácio das Bruxas".

Hannah construiu uma cabana no alto da colina, próximo às cabanas da bruxa, de Andira, de Valeska e de Herman. À meia-noite, Inaiê se levantou e saiu na escuridão, acompanhada por Merlina, retornando apenas às cinco horas da manhã. Todas as madrugadas ela saía silenciosamente, percorrendo os lugares mais sombrios da floresta, dos rios e das montanhas. Como Andira vagou sorrindo boa parte da noite pelo acampamento, não tiveram uma noite muito agradável. E logo às cinco horas da manhã, Inaiê voltou falando alto e irritada consigo mesma. Ela trouxe algumas vasilhas com chá e rapé.

— Valeska, venha saborear o seu chá!

A bruxa emitiu um convite tão gentil que lembrava uma mãe cuidando de seu filho. No entanto, Kauane a interpelou:

— Inaiê, de onde vieram esse chá e o rapé?

— Isso não é da sua conta.

— Você que pensa que não é da minha conta. Prepare seu próprio chá.

A bruxa dirigiu um olhar penetrante para Kauane, franzindo a testa e estreitando os olhos até quase fechá-los. Em um movimento rápido, voou em direção a Kauane, agarrando-a pelo pescoço e o apertando com força. Porém, Hannah interveio, colocando a mão no ombro da bruxa e enfraquecendo sua força. Com habilidade, Hannah desvencilhou as mãos da bruxa do pescoço de Kauane, que, desfalecida, foi recuperada por meio de massagem cardíaca e ventilação boca a boca realizadas por Hannah. Kauane, amparada por Hannah, se levantou e caminhou, trazendo à vista as marcas das garras de Inaiê em seu pescoço. Ao notar as marcas, a bruxa soltou uma gargalhada.

— Eu possuo conhecimento sobre a origem desse chá e do rapé, estou de olho em você.

Kauane não cedeu, mesmo após o brutal ataque de Inaiê. A feiticeira dirigiu seu olhar a Hannah, contendo-se. Ela chamou Valeska novamente para o chá, que prontamente atendeu e se dispôs a apreciar a infusão.

— Vocês estão muito tensas, tudo por causa de uma xícara de chá — disse Valeska, e ingeriu a bebida lentamente.

Após esse incidente, o trio organizou suas bagagens e retornou à sua comunidade, sempre sob a atenta observação de Merlina, o hipotético corvo da torre de Londres.

# XXX

# VAMPIRISMO NA FLORESTA

Ao retornar para a aldeia, localizada no coração da floresta Amazônica, Hannah experimentou uma angústia intensa no centro do peito. Parecia que algo de extrema importância estava acontecendo naquele exato momento. Talvez sua aflição estivesse relacionada a tudo o que presenciara no Morro da Bruxa. A devastação e o "deserto" que viu no morro entristeceram Hannah. Ele pensou em Andira, morta por sua própria mãe por meio de um veneno, antes de se tornar uma pequena bruxa. Lembrou-se de Inaiê, abandonada por Aritana e responsável por envenenar os rios antes de ser devorada por uma onça, tornando-se a primeira bruxa dos povos da floresta Amazônica. Recordou-se de Valeska e sua terrível condição mental, sua inocência e submissão à Inaiê. E de Herman, fiel e cuidadoso com Valeska, mesmo que isso significasse sacrificar sua própria existência de maneira primitiva. Por fim, um sorriso iluminou o seu rosto ao recordar-se de Merlina, o corvo. Juntos formaram uma comunidade peculiar e incomum, às avessas, mas ainda assim uma comunidade.

No topo da montanha, o silêncio reinava, apenas quebrado pelos uivos de uma raposa assustada. Kauane estava tomada pela quietude, lamentando o ocorrido com Inaiê. Agora, Inaiê era sua rival. Anaí, por outro lado, tinha poucas lágrimas nos olhos. Mesmo admirando e fantasiando sobre Herman, prometeu a si mesma não chorar em excesso; no entanto, permitiria que algumas lágrimas caíssem na terra como uma conexão simbólica entre ambos. Em suma, a terra tinha o poder de fazer o amor de Herman por ela florescer.

Por sua vez, a aflição de Hannah não diminuía; era como se agulhas estivessem perfurando o seu corpo. Hannah ajoelhou-se.

— O que houve, Hannah? — Kauane percebeu a expressão sombria do guardião da floresta.

— Algo ruim pode estar acontecendo na floresta.

Hannah pegou um punhado de terra, cuspiu nela, fez uma pasta com sua saliva, esfregou em seu peito e instantaneamente recuperou suas energias.

No meio do caminho, um encontro inusitado: Thor, a onça irmã de Iara, surgiu entre os galhos das árvores e se enroscou nas pernas de Hannah.

— Ele está machucado — disse Kauane.

— Parece um ferimento à bala — Hannah examinou o ferimento, nas costas, próximo da pata direita.

— Foi só de raspão — Anaí observou à distância.

O disparo foi apenas de raspão, porém o suficiente para criar uma ferida superficial, côncava e sangrenta na pele do animal. Esse foi o primeiro sinal de que os colonizadores brancos estavam invadindo a terra-floresta e a sua população. O povo Ye'kwana já enfrentou muitas batalhas, muitos inimigos, tendo Moacir como seu grande guerreiro, que protegeu seu povo e encontrou um refúgio seguro e pacífico na Terra de Auaris. Todos os inimigos eram conhecidos ou poderiam ser conhecidos, estavam à vista e poderiam ser combatidos. Os guerreiros se preparavam para enfrentar os oponentes por meio de treinamentos, rituais e contavam com a sabedoria do velho pajé, um ancião barbudo e de cabelos longos, e a liderança forte de seu eminente guerreiro. Mas que tipo de inimigo é esse se as suas armas não são as mesmas e seus objetivos não coincidem? Como lidar com esse inimigo tão perigoso e imprevisível, que pode atacar de todas as formas e em todos os lugares, sem aviso prévio? Um adversário que se comporta como uma cobra Anaconda, ou um dragão de Komodo ao atacar e devorar sua presa.

Ao chegar à aldeia, o pajé realizou um ritual sagrado, direcionando a fumaça virtuosa do seu cachimbo em direção à cabeça de Xamã. Xamã havia se envolvido em um confronto com alguns homens a serviço do Faraó, liderados por Darci e Diego. Munido de uma espingarda que havia adquirido durante suas viagens, Xamã foi capaz de ferir um dos invasores, logo após lançar algumas flechas, antes de se esconder entre as árvores para se proteger dos tiros.

— O que aconteceu, Xamã? — perguntou Hannah, surpreso.

— Homens brancos estavam contaminando o rio e roubando o ouro da nossa terra. Pedi para que fossem embora, mas apontaram armas para mim e atiraram nos meus pés. Então, parti e retornei. Disparei uma flecha e acertei o braço de um deles. Em resposta, atiraram em mim, porém consegui ferir um dos homens brancos com arma de homem branco. Eles fugiram — explicou Xamã.

— Por que Thor ficou ferido? — perguntou Kauane.

— Thor tentou ajudar Xamã ao avançar contra um dos homens de Damião, porém acabou sendo alvejado. Por sorte, ele conseguiu sobreviver e escapar.

Diante dos últimos acontecimentos, o pajé pressentiu a volta do homem branco:

— Homem branco vai voltar — disse.

Atualmente, as ameaças eram tangíveis, mesmo com a energia protetora de Hannah sobre a floresta e seu povo; do outro lado, forças negativas de grande poder se opunham. Além da energia negativa gerada por Inaiê contra a floresta, havia uma entidade malévola que residia nos homens devido à sua ambição e ignorância. Essas duas forças uniram-se com o propósito de devastar a terra sagrada dos Ye'kwana. Proteger toda a extensão da floresta pertencente ao seu povo tornou-se uma tarefa impossível diante da vastidão do território e da invasão em curso de parte da terra Yanomami.

De acordo com o povo Ye'kwana, sua terra era concebida como o epicentro da floresta, o lugar de onde emanava toda a energia e proteção do ambiente. Era um local de resiliência, considerado parte do centro do mundo e do saber. Seu povo Ye'kwana teve origem na cabeceira do rio Cuntinamo, na fronteira entre Brasil e Venezuela, vivendo próximo às nascentes do rio Auaris, na fronteira da Venezuela, próximo ao rio Orinoco. Foi nessa região que demiurgo celeste, conhecido como Deus Wanadi, pisou pela primeira vez, dando vida ao mundo terreno, com suas montanhas, rios, animais e florestas. Da Serra Parima, uma poderosa fonte de energia e luz fluía para o povo da terra-floresta. Portanto, invadir e destruir esse local implicaria não só o fim da resistência, mas também o início da ruína do planeta como um todo.

— Se ao menos meu pai estivesse aqui — exclamou Anaí, assustada.

— Estaríamos mais seguros — afirmou Tainá, abraçando suas filhas.

Araponga começou a tocar sua flauta de maneira constante, mantendo todos os Ye'kwana em estado de alerta. Não era necessariamente ao alvorecer nem mesmo ao crepúsculo. Era um sinal para que todos permanecessem atentos. Os indícios apontavam que o tempo de paz e tranquilidade em Auaris havia chegado ao fim.

Kauane procurou o pajé em sigilo:

— Preciso conversar com você, avô.

Sua voz carregava um tom misterioso e uma expressão perturbada.

— Espere um momento, logo falarei com você. — Rudá se voltou para Kauane e acrescentou: — Esmeralda do vô, como está linda com essa tiara vermelha.

Contudo, nem esse elogio de Rudá devolveu-lhe a quietude.

— Precisamos resolver esse problema imediatamente, vô!

Rudá chamou Kauane em reservado.

— O que está acontecendo, Kauane?

— Precisamos libertar Valeska das mãos daquela bruxa maldita. — Seus lábios tremiam.

— Sim, eu sei, acalme-se! Mas como faremos isso, minha filha?

— Ela está roubando o chá e o rapé, vô.

— Eu havia me esquecido sobre, não deveria ter lembrado disso agora, Kauane. Você é a soberana dos segredos, deve mantê-los consigo. Agora, consciente do fato, devo tomar medidas e, se não o fizer, minha habilidade xamânica de me conectar com os espíritos dos ancestrais, dos seres mortos, da magia e do mundo oculto poderá ser prejudicada. E os olhos de Enarê não poderão mais te proteger.

— Compreendo, vô, porém Valeska e Herman consomem o chá e inalam o rapé sob o feitiço da malévola bruxa.

— Certamente a bruxa ficará furiosa; não sabemos como ela irá reagir. Além disso, ainda temos que lidar com os invasores da floresta. Porém, prometo falar com Aruna.

Rudá sabia que Aruna tinha poderes místicos surpreendentes, mas Aruna era discreta, raramente recorria a suas magias. Enfrentar Inaiê não estava nos planos de Aruna e ela não ficou contente com a situação.

— Rudá cometeu um equívoco ao buscar minha ajuda para isso. Tomamos o chá do esquecimento e não me lembro mais. Por que trazer os segredos de Inaiê à tona agora? Não podemos provocar a ira de Inaiê, ela é instável, imprevisível, perigosa, vingativa e traiçoeira __ ponderou Aruna ao ser procurada por Rudá.

No entanto, ao tomar conhecimento da situação de Valeska e Herman, uma expressão pensativa se formou no rosto de Aruna. Seria justificável pôr em perigo alguém dos povos da floresta para resgatar os ativistas? O risco ao qual ela estava se submetendo era realmente válido? Evitar agir poderia colocar em risco seu precioso dom de magia e conexão espiritual. O que seria mais impactante e benéfico em cada uma das escolhas?

— É hora de agir, Rudá. Praticamos novamente o ritual do esquecimento ou agimos!

— Minha neta está perturbada com essa situação — declarou o líder espiritual. — Preciso tomar uma decisão, pois Rudá nunca se acovardou, mas pareço estar agindo assim, agora. Rudá tem Valeska como uma filha, uma amiga.

— E o que o amigo pretende fazer?

— Não será nada drástico, apenas restringirei o acesso ao chá. O nosso povo ficará sem ele por um tempo, assim como o rapé. Apenas os guerreiros mais importantes e nós, Aruna, teremos acesso. Avise ao seu povo sobre a restrição das bebidas.

— Vou invocar boas energias para o povo Ye'kwana. Que Wanadi nos proteja — disse Aruna, retirando-se.

A partir daquele dia, o pajé começou a preparar pequenas porções de chá e rapé e consumi-los imediatamente. Ele fazia isso juntos com os membros de sua família, a velha Aruna e seus principais guerreiros. Os rituais que envolviam toda a aldeia eram controlados pelo grupo principal. Decerto que, quando, sorrateiramente, Inaiê chegava para roubar o chá e o rapé e alguns charutos, não encontrava nada. Com isso, seu reino começou a ser abalado. Inaiê voltava todas as manhãs sem o chá e o rapé. A falta do chá deixou Valeska e Herman insatisfeitos, então eles aos poucos recuperaram o bom senso; no entanto, não podiam discordar da bruxa. Para complicar ainda mais as coisas, Merlina andava agindo de forma desobediente, não acompanhando a bruxa em seus passeios noturnos por duas vezes seguidas, deixando-a furiosa. Inaiê ameaçou comer o corvo, mas assim que Andira percebeu as intenções de sua mãe, parou de choramingar e ficou em silêncio, deprimida, por vários dias. Inaiê desistiu de comer Merlina e a fez voltar a ser obediente.

# XXXI

# O CHAMADO DE HANNAH

Enquanto Hannah deslizava pelas águas do rio em sua embarcação, absorvia a vista da exuberante vegetação ao seu redor. Encantava-se com os elegantes mantos verdes que se enroscavam no tronco das árvores ao longo das margens. A paisagem ribeirinha se vestia de uma variedade de folhagens frondosas, escorrendo dos arbustos com vigor e beleza. No horizonte, a imponente Serra Parima se destacava como guardiã suprema no coração da vasta floresta. É nesse recanto que ecoam as vozes dos habitantes da floresta, acompanhados de uma rica biodiversidade animal e vegetal, enriquecida por minérios. Um majestoso pássaro de rapina rasgou os céus sobre sua cabeça, antes de elevar-se para as alturas.

"Hannah é como um eco da terra-floresta, a força e a essência do ambiente natural estão nele". Ele ouviu uma voz longínqua se repetindo. "A mãe floresta está em Hannah! Ela enfrentará uma batalha. Hannah deve lutar". Essas palavras ressoavam em sua mente como um suave sussurro. Seguiu navegando pelas águas do rio, até chegar ao rio Uraricoera, local onde havia testemunhado Moacir sendo raptado pelos homens de Damião.

Hannah nunca levantara sua lança para tirar a vida de um animal, muito menos de um ser humano. Deveria lutar! "Hannah deve matar?" questionava-se. Hannah só conhecia o ciclo da vida, não estava familiarizado com o conceito de morte, pois era a própria essência da floresta. Mesmo vivenciando momentos próximos à morte, quando a bruxa atacou Kauane, sua natureza permaneceu inalterada. Ele compreendia que Xamã estava sozinho na liderança dessa resistência e, por ora, Hannah deveria deixar de lado sua postura pacífica para proteger a terra-floresta e as comunidades locais contra invasores que desrespeitavam os limites impostos.

Após atravessar as terras Yanomami por um período de três dias e presenciar a devastação, os clarões na floresta e as margens dos rios assolados, Hannah retornou à aldeia em busca de Rudá. O pajé estava na plantação com Tainá, Kauane e Anaí, colhendo espigas de milho e as dispensando em um cesto.

— Hannah vai lutar — disse ele.

Eles se viraram e olharam para Hannah, sem entender nada do que havia falado.

— Hannah vai lutar — repetiu. — Hannah vai defender nosso povo!

— Mas você não sabe lutar — disse Tainá, preocupada.

— Você quer dizer lutar contra os homens brancos? — perguntou Kauane, impaciente.

— Sim, Hannah vai lutar contra homens brancos.

— Eu não quero que você morra, não faça isso — disse Kauane, impaciente. No entanto, o rosto do velho pajé se iluminou com um sorriso radiante. Uma nova esperança surgia para sua comunidade.

— Eu vou te ensinar a lutar, meu filho. Você será um grande guerreiro.

Kauane saiu correndo em direção à aldeia, sem dizer uma palavra.

— Kauane! — gritou Hannah.

— Deixe-a ir, filho, ela vai entender.

O ancião pajé colocou sua mão no ombro de Hannah, feliz, e convidou todo o povo para o ritual de consagração do guerreiro. Todos os membros se vestiram com roupas vermelhas e empunharam suas lanças em uma dança frenética perfeitamente sincronizada.

— Por favor, Aruna, não permita Hannah ser consagrado guerreiro de nosso povo! Ele nunca lutou, nunca feriu ninguém. Hannah pode morrer. — Kauane procurou Aruna, pedindo sua intervenção diante dessa decisão.

Aruna, de aparência magra, já em idade avançada e com cabelos brancos, possuía uma voz suave. Ela convidou Kauane a se sentar ao seu lado na modesta oca feita de barro e palha. Enquanto Aruna fumava um charuto, a fumaça se espalhava pelo ambiente, trazendo calma ao rosto da jovem. A anciã indígena envolveu seu braço em torno do ombro de Kauane.

— Minha filha, é imprescindível não resistir ao destino de Hannah. Nada na Terra gira em torno do homem, nem de mim ou de você. Somos simplesmente instrumentos conectados ao vasto universo, não seres isolados. Hannah não está aqui para servi-la ou atender aos seus desejos. O homem tem uma missão e é vital que você esteja envolvida nessa jornada. Permita que Hannah siga seu próprio caminho para que um dia ele seja reconhecido como Uriah e seus destinos se cruzem e se entrelacem.

— E se ele morrer antes disso, Aruna!?

— Caso Hannah venha a falecer, você terá uma decisão a tomar. — Kauane não compreendeu qual seria essa decisão. A experiente Aruna levantou-se e contemplou o horizonte em direção à imponente Serra Parima.

— Se você for esposa de outro guerreiro, Hannah soltará a sua mão e seguirá adiante. Contudo, se Hannah partir deste mundo e você não estiver ligada a outro guerreiro, o leal Hannah nunca largará sua mão até que se reencontrem no local sagrado dos bravos guerreiros.

— Então é por isso que você nunca se casou novamente, Aruna?

— Sim, nunca permitirei que meu guerreiro solte minha mão. Quando eu partir, o encontrarei no vale do paraíso, na terra sagrada dos notáveis combatentes.

Kauane abraçou Aruna e saiu aliviada, falando sozinha: "Jamais permitirei que Hannah solte a minha mão". Ao retornar, Hannah já recebia um novo cocar das mãos de Xamã, o líder guerreiro da aldeia, em um sinal de sua consagração como guardião guerreiro da terra-floresta e de seu povo, ao lado de Xamã.

— Que o olhar do guerreiro alcance toda a floresta e a salve dos invasores e de Inaiê. E que o divino Wanadi te guarde — exclamou o líder espiritual.

# XXXII

# DARCI "FECHA" O CABARÉ

Darci decidiu fechar o cabaré de Damião, estabelecimento noturno localizado em Boa Vista.

— Aqui ninguém entra e ninguém sai — dizia ele. — O dinheiro é por minha conta.

Essa atitude radical tinha um motivo, ele havia encontrado uma valiosa pepita de ouro na terra Yanomami. Enquanto isso, Diego permanecia ao lado de Damião na densa floresta, onde se fazia necessário realizar o transporte de indígenas e antigos seringueiros escravizados de uma região para outra, visando desmatar a região. A missão era extrair madeiras nobres, espécies valiosas e centenárias, camuflando a atividade ao deixar as espécies menos preciosas intactas. Damião estava sob pressão para cumprir um contrato de exportação negociado por influentes políticos e empresários do Sul do país. Enquanto isso, ele e Miguel relaxavam em um dos quartos, desfrutando de alguns dias de descanso.

Enquanto observava o movimento das garotas, Daniela prestava cuidadosa atenção à dinâmica do ambiente. Algumas delas estavam ocupadas servindo as mesas, ao passo que outras seguiam em direção aos quartos. Melissa, que era mulher trans, tinha a responsabilidade da limpeza e também auxiliava no atendimento às mesas. No entanto, Darci, por razões desconhecidas, proibiu Melissa de se aproximar de sua mesa. Demonstrando indiferença, Melissa passou perto da mesa de Darci dando de ombros e lhe acertando os quadris como se fosse um trem fora dos trilhos. Contudo, Darci estava distraído com as mulheres ao redor de sua mesa e, a cada gole de uísque, seus olhos vagavam na direção de Daniela, que fazia vista grossa. Foi então que Darci presumiu que um homem alto, branco, bigodudo e com ar gaúcho se aproximou de Daniela perto do balcão das bebidas. Esse homem era um dos capangas de Ramiro, conhecido como Paulista. O Paulista era o testa de ferro de alguns homens influentes de Brasília e São Paulo e todos tinham o mesmo objetivo: conseguir pedras preciosas e madeiras nobres numa primeira etapa e depois avançar para o desmatamento, a criação de pastagens e plantações de soja.

— Moço, programas não fazem parte do meu negócio — afirmou Daniela ao homem de pouco mais de trinta anos.

Darci notou quando o homem encostou um revólver calibre trinta e oito na cintura de Daniela e a conduziu até o escritório. Darci pediu licença da mesa, alegando que iria ao sanitário. Enquanto o comparsa de Ramiro conversava com Daniela, Darci escutava atrás da porta e, por uma pequena fresta, conseguia vê-los de relance.

— Faça sua escolha: ou será minha agora ou terá que abrir o cofre. Exijo a totalidade do dinheiro.

— Se você me agarrar, eu vou gritar, mesmo que custe a minha vida. Darci não te deixará sair com vida daqui.

Nesse momento, o coração de Darci acelerou. Daniela lhe dava importância.

— Não tenho medo desse capanga de Damião, abre o cofre!

Após Daniela abrir o cofre, o homem de Ramiro a trancou no banheiro, pegou todo o dinheiro, encheu uma bolsa tiracolo e saiu sorrateiramente. Darci se escondeu em um dos quartos e saiu em seguida. Esperou o comparsa de Ramiro sair da boate, aguardou um minuto e então partiu logo atrás. Avistando o homem de Ramiro dobrando em um beco estreito, Darci o seguiu. Em uma das ruelas perto da rodoviária, acabou sendo notado pelo homem. Ele se virou com a arma em punho, mas acabou sendo alvejado no peito pelo revólver de Darci, que acertou em cheio no coração dele, mais precisamente no ventrículo direito. Sem nome e sem documentos, o homem caiu instantaneamente. Darci pegou a mochila e retornou para o cabaré de Daniela.

Darci entrou na boate e dirigiu-se em silêncio até o escritório. Lá, ele libertou Daniela do confinamento no banheiro e, em sigilo, entregou-lhe a mochila. Poucos minutos transcorreram em que ela ficou trancada no lavabo. Abraçando Darci e chorando, Daniela expressou sua gratidão por ele com um beijo em meio às lágrimas. Embora tivesse gritado, o barulho e a agitação abafaram seus clamores. Ela o acompanhou até seu quarto, deixando transparecer que sua lealdade ao Faraó não se comparava à gratidão que sentia por Darci naquele instante. A possibilidade de Damião cobrar o dinheiro e consequentemente perder parte da sociedade com ele assombrava-a. Sem meios de provar o roubo para Damião, corria o risco de perder sua confiança e enfrentar punições severas, podendo ser expulsa, castigada ou até mesmo algo pior. Enquanto estava nas mãos daquele homem do agreste alagoano, seu corpo flutuava como uma pluma, permitindo que sua mente vagasse livremente. Assim, seu corpo flutuou e sua mente vagou livremente até ser interrompida por Melissa ao bater na porta, alertando-os:

— É melhor saírem do quarto, as pessoas começarão a desconfiar.

Daniela saiu após abrir a porta, enquanto Darci permanecia escondido.

— Eu sei que ele está aqui, aquele bruto — Melissa disse, espiando para dentro do quarto, virando a cabeça e jogando os cabelos para trás, antes de seguir Daniela.

Darci tinha se abrigado no interior do armário, mas logo saiu discretamente. O que Darci menos queria era ter um segredo com Melissa. Ao retornar para o salão, Darci se aproximou de Melissa pela primeira vez e sussurrou perto de seu ouvido:

— Esta dama não vai abrir a boca.

Com uma mão na cintura, Melissa encarou Darci e afirmou:

— Temos um segredinho, ok!? Respeite-me daqui por diante. Vou começar a atender sua mesa.

E foi exatamente o que fez, passando a servir a mesa de Darci e fazendo questão de estar presente ao seu lado.

Ao amanhecer, Miguel permanecia no quarto após passar a noite com uma das garotas e de lá não saiu. Ele não notou movimento algum no cabaré, como se o planeta estivesse congelado, sem sequer um copo se movendo. Enquanto isso, Darci acordou com uma forte ressaca, depois de uma noite tumultuada, marcada por traição, mais um assassinato e a perda de boa parte do dinheiro da pepita. Despertando quase ao meio-dia, ele não percebeu a chegada da polícia batendo à porta do estabelecimento. O delegado estava em busca de pistas sobre a morte do homem associado a Ramiro. Diante das perguntas do delegado, Daniela ficou em silêncio. Ela começou a se questionar se Darci teria cometido o crime para recuperar o dinheiro perdido. No entanto, logo depois recobrou seu bom senso.

— Não, senhor delegado, nós apenas nos divertimos durante a noite; a boate estava fechada para um cliente.

A polícia quis saber quem era esse cliente "tão generoso" e decidiu dar uma geral nos quartos em busca de possíveis armas para análise forense.

A inspeção resultou apenas na descoberta da arma de Miguel e de um rádio de pilhas ao lado de Darci na cama.

— Não tenho arma, seu delegado — disse Darci ao delegado. E isso foi o bastante.

O delegado e seus agentes partiram levando consigo a arma de Miguel. O revólver de Darci permaneceu ali, no interior daquele rádio de pilha. Daniela queria saber se Darci tinha alguma relação com o crime. Darci não negou, mas também não confessou nada. Essa atitude deixou Daniela cheia de incertezas, ciente de que isso apenas estimularia sua curiosidade a respeito dele. Daniela, por sua vez, optou por manter-se em silêncio. "Seria mais seguro manter o roubo em segredo, já que o dinheiro foi recuperado", pensou consigo mesma. Ela não queria problemas com a polícia nem ser vista como suspeita ou testemunha. "É melhor assim, ninguém presenciou nada e ninguém sabe de nada, com exceção de seu cúmplice, Darci." No entanto, surgiram dúvidas sobre Melissa em sua mente. "Melissa deveria ser valorizada, até agora ela se mostrou discreta e amigável." Contudo, Melissa sabia que não tinha como provar nada sobre a relação dos dois. Corria o risco de perder o emprego e sabia que não deveria subestimar Darci. Sua desconfiança já era suficiente para receber um tratamento um pouco mais cordial por parte de Darci. Ainda assim, Darci não se sentia totalmente seguro com Melissa e depender dela não lhe era confortável. "Na hora certa ela parte dessa para melhor", ponderou Darci.

## XXXIII.

# BALTAZAR E O GUERREIRO

Baltazar, o capataz de Damião, coordenou o deslocamento dos indígenas escravizados e dos seringueiros. Cada canoa levava quatro tripulantes, além de um jagunço de Damião no fundo da canoa, portando um rifle. Eles partiram da terra indígena São Marcos em direção à terra Yanomami com o objetivo de desmatar áreas próximo ao rio Uraricoera e facilitar o transporte de madeira, especialmente mogno e o ipê, para atender a compradores da Europa e dos Estados Unidos. Próximo ao rio Auaris, os indígenas e seringueiros foram obrigados a desembarcarem das canoas com correntes nos pés para evitar fugas, caminhando apenas em passos curtos. Considerados prisioneiros para trabalhos forçados, alguns eram executados e jogados no rio se estivessem muito fracos ou revoltosos. Sempre que Baltazar estava presente, ele assumia o papel de executor. "De que serviria um escravo se não gerasse lucro ou representasse um fardo para carregar, especialmente quando alguns ainda apresentavam uma ameaça." Essa ideia de Baltazar era amplamente compartilhada por Damião, que recebia ordens de alguns políticos e empresários influentes do Sul do país.

— Ei, você! O que está fazendo aí? — perguntou Baltazar a um indígena de estatura média e braços fortes que estava abraçado a uma árvore pujante e frondosa.

– O indígena está implorando perdão à alma da árvore que será cortada. Ele pede que ela germine em outro lugar para que sua vida seja preservada – disse o homem da floresta.

Baltazar golpeou as costas daquele indígena, com seu chicote, fazendo-o se levantar rapidamente, contorcendo-se.

– Qual é o seu nome, guerreiro?

– Moacir, senhor!

– Moacir, o destemido combatente de Auaris?

Baltazar continuou açoitando-o. Moacir sentiu o impacto em seus ossos, sua visão escureceu, uma vertigem o envolveu e ele curvou-se apoiado à magnífica árvore mogno.

– Pare! Já é o bastante, Baltazar, não precisa matar o guerreiro.

Baltazar virou-se e avistou Damião com a mão estendida em sua direção.

– Estava apenas ensinando uma lição a esse índio insolente, Faraó!

– Você vai acabar o matando, eu preciso dele. Ele é minha presa mais valiosa.

– Sim, senhor! – Baltazar obedeceu, porém contrariado, lançou um olhar furioso para Moacir e saiu.

Moacir vomitou agarrado à arvore, enquanto Damião permanecia em pé à sua frente, esperando que ele se recuperasse um pouco.

– Moacir, você sabe que nunca mais voltará a sua terra. – O olhar do indígena entristeceu. – Mas, se você cooperar comigo, compartilhando informações sobre sua terra natal, permitirei que viva e farei com que sua família se reúna a você.

O Faraó sabia que, se Moacir retornasse para Auaris, a invasão seria difícil devido à sua habilidade e liderança como guerreiro. Porém, se ele colaborasse fornecendo informações e Tainá o acompanhasse com suas filhas, o Faraó imaginava que poderia ganhar a confiança de Rudá, sogro de Moacir, do chefe guerreiro e cunhado Xamã, além de Hannah, sempre ao lado de Kauane, filha de Moacir. Durante sua visita à aldeia de Auaris e à bruxa, o Faraó descobriu essas informações de parentesco dos líderes. Após isso, ficariam expostos a emboscadas, todo o alicerce da aldeia se fragilizaria e o controle sobre o coração da floresta estaria nas mãos de Faraó.

— O guerreiro indígena tem como missão proteger a floresta em que reside o espírito da terra. Se a floresta for destruída, o espírito da terra não terá descanso, perecerá vagando pelos desertos áridos, pela terra sem vida. A floresta é guardiã do espírito da terra, permitindo a prosperidade em todo o mundo e concedendo inúmeras vidas. Moacir vive na floresta com sua família; é lá que encontramos Hannah.

Damião acreditou que Moacir estava perdendo o juízo com as chibatadas que recebeu. Ele ordenou:

— Derrube a árvore, corte-a e leve-a até a embarcação. É uma árvore incrível, que renderá bom dinheiro.

Damião então partiu, deixando seus capangas vigiando os escravos indígenas e os antigos seringueiros.

Muitos dos homens que chegaram àquela imensa floresta não eram mercenários nem pistoleiros; eles foram em busca de trabalho, ouro e riqueza. No entanto, foram coagidos ou forçados a assumir esses papéis. Alguns eram, de fato, criminosos, enquanto outros eram pessoas comuns que se envolveram na organização. Parecia que muitos haviam se desviado do caminho original, trocando suas esperanças como se tivessem desembarcado em um novo destino. Após o desembarque, perderam a conexão com o que tinham de passado, presente e futuro. Viviam como marinheiros em alto-mar, hospedando-se nas ondas que os levavam adiante, criando histórias, histórias breves, sem poder contá-las pelo caminho. Eram homens cujas mãos pesavam muito, cujos olhos eram profundos e vazios ao encarar o mapa sobre a mesa, vendo os caminhos se estreitarem. O retorno tornou-se uma tarefa árdua e quase inatingível para muitos. Ao revisitar um álbum de fotografia, não conseguiam mais se identificar — o passado era apenas uma ilusão e o futuro uma miragem. E quanto à vida? Eles existiam como sombras, ou vampiros na floresta.

# XXXIV

# A FILOSOFIA DE TAINÁ

Hannah estendeu a mão em direção a alguns pássaros, e todos voaram na sua direção. Alguns pousaram em seus ombros, outros em sua cabeça, e um deles em sua mão. Iara, Brenda e Thor estavam ao seu redor, junto ao macaco Samir e a alguns outros animais pequenos que o acompanhavam. Ele caminhava ao longo da margem do rio, interagindo com os animais.

Enquanto isso, Tainá observava o fluxo da água, e uma lágrima escorreu dos seus olhos. Nesse momento, o jovem protetor a notou, sentada em uma pedra à beira do rio.

— Por que você está contemplando o rio, Tainá? — perguntou, Hannah.

Absorta em seus pensamentos, a esposa do guerreiro não ouviu a pergunta.

— Qual é o significado da vida para você, Hannah?

Hannah refletiu:

— São minhas ações, filha de Rudá! O significado que eu atribuo reside em minhas atitudes e na forma como observo as pequenas coisas. Pequenos gestos resultam em grandes conquistas. Agir de forma negativa é desperdiçar a vida, portanto, o sentido da existência está nas boas ações.

Hannah ponderou por mais alguns instantes.

— Cuidar da criação é demonstrar cuidado pelo criador — afirmou ele.

Tainá desviou o olhar de Hannah para contemplar o rio.

— Enquanto o rio continuar fluindo, minhas lágrimas permanecerão como testemunho das minhas esperanças. Semear em solo seco é ineficaz; é essencial discernir o lugar e o momento apropriados. Se um dia o rio secar, como deseja Inaiê, minhas lágrimas também se esgotarão e minhas esperanças definharão. Nesse cenário, Tainá não mais retornará ao rio. — Tainá refletiu por um momento e prosseguiu: — Se isso acontecer, buscaremos outro lugar, talvez vários outros, até que Wanadi nos aponte a fonte inesgotável.

Hannah então questionou:

— Tainá, será que o sentido da vida reside na fonte que nunca se esgota?

A esposa do guerreiro respondeu com convicção:

— O sentido da vida está em tudo o que fazemos para que a fonte nunca se esgote, Hannah!

Hannah recordou de Aruna. Ele sabia que era necessário fazer por merecer para um dia ser chamado de Uriah. E ele começou a refletir: "Era crucial não permitir que seu amor por Kauane se esgotasse".

Os animais se aproximaram de Tainá e ficaram ao seu redor. Ela estabeleceu uma ligação com a natureza por meio de sua alma e persistência. Hannah considerou dizer a ela que ir para outro lugar, dadas as circunstâncias atuais, não seria tão simples. Contudo, imaginou que a fé de Tainá ultrapassava essa realidade. O conceito de tempo para Tainá estava além da compreensão humana.

— Parece o canto de um corvo — disse Tainá, cercada por pássaros e outros animais.

Era Merlina, observando e cantando em cima de uma árvore. Merlina desejava fazer amizade com eles, mas sabia que, se Inaiê descobrisse, poderia se tornar alimento, enquanto ainda estivesse vivo. O corvo não arriscaria a sua vida, usando toda a sua sagacidade. Talvez fosse um momento peculiar em que a natureza se alinhava com o ser humano. Hannah olhou para Tainá, a mãe de Kauane, e algumas lágrimas rolaram pelo seu rosto, caindo no rio, enquanto pensava no que o homem branco poderia causar. "A harmonia entre natureza e homem logo será substituída por conflitos, por guerra." Observando o rio, ele imaginou que, quem sabe, um dia, suas lágrimas se converteriam em diamantes e Kauane se tornaria sua esposa. Entretanto, o corvo gritou: "Uriah, Uriah!" Logo, Hannah foi trazido de volta à realidade com o chamado do corvo: "Uriah!". Antes de tudo, ele deveria se tornar Uriah. Merlina espiava e compreendia tudo.

— Mãe?! — Anaí apareceu de repente na beira do rio.

— Fale, minha filha.

— Eu gostaria de ter lágrimas para que virassem diamantes, também.

— Por que, filha, você tem interesse em algum rapaz da nossa aldeia?

Antes que Anaí pudesse responder, Kauane surgiu anunciando que o velho Rudá queria se dirigir a todos na aldeia.

Os habitantes da terra de Auaris se reuniram e Rudá, sentado no banco da onça com um charuto oscilando entre os dedos e o canto da boca, soltando densas nuvens de fumaça, começou a falar:

— Desde a chegada ao local sagrado liderados por Moacir, nosso destemido guerreiro, vivemos um extenso período de tranquilidade. Erguemos nossas moradias, cultivamos nossos alimentos, e garantimos nossa subsistência com a caça e pesca na terra-floresta que nos prevê tudo. Contudo, essa era pacífica parece estar próxima do fim, e todos devemos nos preparar para momentos desafiadores. Os homens brancos se aproximam perigosamente com suas ferramentas cortantes e destruidoras. Seu interesse pelo ouro do rio tem poluído nossas águas e devastado os peixes. Eles almejam nossa floresta apenas para lucrar. E nós ficaremos inertes enquanto somos dizimados? Permaneceremos passivos enquanto nossos preciosos animais são exterminados diante de nossos olhos?

Uma voz ecoou das alturas de uma árvore, advertindo: "O homem branco encontrará a morte".

Hannah pronunciou com ferocidade:

— O homem branco encontrará a morte.

E Xamã ecoou:

— O homem branco encontrará a morte.

Assim, todo o povo uniu suas vozes num coro uníssono:

— O homem branco encontrará a morte! — Levantaram seus tacapes, tocaram os tambores. E lá, no alto de uma árvore, Merlina, o corvo, alçou voo e retornou às terras da bruxa.

Alguns instantes depois, Hannah passou a experimentar uma sensação de dor semelhante à de cortes em sua pele. Ao se deslocarem pela areia em direção ao rio Uraricoera, eles puderam notar que algumas árvores haviam sido derrubadas e removidas, restando apenas os troncos. Auaris havia sido atacada e sua diversidade biológica violada. Alguns homens pertencentes ao grupo de Baltazar estavam garimpando na região e foram bravamente expulsos por Hannah e Xamã. Durante o confronto, um dos garimpeiros subordinado ao capataz de Damião foi atingido por uma flecha disparada por Hannah e precisou ser carregado por Diego, que acabou ferindo um dos indígenas que apoiava o guerreiro Xamã com seu revólver. Com esse embate, a guerra entre os colonizadores e os nativos estava oficialmente declarada.

Xamã retornou à aldeia acompanhado do indígena que fora baleado. O projétil perfurou o ombro do nativo. Enquanto isso, Hannah permaneceu na região, concentrando suas energias para promover a recuperação daquele local na floresta. Sob sua influência, novas árvores brotaram e a terra e as plantas realizaram naturalmente a despoluição do rio.

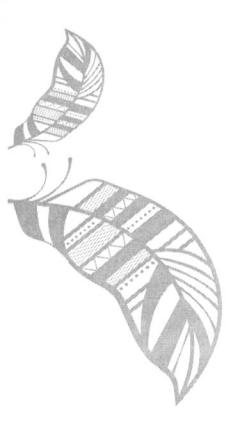

# XXXV

# O PACTO DA BRUXA

Inaiê tomou conhecimento do confronto e não se agradou com a situação. Toda a ação foi vigiada por Andira, que comunicou tudo à sua mãe. Enquanto Merlina andava batendo asas de um lugar para outro sem revelar nada do que via, afastando-se e saltando de arbusto em arbusto ao ser interrogada, irritando Inaiê, Andira mantinha-se leal como sua companheira fiel. Andira informou a Inaiê que Hannah havia matado o homem branco, o que deixou a bruxa desconfortável e apreensiva. Para Inaiê, enquanto Hannah utilizava seu poder apenas para cuidar da natureza e da vida, não representava perigo. Agora, Hannah usara seu poder para matar, assim como Inaiê costuma fazer. Desvendar os segredos ocultos do outro lado tornou-se uma necessidade urgente, e Merlina não estava sendo útil.

Ao crepúsculo, quando o dia começava a clarear, no cume do morro assombrado, o alemão Herman acordou assustado com os gritos aterrorizantes de Inaiê. Ela vagava de um lado para o outro, falando sozinha, ora chamando por Merlina, ora invocando Damião, ou gritando por Faraó.

— E você aí, não serve para nada, seu inútil! Vai chamar Valeska!

Herman desceu o morro em busca de Valeska, que, como de costume, tinha saído para caçar um cervo para o café da manhã. No vale sombrio das estacas, Valeska avistou um cervo empalado. Provavelmente mais uma das crueldades de Inaiê. Usando uma corda com um laço na ponta, ela tentava retirar o animal e contou com a ajuda de Herman, pois parecia ter sido lançado recentemente pela bruxa. Ao chegarem ao topo do morro carregando o cervo, os dois ativistas alemães perceberam que a feiticeira já não estava mais lá. Essa atitude intrigou Valeska, já que em outra época Inaiê certamente a teria esperado para discutir e brigar. Merlina também não estava presente, nem Andira. De repente, a bruxa saiu de sua morada no morro e adentrou na floresta em busca de algo insólito, deixando Valeska curiosa.

— Herman, devemos procurar nossa amiga.

— Eu irei com você, mas não confio nela, você sabe.

— Então vamos fugir?

— Ela nos eliminaria sem hesitar e não teríamos chance nenhuma, Valeska.

Ambos adentraram na densa mata em busca de Inaiê, que alçara voo até as proximidades do rio Uraricoera. Andira havia revelado o ponto exato do embate, indicando que Hannah estaria por ali. Enquanto Hannah observava o renascer das árvores derrubadas e o surgimento de suas sementes, Inaiê, com Merlina em seu ombro, não teve dificuldades em encontrá-lo nas imediações em que ocorreu o conflito. Iara, a mãe das onças da floresta, repousava ali ao lado de Hannah. Devido ao receio que Inaiê guardava pelas onças, decorrente de um traumático episódio anterior, ela optou por manter-se à distância e observar Hannah, que cochilava apoiado em uma árvore.

— Vá em frente, Merlina, desperte aquele filho da tempestade — instigou Inaiê. Merlina encarou Iara, analisando seus poderosos dentes, garras enormes, afiadas e retráteis, demonstrou desdém por Inaiê e planou até um galho próximo.

Assim que abriu os olhos, Hannah sentiu um peso sobre si e uma espécie de névoa escura ao redor. Iara estava agitada, olhando de um lado para o outro e rugindo. Ao perceber a presença da bruxa por perto, Hannah levantou-se e a fitou de longe. Em seguida, abaixou se e pegou um punhado de terra sob as folhas caídas das árvores, esfregando-o no rosto como se estivesse se pintando. Essa atitude fortalecia seu espírito e deixava Inaiê apreensiva. Porém, a bruxa recordou-se de que a onça não representava um perigo iminente, pois sabia se defender com agilidade, saltos, e sua imensa força. Antes de se aproximar, Inaiê chamou:

— Merlina, venha com a mamãe.

Mas o corvo respondeu:

— Boa sorte, mamãe.

Com isso, Inaiê saiu resmungando com Merlina:

— Nem mesmo nessas horas tenho companhia.

Ao se aproximar, Inaiê deparou-se com Iara furiosa, pronta para atacá-la. Sua essência era incapaz de se conectar com uma feiticeira dissimulada, com traços ocultos e enganosos. Hannah conseguiu acalmá-la e ordenou que se aquietasse e se sentasse. Iara obedeceu, retirou-se com o rabo entre as pernas e foi sentar ao lado de um tronco de uma árvore, mantendo seu olhar fixo na bruxa. Inaiê se aproximou de Hannah, mantendo uma distância segura. Apesar de Hannah saber que sua energia provinha da floresta e dos rios, alimentados pela terra, o que lhe conferia uma explosão de força e vitalidade, ele sentiu um certo receio e seu coração acelerou. Por outro lado, Inaiê estava nervosa diante do guardião da floresta. Seu medo de estar ali, defronte de Hannah e Iara, era camuflado pela maldade da sua alma, por sua natureza impulsiva e obstinada, e por seus poderes sobrenaturais e destrutivos.

— Cheguei em paz — declarou a feiticeira, enquanto os primeiros raios de sol brilhavam em seus dentes.

— Paz!? — Hannah retrucou, recostado sob um arbusto, com sua lança apoiada no ombro. — O povo Ye'kwana busca paz desde sempre, Inaiê.

— Sei que você atirou uma flecha em um homem branco e o matou. Agora você é tal como eu sou, Hannah.

Hannah encarou a bruxa, que o acusava e ponderou: "Não posso me tornar como ela, jamais serei". Contudo, a feiticeira persistiu e fez-lhe uma proposta:

— Ofereço-lhe um pacto, Hannah.

— Não há pacto entre nós, estamos em lados opostos — respondeu o guardião.

— Podemos dividir a floresta ao meio, assim como os rios. O filho da tempestade cuidará de uma parte e eu, Inaiê, a feiticeira da floresta, da outra metade. Dessa forma, evitamos confronto e poupo a sua vida, Hannah. Depois disso, acabo com Damião e seus homens e você e seu povo terá paz.

— Você apoia a devastação da floresta e do nosso povo. Hannah defende a preservação da vida. O homem branco também é responsável por destruir rios e florestas, além de almejar a ruína de nossa comunidade. Hannah está decidido a lutar. Inaiê precisa retroceder, Inaiê precisa parar, pois Hannah irá defender o seu povo e sua terra.

— Nunca! — exclamou a bruxa. — Sou a soberana deste lugar e não recuarei. Possuo o poder que arruína a floresta e nutre a alma do homem branco para que ele a destrua. Minha energia permeia por aqueles que contaminam os rios e destroem as matas. Aceite um acordo ou enfrentarei você, Hannah!

Não houve resposta, já que Hannah permaneceu em silêncio.

Em seu ímpeto, a feiticeira chamou Andira, que estava oculta atrás de uma árvore, e desapareceu, sem proferir mais uma palavra. Enquanto isso, o corvo permanecia misterioso, iniciando a harmonização do ambiente com seu canto, sem que fosse possível determinar se ele expressava alegria ou descontentamento.

O repentino silêncio de Hannah a atingiu com uma intensidade avassaladora. A bruxa, tomada pelos nervos, lançou-se em gritos e lamentos, e por onde quer que passasse, suas lágrimas faziam a vegetação murchar rapidamente. Inaiê recordou-se de Valeska, sua única "amiga", e então dirigiu-se à sua residência, o monte, a colina da bruxa.

Valeska e Herman cruzaram caminhos com Hannah na floresta e, ao deparar-se com ele, Valeska ficou imobilizada. Seu antigo desejo de encontrar Robin Hood já não tinha mais relevância, mesmo que ele representasse o homem dos seus devaneios. Após passar diversos dias sem ingerir o chá de ayahuasca e sem fazer uso do rapé, sua percepção da realidade retornava gradualmente.

— Surpreso em vê-los por aqui — disse Hannah.

— Onde está Inaiê? Ela estava furiosa — disse Valeska, com voz contida.

— Já se foi, agora voltem para a aldeia antes que ela venha atrás de vocês.

— Não — exclamou Herman. — Inaiê planeja arruinar a floresta. Ela tem um pacto com Damião e pode nos punir por traição.

— Hannah, eu sei como acalmar Inaiê. Se ela se enfurecer, alguém da aldeia pode sair prejudicado — argumentou Valeska.

— Admiro sua coragem e lealdade, Valeska, mas você e Herman correm perigo!

— Não se preocupe, cuide do seu povo e mande lembranças a Xamã.

Ao dizer isso, Valeska chamou Herman para voltarem ao morro da feiticeira malévola.

# XXXVI.

# A FLECHA

Às margens do Uraricoera, próximo à confluência dos rios Tacutu e Rio Branco, situa-se a Terra de São Marcos, onde Diego e alguns seguidores de Baltazar desembarcam com o corpo de Francisco, um dos seus mais valentes jagunços. Eles seguiram por uma trilha larga até alcançarem o acampamento, utilizado como moradia pelos homens ao final do dia. Ao notar a chegada deles, Baltazar se levantou da mesa em que estava tomando uma dose de cachaça e foi ao encontro de Diego. A flecha havia atravessado o peito de Francisco de uma maneira tão impactante que deixou Baltazar perplexo.

— Quem fez isso? — perguntou ele, tomado de espanto.

— Hannah — disse Diego, constrangido.

Além de a flecha atravessar o peito de Francisco, seu corpo estava queimado, como se tivesse sido atingido por uma descarga elétrica de alta tensão. A flecha havia se fundido aos ossos de tal forma que não conseguiram removê-la. Baltazar ordenou que Moacir fosse chamado para escavar a sepultura e proferiu:

— Assim que for possível, retornem à floresta e tragam-me o misterioso Hannah, vou resolver isso pessoalmente.

Confuso, Baltazar parecia incrédulo.

Temido, Moacir chegou escoltado por dois capangas de Baltazar. Seus tornozelos permaneciam acorrentados. Moacir foi posicionado diante do cadáver de Francisco. Ele examinou o corpo e retirou a flecha, que saiu sem grande resistência, surpreendendo a todos. Então, eles começaram a especular: "Ele é realmente poderoso ou há algo desconhecido sobre seu povo". Moacir cavou uma cova para Francisco entre alguns arbustos e, após o sepultamento, plantou uma árvore ao lado de Francisco com o propósito de assegurar que ela crescesse e os pássaros sempre o acompanhasse cantando em sua memória até que sua alma fosse liberta dos espíritos malévolos.

Baltazar instruiu Diego a encontrar Damião, que já havia partido para Boa Vista. Ele deveria comunicar-lhe o ocorrido antes de enviar seus homens de volta para explorar madeira e ouro em Auaris.

# XXXVII.

# A CARTA

A chegada de Damião à cidade gerou grande entusiasmo entre os habitantes. O Faraó, sempre portando uma quantia significativa de dinheiro para gastar e distribuir favores por onde passava, conquistou o respeito até mesmo de seus adversários, os quais sabiam que perturbar Damião não era um bom negócio devido à quantidade de bajuladores que o cercavam. Sua popularidade funcionava como escudo quando ele cometia atos perversos e desumanos na cidade. Damião tinha uma personalidade cativante, e suas palavras e sorrisos eram envoltos por um tipo de encanto quase mágico, como o de um feiticeiro. Quaisquer críticas direcionadas a Damião chegavam até ele por meio de seus bajuladores. Muitos já haviam perdido a vida por causa de boatos, rumores e fofocas espalhadas.

Quando chegou no cabaré, Damião foi recebido naturalmente por sua parceira de negócios e amante. Darci e Miguel estavam arrumando as malas para retornar ao trabalho na floresta. Darci tentou se aproximar novamente de Daniela, mas ela o encorajou a não criar expectativas. Damião era um homem que proporcionava sorte aos seus negócios, e ela não queria perder a oportunidade de progredir. Darci era apenas um aventureiro que poderia ter sucesso ou continuar perambulando pelo mundo com seus trabalhos esporádicos. Embora sentisse uma forte atração e carinho por Darci, Daniela não estava disposta a correr riscos. Para ela, ele era apenas uma peça em seu jogo, um peão destemido.

Seu objetivo era ambicioso: desejava ser mais do que a dona do cabaré; planejava se tornar uma empresária respeitada e talvez até entrar para a política em Boa Vista. Com o tempo, pretendia arrecadar fundos para comprar votos, pois sabia que seria algo relativamente fácil de fazer, a um valor monetário quase insignificante. Posteriormente, esperava obter lucros consideráveis por meio de acordos com empreiteiras e superfaturamento de obras na cidade, as quais havia muitas. Seu maior sonho era se tornar prefeita de Boa Vista. Por outro lado, por um breve momento, Darci sentiu-se indignado por acreditar que tinha sido rejeitado. Eliminar Melissa por saber sobre o ocorrido com Daniela deixou de ter sentido, na verdade, o fato de Melissa saber alimentava sua necessidade de validação e inflava seu ego. Mesmo não sendo escolhido por sua dileta, ainda não era a hora certa para eliminar Damião.

— Onde se encontram Darci e Miguel? — perguntou Damião, horas depois, no quarto com Daniela.

— Estão fazendo as malas, meu Faraó! Ainda bem, pois já não suporto mais a presença deles. Mas pensando bem, de certa forma é bom, eles garantem a segurança do estabelecimento enquanto estão por aí.

— Aposto que gastaram todo seu dinheiro com as moças.

— Engana-se, Miguel se enrabichou com uma das garotas, só fica com a Luana. Darci, depois de gastar quase todo o dinheiro da pepita em uma noite, fechando o cabaré, aquilo lá ficou pão-duro, não comprando nem uma bebida para as garotas.

— É melhor assim, não quero esses peões me pedindo dinheiro adiantado. Vou conversar com eles mais tarde, antes de partirem. Mas agora, vamos aproveitar.

Em seguida, Damião pediu para Darci e Miguel prolongarem a estadia por alguns dias para que pudessem explorar o rio Branco e Uraricoera no mesmo barco. A intenção era chegar em Auaris e investigar a região, que tinha sido descoberta como rica em ouro e valiosas madeiras.

Darci não ficou contente com a ideia de ter que conviver com Damião e Daniela juntos. Por outro lado, Miguel se sentiu feliz, já que teria a oportunidade de passar mais tempo ao lado de Luana.

— Eu seguirei meu próprio caminho, chefe, Miguel ficará com você — disse, Darci.

— Você fica, Darci, preciso de você ao meu lado — respondeu Damião ao sair do escritório segurando a mão de Daniela.

Darci olhou seu rádio por alguns segundos e coçou a palma da mão pensativo: "Existem tantos lugares nesta selva e vou ter que matar esse gaúcho logo aqui?"

Ao sair do escritório, Darci foi arrastado para um quarto ao lado pelo braço.

— Darci, não fique com essa péssima expressão, desapontado, Daniela gosta de você — Melissa tentava consolá-lo.

— Não quero que se agarre a mim, que seja a última vez. Onde já se viu um homem se prestando a esse papel. E Daniela não gosta de ninguém, ela só quer dinheiro e poder. Mas eu vou conquistar muito ouro, vou ficar rico. — Darci parecia estar bastante revoltado. Ele nunca tinha sido amado tão intensamente por uma mulher tão atraente, mesmo que apenas por uma noite.

— Eu não sou um homem qualquer, sou um verdadeiro homem, caramba. — Melissa deixou Darci e saiu pisando firme com seus sapatos de salto alto. — Ele ainda me pagará por isso, Damião precisa descobrir tudo.

Em seguida, ela foi servir as mesas da boate, enquanto Darci e Miguel desfaziam as malas.

Darci não estava satisfeito com a situação. Se Damião descobrisse a traição com Daniela, certamente o mataria. Eliminar Damião nesse momento não era a melhor escolha. Damião ainda lhe seria muito útil na corrida pelo ouro. Porém, Darci era calculista, suas decisões eram precisas. O único risco que ele enxergava era o da língua de Melissa. Teria que paparicar Melissa ou matá-la, e Darci não via outra alternativa. Se optasse por calar a boca dela cortando sua língua, teria que considerar também cortar suas mãos. Agradar um travesti não estava em seus planos. A solução seria matá-la! "Como? Ela raramente sai do cabaré? Sufocá-la com um travesseiro não seria uma boa ideia, Melissa era forte".

No quarto, ao lado do seu rádio de pilhas, Darci arquitetava o plano para cometer um crime sem falhas. Embora digam que crime perfeito não existe, em sua convicção, acreditava na plena viabilidade do feito.

Transcorrido alguns dias, o cabaré borbulhava plenamente lotado naquela sexta-feira quente em Boa Vista. O pomposo rio Branco estava deslumbrante em todo o seu esplendor. Após dias de navegação pelo rio, Diego entrou na boate com uma mala nas costas e um bilhete na mão. Faraó estava festejando à mesa com Daniela e algumas garotas, além de Darci e Miguel, pois fez questão da presença deles. Melissa servia as mesas e provocava Darci ao deixar seu copo vazio, sugerindo que era um castigo por se envolver com a mulher do patrão.

Diego entregou o bilhete nas mãos de Damião e dirigiu-se para o quarto a fim de tomar um banho. Damião pediu a Darci que lesse o bilhete, mas ele não sabia ler. Então, Damião leu silenciosamente o conteúdo, que dizia:

"Patrão, aqui é Baltazar, seu capataz. Peço desculpas pelo incômodo, mas é por uma causa urgente e intrigante. Houve um acontecimento estranho na floresta de Auaris. Antes considerada pacífica e sob controle, fomos surpreendidos por um ataque violento e destemido. Há um indivíduo chamado Hannah naquela região, de origem desconhecida (pode ser indígena, branco, ou até mesmo guerreiro da floresta), carregando consigo diversos mistérios. A flecha utilizada por ele para assassinar Francisco, um dos nossos mais habilidosos homens, não é uma flecha comum — parecia ter uma energia extraordinária, quase como se estivesse ligada a uma fonte de alta voltagem. Cravou no peito de Francisco, causando queimaduras ao redor; nenhum de nós conseguiu remover a flecha, exceto Moacir, o nativo guerreiro. Se decidir explorar aquela região, peço-lhe que tenha extrema cautela, pois precisamos obter mais informações antes de avançar no local. Reitero minha total obediência às decisões do Faraó."

Faraó leu a carta e a rasgou: "Esse Baltazar está ficando maluco, preciso dar um descanso pra ele aqui no cabaré", pensou.

— Você leu a carta, Damião? — perguntou Diego ao retornar do banho.

— Li sim, vou dar uma semana de folga para o Baltazar aqui no cabaré. Ele deve estar cansado.

— Ele está preocupado com Auaris — disse Diego.

— Vamos retornar a Auaris, Inaiê pode nos ajudar. Há uma grande quantidade de ouro para ser retirado de lá e aquelas madeiras são extremamamente valiosas. Diego, ficaremos ricos!

— Bem, se o patrão não se preocupa, eu muito menos. Depois de tudo, podemos incendiar a aldeia e a floresta.

— Só me interessa minha parte, o restante não me preocupa — afirmou Darci.

Miguel estava abraçado a Luana, apenas prestando atenção.

— Ainda comprarei diversas joias para você, Luana, e a levarei comigo para Caruaru.

— Eu quero um colar de ouro, viu, Darci — disse Melissa.

Todos olharam chocados para Darci e curiosos com as palavras de Melissa. Um ar de incredulidade pairou sobre todos até que Daniela fez uma piada:

— Mas que é isso, pessoal! Não esperava isso de você, Darci. Você e Melissa, hem!

— Não é o que vocês estão pensando, não tenho nenhum tipo de envolvimento com ela — disse Darci, levantando-se e saindo indignado, sem notar que Daniela estava apenas brincando e usando aquilo como uma forma de se proteger de qualquer suspeita de Damião.

No aposento, ele contemplava o velho rádio em total quietude; olhou, fitou uma vez mais e desvendou-o, aplicando óleo em seu revólver. Repetiu a ação uma, duas, três vezes. Sua intenção era eliminar Melissa inicialmente e, em seguida, Damião. Diego e Miguel, não, visto que eram colegas de labuta. E quanto a Daniela, ah, Daniela. Ela era a razão pelo qual Darci estava perdidamente enamorado.

Próximo ao cabaré, no segundo quarteirão, havia um bar com várias mesas de sinuca. Darci pegou seu rádio alimentado por pilha, colocou-o embaixo do braço e saiu sorrateiramente. Ele jogou até as três horas da manhã, eliminando seus oponentes na aposta. Sua habilidade na sinuca era equiparável à sua precisão com o revólver. Finalmente, quando os homens que jogavam na mesa ficaram sem dinheiro, Darci se despediu, guardou todo o dinheiro em uma bolsa de couro e saiu silenciosamente com o rádio no outro braço. No meio do caminho, Darci percebeu que estava sendo seguido por três homens que haviam perdido dinheiro para ele. Quando um deles sacou uma arma, Darci se escondeu atrás de um muro no beco, abriu o rádio e também sacou sua arma. Consciente de que estavam à sua procura, Darci agiu rapidamente. Ao surgir detrás do muro, ele acertou o primeiro homem e trocou tiros com o segundo usando a proteção do muro. O segundo homem foi atingido e o terceiro tentou fugir, mas Darci o perseguiu e disparou contra suas costas. Após confirmar se estavam mortos, Darci encerrou a situação atirando na cabeça de um deles, que ainda tinha sinais vitais. Em seguida, na rua deserta, ele escondeu a arma e parte do dinheiro dentro do rádio de pilha e retornou à casa noturna. A polícia viria no dia seguinte, porém não encontrou evidências incriminatórias no local.

Pouco tempo depois, Damião e seus companheiros Darci, Diego e Miguel partiram rumo a Auaris. Em São Marcos, mobilizaram reforços e equipamentos. Sua meta era conquistar Auaris, apropriar-se de suas riquezas em ouro e valiosas madeiras centenárias. No entanto, antes de tudo, Damião precisava reunir-se com sua antiga amiga Inaiê para traçarem planos e acordos tidos como fundamentais.

## XXXVIII.

# DAMIÃO PACTUA COM INAIÊ

Inaiê parecia feliz. As crianças em Auaris adoeceram, vômitos e diarreia passaram a ser comuns. Esses sintomas logo levariam a complicações graves, como paralisia, cegueira e coma, podendo resultar até mesmo em morte; talvez isso explicasse o bom humor de Inaiê, que cantava despreocupada pela floresta ao lado de Merlina, o corvo. Valeska ficou surpresa ao ver a bruxa tão radiante, algo incomum.

— Qual é o motivo de tamanha felicidade, Inaiê? — Valeska se atreveu a interrogar a bruxa.

— Eu poderia dizer que não lhe diz respeito, mas estou tão contente que vou abrir uma exceção. Meu sonho de ver tudo isso aqui destruído está se tornando realidade. As crianças vão perecer e as mães vão lamentar — disse Inaiê, soltando sua gargalhada característica.

— Mas isso é cruel, Inaiê.

— Se Aritana não tivesse me abandonado, nada disso teria acontecido — retrucou ela com desdém, franzindo os lábios e levantando o queixo para cima.

— Mas o que Aritana tem a ver com as crianças morrendo envenenadas pelo mercúrio? Você não sente compaixão por elas?

— Sinto pena de mim mesma por ter me tornado essa bruxa aqui.

— Você deve ter feito algo muito ruim para se transformar em uma bruxa. Pessoas boas não se tornam bruxas; elas se tornam guardiãs do universo.

— Guardiã do universo, credo!

— Mas, afinal, o que tem a ver Aritana com toda a sua maldade? — Valeska já começava a se irritar.

— Ele me abandonou quando Andira ainda era muito jovem. Se ele tivesse me amado, eu teria me tornado uma mulher amável. Eu não me tornaria uma feiticeira tão malvada.

— Ninguém pode interferir em nossa mente se não permitirmos, Inaiê. Ao permitir, por mais rude que pareça, nos tornamos responsáveis pelo que nos acontece.

Inaiê permaneceu em silêncio, sem emitir sequer uma palavra. Retirou-se e dirigiu-se ao seu abrigo sombrio. Emitiu alguns gritos e, em seguida, o silêncio absoluto reinou. Por sua vez, Valeska havia abandonado o vício do chá de ayahuasca. Tanto do vício quanto dos seus efeitos, já que Inaiê não mais fornecia o chá nem mesmo o rapé. O experiente Rudá mantinha vigilância e proteção para evitar que Inaiê tivesse acesso ao chá.

Próximo à hora do almoço, Herman apareceu carregando um cervo nos ombros. Ele havia aprendido a viver de acordo com os desejos de Inaiê, caçando e consumindo os animais crus, porém adotando a sabedoria dos povos originários da floresta, caçando apenas para saciar a fome no presente momento. Isso não significava um problema para a bruxa e sua filha, Andira, que se alimentavam apenas da carne fresca ainda pulsante de sangue. A fonte de sua comida era o sangue, ou seja, a alma do animal. A alma do animal nutria a alma de Inaiê e Andira, aumentando sua irracionalidade, algo desaprovado por Wanadi.

Valeska sentou ao lado de seu ex-marido para saborear a carne de veado. Não era a lendária floresta inglesa de Sherwood, com seus belos carvalhos, tão pouco um cervo especial da época das Cruzadas, quando reinava o valente Ricardo Coração de Leão, Robin Hood não existia naquele lugar. Ela estava ciente de que desobedecer ao pajé e não ao rei e ir atrás do cervo tinha-lhe custado um alto preço. Tanto ela quanto Herman estavam pagando por aquilo. Era algo significativo para os dois, pois Herman sempre sucumbiu ao encanto de Valeska, com sua mente liberal, aventureira e sonhadora. Por outro lado, ele era mais tranquilo e reservado, guiado pelo poder de sua empatia e por uma alma leve e acolhedora. Eles não eram mais um casal, mas Herman ainda se deixava cativar pelos encantos de Valeska, considerando-a uma amiga inspiradora. Ao mesmo tempo, ele era o porto seguro dela.

— Eu buscava emoção e você foi minha maior fonte de inspiração — declarou Herman, apreciando um pedaço de veado.

— Eu precisava de alguém para me apoiar e você foi meu porto seguro — respondeu Valeska, procurando os olhos de Herman.

— Encontrei a mim mesmo novamente em você — afirmou Herman.

— Isso aconteceu há mais de vinte anos, Herman. Já viramos essa página. Agora sou um fardo para você.

— Certamente que não. Estar ao seu lado transforma o pesado em leveza, o perigoso em coragem.

— Preciso te tirar daqui, Herman. Na primeira oportunidade, fuja. Eu distraio a bruxa.

— Só sairei daqui com você, Valeska. Não insista mais nisso.

Porém, foram interrompidos pelo som de passos na floresta, que quebraram o seu silêncio ao redor deles. Damião, Darci, Diego e Miguel chegaram exaustos. Ao contrário da última vez, estavam fortemente armados. Os ativistas lançaram olhares surpresos para Damião e seus homens.

— O que estão fazendo aqui, Sr. Damião? A que devo a honra? — disse Valeska com ironia.

— Honra para mim seria ter você em meu cabaré.

— Jamais terá esse privilégio, Sr. Damião — e murmurou baixinho: — Idiota.

— Viemos falar com minha amiga Inaiê, podemos?

Merlina observava e voou até o refúgio de Inaiê para avisá-la. A feiticeira veio reclamando com o corvo por tê-la incomodado. Porém, ao deparar-se com Damião no topo do morro acompanhado por seus homens bem armados, um sorriso estranho surgiu no rosto da bruxa.

— É uma satisfação recebê-los novamente em minha casa! Vejo que estão prontos para invadir este lugar, com a minha benção é claro. — Inaiê sentiu-se novamente animada e feliz.

Damião titubeou um instante antes de se manifestar, mas acabou por dizer:

— Tenho interesse em fechar um acordo contigo.

A feiticeira fixou seu olhar em Damião e sua comitiva, percorreu de um lado para o outro entre as árvores no topo da colina, acariciou a cabeça de Merlina, sorriu e tornou a encarar Damião intensamente. Segurou seu braço e o conduziu até a beira do precipício, indicando-lhe toda a extensão da região com sua flora exuberante, rios, montanhas e a pujante Serra Parima.

— Faraó, o que representa o seu exército perante o meu poder? Tenho domínio sobre tudo que seus olhos alcançam.

— Eu sei que Inaiê detém poderes que são desconhecidos para mim, porém tenho soldados, numerosos soldados, e armas sob meu comando. Conto também com homens poderosos que me dão seu respaldo.

— Inaiê não pactua. Inaiê não cumpre acordos. É você quem, sim, deve negociar com Inaiê e deve submeter-se a mim.

Damião já começava a se sentir aturdido com a supremacia de Inaiê. Enquanto ela discursava, ele assentia.

Darci, no seu canto, meditava em silêncio: "Essa mulher deve ter proteção mágica. E se ela for uma criatura monstruosa?". Uma ideia surgiu em sua mente: "Preciso obter uma bala de prata. Farei isso assim que chegar a Boa Vista".

— A missão de vocês é eliminar Hannah — disse a bruxa, encarando Damião e seus seguidores. — Isto é o que foi acordado. Acabem com Hannah e a metade da floresta será de vocês. Planejei conceder essa parte a Hannah, mas ele recusou negociar comigo.

— Quem é esse Hannah com quem propôs negociar sem sucesso e não quis fazer acordo conosco, Inaiê? — questionou Damião.

— Ah, Hannah deseja igualar-se a mim em força, inteligência e poder. Ele possui uma fonte de energia distinta da minha, o que me causa repulsa. Estamos em lados opostos, portanto não conseguimos chegar a um acordo. Desprezo Hannah! Eliminem esse maldito e então estarei disposta a negociar com vocês.

Damião lembrou-se do capanga de Baltazar morto pela flecha de Hannah. "O que será que esse homem tem de tão perigoso?", pensou ele. Enquanto isso, lá no topo de uma árvore, Merlina observava a conversa e disfarçava cantando sempre que Inaiê olhava na sua direção.

— Ao separar o ouro do mercúrio, já estamos poluindo os rios como a senhora pediu. Isso é uma prova de nossa amizade, senhora Inaiê — disse Diego.

— Essa comunidade da floresta já está se alimentando de peixes contaminados. Em breve não terão mais peixes para sustento. Devemos também derrubar as árvores. Eu os ajudarei com toda a minha energia desalmada, atrapalhando seus planos. Enquanto isso, permanecerei aqui no meu cantinho; vocês estão liberados.

Com um gesto suave, a bruxa atirou sobre seus ombros uma capa suja e rústica feita de folhas e cipós, e retirou-se para seu abrigo úmido e escuro.

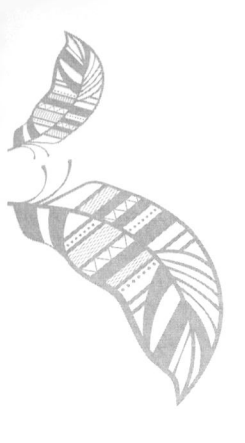

# XXXIX

# A MENSAGEM DE ARUNA

Aruna, a misteriosa indígena dos antigos povos Mawiishas, dirigiu seu olhar ao pajé, que concordou com um aceno de cabeça. Ela decidiu falar aos habitantes da floresta pela primeira vez.

— Dentro de alguns dias, completarei cem anos de vida. Sinto um cansaço profundo, esperando ansiosamente pelo encontro com o Deus Wanadi. Ao mesmo tempo, preocupo-me com o destino de vocês, que ainda permanecerão nesta terra-floresta por muitos anos. Se permitirem que o homem branco continue avançando, em breve não haverá mais rios para pescar nem mata para colher frutas e alimentar suas crianças. Será uma verdadeira tragédia para nosso povo. Aqueles que destroem a floresta estão contaminados pela energia malévola de Inaiê. Suas mentes foram corrompidas por seus feitiços, e a energia que emanam é completamente oposta àquela possuída por Hannah, uma energia benéfica que nos sustenta. Logo, a energia desses homens que poluem os rios e devastam as matas provém da bruxa Inaiê. Seus feitiços dominam suas mentes e almas. Quando morrerem, serão levados por caminhos que os conduzirão a um caldeirão escaldante habitado pela feiticeira. Acredito que partir lutando ao lado de Hannah é a melhor escolha, conduzindo-nos ao Vale Sagrado do Paraíso, a indevassável cidade dos bravos guerreiros.

Em um círculo, o líder espiritual segurou a mão de Kauane, que por sua vez segurou a mão de Tainá, que se conectou à Anaí, que alcançou

Xamã. Todos se uniram pelas mãos na aldeia, entoando em coro o som da melancólica flauta de Araponga. Seus espíritos vibravam em sintonia, enquanto o líder espiritual já havia preparado o chá, administrado o rapé e deixado a fumaça do cachimbo fluir.

Com a chegada da noite, o pajé se acomodou em uma rede ao lado de Xamã e adormeceu recitando palavras de um ancestral ritual de seu povo. Pouco depois, Xamã despertou e percebeu a ausência do líder espiritual. Os olhos do guerreiro espiritual se voltaram para Enarê, o majestoso gavião-real, e ele testemunhou as perturbadoras atividades de desmatamento e invasão do garimpo nas terras Yanomami, incluindo o sagrado Auaris.

Observando Hannah empunhando sua lança com a destreza de uma onça, surpreendendo seus oponentes e desaparecendo antes que os tiros de rifles e pistolas os alcancem, Rudá testemunhou homens brancos fugindo em seus barcos enquanto outros nadavam desesperadamente. O gavião se aproximou de Hannah, sentindo uma energia poderosa, intensa e ao mesmo tempo assustadora, o que o fez recuar aterrorizado.

Ao amanhecer, Xamã acordou e encontrou o idoso Rudá profundamente adormecido em sua rede. "Onde estaria meu pai?", pensou Xamã.

— Xamã, leve-me até Hannah, preciso vê-lo — clamou Kauane do lado de fora da casa de Rudá.

Xamã lavou o rosto numa tigela de barro e foi falar com Kauane.

— Não seria prudente, Kauane. Hannah está numa região perigosa. Os homens brancos estão tentando invadir a floresta.

— Mas eu preciso vê-lo! Me acompanhe ou irei sozinha.


Xamã e Kauane, ao caminhar pela margem do rio Auaris, depararam-se com Tainá sentada em um barco ancorado. Com a cabeça baixa, Tainá entoava uma canção ancestral do seu povo.

— Que surpresa, mãe. Não está chorando.

Tainá ergueu a cabeça e seus olhos revelavam decepção.

— O coração de Tainá está cerrado, tentei chorar por vários dias e percebi que minhas lágrimas se foram — disse Tainá, prosseguindo com sua canção.

Andaram pela floresta por algumas horas até se depararem com a bruxa e sua filha, Andira, no meio do caminho, próximo a um cruzamento do rio. Era exatamente o local onde Inaiê tentou afogar Kauane. Andira não chorava em voz alta. Em vez disso, sorria para Kauane enquanto segurava um javali com as mãos e rasgava seu pescoço com os dentes afiados. Merlina voou para o ombro de Xamã, levando Inaiê a se aproximar dele. Parou a uma distância de cinco metros, aparentemente furiosa com a atitude de Merlina. De maneira inusitada, Merlina foi até o ombro de Kauane. A bruxa se aproximou de Kauane, mas o corvo voou para o topo de um arbusto. Irritada, Inaiê chamava por Merlina enquanto Xamã e Kauane continuavam seu caminho. Merlina, que conhecia muito bem o ciúme da bruxa e sua falta de controle, parecia deliberadamente provocar a raiva de Inaiê e então desviar sua atenção de Xamã e Kauane.

Hannah percebeu a energia que Kauane emanava na floresta e foi ao seu encontro, mas ela não o reconheceu. Para ela, Hannah lhe parecia um estranho, um homem bárbaro com olhos grandes e misteriosos, cabelos e barbas longos e cheios, ombros e braços robustos. Sua aparência era mais madura, séria e rústica – um verdadeiro selvagem.

— Volte para a aldeia, moça!

— Hannah – ela pronunciou seu nome com incerteza e expressou desejo de ficar ao seu lado.

— Xamã, tire ela daqui e a conduza de volta. Não deveria tê-la trazido – disse Hannah, temeroso com a presença de Kauane.

No entanto, ela insistiu em vê-lo e disse que voltaria sozinha.

Então, aproximando-se de Kauane e olhando diretamente em seus olhos, disse:

— Retorne para sua aldeia. Não é seguro permanecer nesta parte da floresta. Esqueça-me!

Ela tentou abraçá-lo, mas Hannah afastou suas mãos e se retirou desaparecendo entre as árvores.

Kauane regressou com lágrimas nos olhos para a aldeia de Auaris, ao lado de Xamã.

— Hannah só quer protegê-la – explicou ele.

— Eu não entendo – respondeu ela, chorando muito.

Xamã voltou à floresta para vigiar as margens dos rios, garantindo a proteção contra os invasores brancos. Todos os dias, Kauane se entregava à tristeza, tarde após tarde, às margens do rio, assumindo o papel de Tainá, sua mãe. Ela era sempre observada de perto por uma imponente águia, que logo voava alto em direção ao topo da Serra Parima.

## XL.

# DARCI SE ENCANTA COM MOACIR

Durante a madrugada, Damião e sua equipe escaparam de serem mortos no território de Auaris, enquanto homens a serviço de Baltazar, que estavam derrubando árvores e se envolveram em um conflito com Hannah, decidiram desobedecer às ordens dele e às de Xamã de deixar Auaris. Como resultado, alguns foram feridos e outros mortos por flechas e pela lança poderosa do guerreiro. Darci, Diego e Miguel, que estavam garimpando ao lado de Damião, optaram por deixar o rio ao serem confrontados por Hannah. Ao notarem a habilidade dele em escapar rapidamente, temeram ser pegos de surpresa durante a madrugada. Mesmo estando sob a proteção sombria de Inaiê, eles não se sentiram seguros e decidiram fugir. Foi a primeira vez que Darci errou um tiro, e apesar da frustração do pistoleiro do agreste alagoano, a perda de precisão trouxe certo alívio. Darci começou a sentir simpatia pelo nome Hannah e pela sua história, despertando nele um certo encantamento pela figura mítica do guardião da floresta.

— Como um homem pode causar tamanho estrago? Vocês não têm nada a dizer para mim?

Já no território de São Marcos, Baltazar estava enfurecido com seus homens sobreviventes da batalha contra Hannah.

— Calma, Baltazar, brigar com seus homens agora não vai adiantar. O estrago já está feito, é hora de enterrar os mortos — disse Faraó ao chegar com Darci, Miguel e Diego.

— Nós invadimos o território deles, fomos intimados a sair, atiramos no guardião e ele reagiu nos atacando. Infelizmente, foi mais ágil que nós e os nossos homens, Sr. Baltazar — explicou Darci.

— Contenha-se, Darci, vamos invadir aquelas terras com Hannah vivo ou morto! — disse Damião, descontente, fazendo um gesto para que Darci baixasse a voz.

Darci, mais uma vez, se incomodou com as palavras de Damião e seu comportamento autoritário. Pensou em confrontá-lo, no entanto, optou por se sentar discretamente num canto ao lado de Miguel e Diego enquanto limpava e lubrificava sua arma de fogo, um revólver calibre 38 que carregava na cintura — revólver diferente daquele transportado no seu rádio de pilha. Nesse ínterim, Baltazar exigiu a presença de Moacir para iniciar a escavação das sepulturas.

Na vastidão da propriedade rural, Moacir tinha a tarefa de higienizar o chiqueiro dos javalis. Suas correntes, que o prendiam, limitavam sua capacidade de se proteger de eventuais ataques. Porém, esse era o método imposto por Baltazar para impedir a fuga de Moacir. Foi nesse momento que três homens enviados por Baltazar apareceram para levá-lo. Ao indagar o motivo do chamado de Baltazar, Moacir se alegrou ao descobrir. Apesar do rigoroso trabalho como coveiro, era um alívio para Moacir, pois significava que o homem branco enfrentava contratempos. Por outro lado, era um sinal de que seu povo estava sendo alvo de ataques. Moacir precisava agir com cautela para evitar a tortura imposta por Baltazar.

Um grande número de falecidos estava presente e Moacir teria uma árdua tarefa pela frente, trabalhando sem cessar dia e noite. Enquanto isso, os demais escravos desempenhavam suas atividades de derrubar e serrar árvores. Baltazar instruiu seus homens para vigiarem o guerreiro de Auaris e Faraó fez questão de designar um de seus homens para liderar a operação.

— Darci, mantenha-se vigilante em relação ao trabalho do meu prisioneiro Moacir e certifique-se de que ele não fuja. Se ele escapar, você será responsabilizado. Este homem detém informações valiosas sobre Auaris que poderão nos ser útil — disse Faraó antes de sair, acompanhado por Miguel e Diego.

Darci estava intrigado com Damião, mas não ficou aborrecido com a tarefa; pelo contrário, ele desejava se aproximar do guerreiro Moacir.

A·história de Hannah não saía de sua mente e Darci admirava pessoas honestas e combativas. Moacir parecia ser alguém assim, corajoso, íntegro, trabalhador, destemido e leal à sua gente e às suas origens. Além disso, ele tinha uma ligação próxima com Hannah, o que para Darci era como alguém que tivesse vivido e lutado ao lado do general Yitzhak Rabin, o comandante-supremo do exército de Israel na Guerra dos Seis Dias. Darci mal podia esperar para estar perto de Moacir. E foi entre uma cova e outra já no início da noite que Darci se aproximou.

— Não devia ter colaborado no sequestro e trazido você até aqui, Moacir.

— Já está feito, não há como desfazer — disse Moacir, com a cabeça baixa, abrindo mais uma cova.

— E há tantas coisas que não se pode desfazer — disse Darci, pensativo.

— É semelhante às águas de um rio. Seguem sempre adiante, deságuam em novos rios até o mar, mas nunca voltam — Moacir falou, encarando Darci, e voltou a golpear o solo com sua pá, iniciando outra cova.

Darci, em silêncio, deixou Moacir trabalhar por alguns minutos antes de voltar.

— Então, o arrependimento já não tem utilidade.

— O homem branco às vezes enfrenta dificuldade em entender essas coisas. Arrependimento e perdão são emoções que se conectam com a mente e a alma do homem. Elas não mudam o curso dos rios nem do passado.

— Logo, não tenho razões para me arrepender ou pedir perdão. Para quê, afinal?

— Homem branco parece incapaz de compreender. Um homem sem arrependimento e perdão é comparável a uma fonte contaminada. Equivaleria a um esgoto desaguando em um rio, inadequado até mesmo para lavar as mãos. Assemelha-se às águas de certos rios poluídos, impróprias para consumo. Contudo, o arrependimento não altera os eventos passados. O que está feito, está feito. O que transforma é a essência do homem.

— E o que posso fazer?

— Torne-se uma pessoa melhor e então contribua para a construção de um mundo mais esperançoso para as próximas gerações.

Darci ficou pensativo, foi a primeira vez que alguém lhe havia sugerido que sua missão era auxiliar na construção de um mundo mais justo para os que viriam. No entanto, ele não tinha descendentes.

— O homem branco destrói sua própria morada. O planeta é como uma obra de arte, sublime e natural, um cesto de palha tecido à mão. Possui uma longa duração, mas se for rompido, resta apenas a opção de repará-lo. Nunca mais será o mesmo. E se não repararem, ele se desintegrará, rasgará até tornar-se inutilizável. Vocês estão dilacerando o planeta.

— Prossiga com suas tarefas, Moacir, antes que Baltazar e o Faraó apareçam.

Darci se distanciou, refletindo e sem compreender muito bem. Estaria ele rasgando o planeta com um machado ou destruindo-o com a água de um rio contaminado?

## XLI.

# ARAPONGA

Nas margens do rio, Inaiê apreciava um charuto preparado por Valeska. Enquanto Merlina, o corvo, permanecia em silêncio em um arbusto próximo, Valeska e Herman pescavam despreocupados, como se o tempo se detivesse naquele local.

— Está nervosa, Inaiê? — indagou Valeska.

A bruxa riu e continuou a fumar seu charuto, observando as águas do rio Auaris fluírem rapidamente, seguindo em direção a um destino irreversível.

· — Pergunto isso porque Hannah fez com que a comitiva de Baltazar e do Faraó batesse em retirada.

O semblante de Inaiê tornou-se grave enquanto encarava Valeska com intensidade, seus olhos pareciam flamejar. Valeska começou a transpirar frio e acrescentou:

— Eles não fugiram, apenas partiram porque muitos foram feridos e mortos. — Inaiê trocou sua expressão cruel por uma mais suave e superior. A bruxa soltou sua gargalhada característica, e fitou o horizonte. — Tudo está sob meu controle, lindinha. Meu objetivo é destruir tudo, não importa quem vai perecer. Hannah agora não tem paz e Baltazar deve estar furioso, assim como o Faraó. Eles devem invadir este lugar em breve.

A bruxa sorriu sem gargalhar, deu as costas e chamou Merlina para acompanhá-la até o alto do morro.

— Vamos para casa, minha pretinha.

Porém, logo adiante ela murmurou baixinho: "incompetentes", dando sinal de descontentamento.

Contrariada, a bruxa caminhou e disse:

— Morram todos!

Com uma ideia perversa, ela decidiu difundir uma energia de auto-destruição pela floresta. Até então, nunca houvera um caso de suicídio entre os habitantes daquelas terras verdejantes, no entanto, Inaiê espalhou por toda a floresta essa energia nociva, afetando a todos: homens, mulheres e crianças. Araponga, que costumava tocar sua flauta todas as manhãs e ao pôr do sol, viu sua rotina ser perdida; alternando entre momentos de música e silêncio. Refugiou-se na floresta por longos dias, retornando muitas vezes sem se banhar. Enquanto isso, os homens de Baltazar se infiltraram no território da floresta, oferecendo bebida alcoólica aos nativos em troca de sua cumplicidade, permitindo-lhes extrair pedras preciosas do rio e contaminando a água com mercúrio, tudo sem o conhecimento de Hannah e de Xamã. Dessa forma, Inaiê disseminou sentimentos de infidelidade, mentira, confusão e tristeza por toda a extensão da terra coberta por árvores.

Após encontrar consolo em Tainá, Kauane deixou de sentir a ausên-cia de Hannah e voltou a lutar para manter o espírito sadio e imperioso do seu povo, contando com a colaboração de Anaí, sua irmã. Entretanto, todos os esforços de Kauane e Anaí não foram suficientes para salvar a vida de Araponga, que decidiu tirar a própria vida se enforcando em um galho de árvore, alguns dias depois, usando um cipó. "Eu sei que não irei para o Vale Sagrado do Paraíso como vocês". Foram suas palavras antes do trágico ato, cujo significado só foi entendido após sua morte inesperada.

— Que tipo de tristeza é essa que mata? — refletiu o pajé.

— Araponga nunca chorou uma lágrima — afirmou Tainá

— Será que uma tristeza sem lágrima é uma tristeza mortal? — questionou Kauane ao pajé

— A tristeza sem lágrimas é a tristeza da alma, enquanto a tristeza com lágrima é a tristeza do coração. A tristeza do coração renova a alma, mas a tristeza da alma enfraquece e mata — respondeu o pajé.

Inquieta, Tainá declarou:

— Preciso voltar a derramar lágrimas para aliviar esse aperto no peito.

Tainá sabia de onde vinha sua dor, era dor de ausência, dor que espera. O pajé reconheceu:

— Sua tristeza tem uma origem, Tainá. Mesmo que suas lágrimas tenham cessado, sua tristeza vem do coração. A tristeza de Araponga era indefinida, sem nome, sem raça, sem rosto; ela veio e não partiu sem deixar marcas. Uma dor silenciosa e implacável, dor que fere, dor que mata. Uma dor que não pode ser mensurada com um compasso, cujas razões não podem ser apontadas. E, no final, até mesmo a dor perde o sentido até que sua alma seja arrancada abruptamente.

— Qual é a cura para essa dor, Rudá? — indagou Kauane.

O pajé refletiu por um instante, dirigiu um olhar reverente a todos ao seu redor e respondeu com suavidade:

— Amor. Apenas o amor pode curar a alma.

A idosa Aruna, que raramente deixava transparecer seus sentimentos, derramou lágrimas ao lado do corpo de Araponga, antes do ritual fúnebre.

— O que será de nossa terra sem o som da sua flauta todas as manhãs e todas as tardes, Araponga? — Aruna colocou a flauta de Araponga em sua mão e a segurou, indicando que a flauta o acompanharia até a eternidade. — Você cantará nos céus de Wanadi, meu querido.

Um homem pacato, de poucas palavras, Araponga era pouco lembrado pela comunidade. No entanto, quando o som de sua flauta não ecoava ao despertar da manhã ou ao entardecer, logo percebiam sua falta. Naquela fatídica manhã, o silêncio de sua flauta levou todos a procurarem por Araponga pela última vez. E, assim, Araponga tornou-se mais lembrado, mais querido e mais amado após sua partida.

Os guerreiros Xamã e Hannah, informados da triste notícia, também vieram prestar suas últimas homenagens a Araponga.

Kauane olhou na direção de Hannah, que lhe parecia completamente desconhecido naquele momento. Tinha uma estrutura física mais robusta e alta, cabelos e barbas mais longos, movendo-se com passos largos e ágeis. Xamã também exibia uma postura firme, imitando a maneira de caminhar de Hannah, com largos passos e um olhar penetrante de cento e oitenta graus. Ao abraçar Hannah, uma energia envolvente tomou conta de Kauane, dominando seu corpo e mente, transportando-a até o topo da Serra Parima. No ápice da montanha, em meio a uma tempestade, a visão de Kauane foi momentaneamente obscurecida por um raio que atingiu a rocha. Após uma intensa explosão, tudo se aquietou e ela pode ouvir o choro de um bebê recém-nascido, sendo acalentado por uma águia. Disfarçada sob a forma de um colibri, Kauane se aproximou do menino, que sorriu para ela e seus olhos brilhavam como raios de sol. O beija-flor então voou de volta para Auaris.

— Estou me dirigindo a você, Kauane — disse Tainá, indicando que era hora de voltarem para casa e ajudarem a preparar o beiju para oferecer à amiga Aruna.

— Onde está o Hannah, mãe?

— Hannah já partiu, filha. Ele e o Xamã regressaram à floresta, precisam proteger nosso povo.

Kauane colocou a mão no queixo e demonstrou estar absorta em seus pensamentos. Xamã estava certo ao referir-se a Hannah como filho da tempestade. Todavia, quem seria a mãe de Hannah, a águia? Não seria, havia interrogações que assombraram os pensamentos de Kauane por vários dias.

XLII.

# BALA DE PRATA

Depois da conversa com Moacir, Darci regressou para Boa Vista determinado a encontrar uma solução definitiva. Ele não confiava em Damião, muito menos em Baltazar; mas Inaiê, a coruja solitária, ele temia profundamente. Quanto a Xamã e a Hannah, inexplicavelmente aos olhos da razão, ele os admirava e deixou seus destinos ao acaso. Darci acreditava que se conseguisse uma bala de prata para seu revólver, poderia enfrentar a bruxa da floresta, embora não soubesse onde encontrar alguém capaz de fabricá-la. Sabia que ninguém acreditaria nele se mencionasse Inaiê. "Uma mulher misteriosa e assustadora, com poderes sobrenaturais. Uma bruxa na floresta? Isso seria estapafúrdio, mirabolante. Ele ficaria desacreditado e muitos iriam pensar que deveria ir para um manicômio. Daniela perderia o encanto por ele". E assim, Darci desembarcou em Boa Vista, preocupado, meditando. Um revólver na cintura e outro dentro do rádio de pilhas.

No cabaré de Daniela, Darci foi recebido por Melissa, que abriu a porta, fez sinal para ele entrar e virou o rosto.

— Veio sozinho desta vez, Darci, o que aconteceu? — inquiriu Daniela dentro do estabelecimento, enquanto servia-lhe um copo da sua cachaça favorita.

Seus olhos azuis, cabelos pretos longos que caíam sobre os ombros, pele macia como pêssego, algumas sardas nas bochechas rosadas pareciam hipnotizar Darci. O rude retirante do agreste se convertia num homem amável e cortês.

— Eu remei por vários dias para te ver, Daniela!

— Já conversamos sobre isso, Darci, vamos evitar.

— Não, não é nada disso, estou aqui por outro motivo.

— Você não veio por minha causa, Darci? Pelo visto eu não significo nada para você.

Darci ficou atônito com a reação de Daniela. "Se ela prefere Damião, então por que estava agindo assim?" Por falta de experiência, Darci não conseguiu decifrar a reação de Daniela diante do menor sinal de desinteresse. Ele falhou em manter o interesse de Daniela vivo.

— Você sabe o quanto é importante para mim, receio não poder fazê-la prefeita de Boa Vista como Damião.

Daniela ficou em silêncio, e Darci fez o mesmo.

— Vamos falar sobre outras coisas, Darci. Qual é o motivo de estar aqui que não seja para descansar?

— Preciso de alguém com habilidade para derreter chumbo, prata ou ouro.

— Por que isso agora? Derreter ouro e prata? Eu não conheço ninguém. Damião não poderia cuidar disso?

— Quero criar uma corrente, uma pulseira. Fazer uma joia para você!

— Eu conheço alguém.

Darci virou-se e viu Melissa escutando a conversa.

— Você passa todo o dia e noite aqui na boate, como é que pode conhecer alguém nesta cidade? — Darci questionou, desconfiando de Melissa.

— Eu tenho um cliente que trabalha nessa área. Só um detalhe: também vou querer uma joia.

Melissa virou-se e foi cuidar da limpeza dos quartos na boate.

Darci levou a mão à cabeça e suspirou:

— Que situação!

Daniela tentava disfarçar, percebendo que Darci estava interessado em conversar com Melissa.

— O que houve, Darci? — perguntou.

— Vou descansar.

Em seguida, Darci se levantou e dirigiu-se a um dos quartos ao fundo da boate.

Daniela ficou pensativa: "por que Darci estava procurando alguém para fundir chumbo, prata, ouro?". Ela não acreditava nessa história de joias, mas decidiu não perder tempo investigando algo que parecia trivial. Ainda assim, pediu a Melissa para ficar de olho em Darci e mantê-la informada.

Não demorou muito e Darci bateu à porta do quarto de Melissa. Ele parecia agitado e ansioso.

— Não tente nenhuma gracinha senão eu te mato. — Foram as primeiras palavras de Darci para Melissa, assim que ela abriu a porta.

— Pare com isso, sei que você está a fim de Dani, minha amiga.

— Isso não te diz respeito.

— Aí que saco. Homem bruto. Só estou tentando ajudar, infeliz!

— Infeliz é você! Mas me diz logo, quem é o sujeito que derrete ouro e prata por essas bandas?

— Oh, ele tem um nome: Paulão! Ele é capaz de derreter tudo, é assustador. — Melissa tocou no ombro de Darci.

— Não tenho paciência para conversar contigo — retrucou Darci, mostrando sua irritação.

Darci saiu do quarto de Melissa e dirigiu-se ao salão de eventos, sentou-se a uma mesa e pediu uma cachaça para Daniela. Melissa persistiu e sentou-se à mesa junto dele.

— Posso te ajudar, peão, mas preciso que me conte o motivo de querer derreter ouro, prata, chumbo.

— Isso não é da sua conta, mas, se quer saber de verdade, eu vou te contar.

— Estou interessada.

— Preciso matar uma bruxa com uma "bala de prata."

— A bruxa sou eu, não é, Darci? — Melissa encarou Darci e notou um brilho em seus olhos, finalmente vendo um discreto sorriso surgir em seus lábios. — Eu vou te levar até o Paulão.

— Negativo, apenas me passa o endereço, será o bastante.

Melissa copiou o endereço do Paulão em um pedaço de papel e entregou para Darci. "Essa história de Darci não faz o menor sentido", pensou Melissa.

Darci terminou sua cachaça, levantou-se da mesa sem se despedir de Melissa e saiu da boate com o bilhete do endereço. Daniela se aproximou curiosa e sentou ao lado de Melissa.

— E então, descobriu algo novo, amiga?

— Nada, aquele troglodita disse que planeja usar uma "bala de prata" para acabar com uma feiticeira.

— Cruz credo — exclamou Daniela, fazendo o sinal da cruz. — Espero do fundo do coração que essa bruxa não seja eu. — Ela se levantou e retornou ao balcão.

Assim, Darci partiu em busca de Paulão, meditando: "Se Melissa me enganou, eu me vingo".

Em uma rua estreita e central de Boa Vista, Darci seguiu até o local indicado por Melissa. Ao alcançar o meio do quarteirão, encontrou um corredor ao lado de uma loja que vendia utensílios domésticos. Caminhou cerca de vinte metros em direção ao fundo do terreno e avistou uma porta de madeira que se abria para um espaço rudimentar e desorganizado, equipado com algumas cadeiras e uma mesa rústica na qual repousavam metais preciosos. Um homem alto, moreno, aparentando seus quarenta anos, estava sentado de costas para a mesa, concentrado na operação de um maçarico sobre uma porção de ouro sobre um tijolo de pedra. Demonstrava total concentração enquanto derretia o metal.

— Sr. Paulão — exclamou Darci por causa do ruído do maçarico. — Paulão — repetiu.

— Aqui — respondeu Paulão deixando cair o maçarico, quase se queimando. — Você me assustou, rapaz — Paulão falava gesticulando com a mão direita e apoiando a esquerda na cintura.

Darci imediatamente se desapontou, ponderou voltar atrás, mas sabia que precisava garantir aquela oportunidade única. Sentia crescer a raiva contra Melissa, contudo, estava encurralado.

— Senhor Paulão, preciso da sua assistência.

— Por favor, seja breve. Tenho muitas coisas para fazer. Se não terminar o trabalho a tempo, Faraó vai me matar — Paulão falou, sem se quer considerar que Darci conhecia Faraó.

Darci pensou em desistir, mas ele tinha pressa.

— O senhor pode fazer balas de prata? — perguntou ele.

— O amigo vai caçar um lobisomem?

— Não, uma bruxa.

— Está bem, não precisa ser rude, foi só pra descontrair. Sim, posso criar munição de prata, mas para quê?

— Não é da sua conta, mas se o amigo produzir as balas de prata, será bem recompensado.

Com muito esforço, Darci saiu da oficina do Paulão com várias munições feitas de prata. Paulão recebeu uma boa quantia, comprometendo-se a manter segredo de Damião, Faraó e Melissa. Em seguida, Darci comprou uma pulseira para Melissa e um colar para Daniela — uma forma de despistar a curiosidade das duas. O misterioso Darci voltou apressado ao cabaré e logo desejou retornar à floresta. Permanecer em Boa Vista só resultaria em mais irritação e ansiedade, que inevitavelmente se manifestariam de alguma forma nas pessoas ao seu redor, afinal as munições do seu revólver não duravam muito.

Darci entregou a joia para Melissa e afastou-se dizendo:

— Pegue, é seu, obrigado.

Melissa, ao agradecer, viu Darci já de costas e comentou:

— Que lindo, Darci, obrigada!

Melissa não se conteve, chorou, e saiu enxugando as lágrimas com as costas da mão.

Enquanto isso, Darci foi até o quarto de Daniela, bateu três vezes na porta e entrou. Retirou um colar da sua mochila e colocou-o no pescoço de Daniela. Emocionada, Daniela se aproximou do espelho e admirou o colar de ouro amarelo, incrustado com diamantes e esmeraldas. Também enxugando as lágrimas com as costas da mão que lhe escorriam pelo rosto, ela sorriu para si mesma. Depois se virou para abraçar e beijar Darci. Nunca antes tinha recebido uma joia tão bela, nem mesmo de Damião. Ela encostou o rosto no de Darci e saiu do quarto com lágrimas a lhe turvar os olhos.

Sentindo-se satisfeito como se tivesse feito um strike num jogo de boliche sem ser considerado um lunático, Darci guardou suas balas de prata dentro do rádio de pilha e partiu de volta para a floresta.

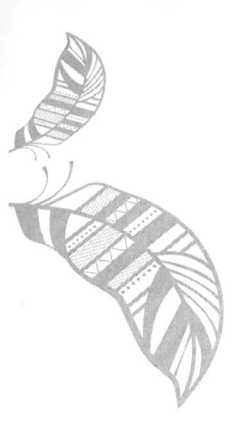

# XLIII

# TAINÁ DEFRONTE A INAIÊ

Caminhar pela floresta já não era tão agradável e frequente como antes, especialmente para as mulheres. Navegar pelo o rio em um barco para visitar outras aldeias ou regiões de mata, caçar e apreciar a natureza eram atividades arriscadas e assustadoras em Auaris. No entanto, Tainá, Kauane e Anaí, mãe e filhas, decidiram desafiar os perigos que assombravam a floresta, apesar das objeções de Rudá, o pajé, e Aruna, matriarca dos Mawiishas. Tainá, ao recordar de Moacir, se questionava sobre inúmeras possibilidades: "o que teria levado Moacir a deixar a aldeia? Quem seria o responsável...?". Inaiê, após cometer diversas maldades, era vista com a principal suspeita. Tainá estava ficando cada vez mais estressada e impaciente. Diante do aumento dos casos de depressão e suicídios, ela decidiu deixar o confinamento da aldeia e respirar o ar da floresta, distraindo-se ao lado de suas filhas. A constante sensação de que os invasores estavam sempre presentes, desrespeitando os limites da natureza e dos povos da floresta, escravizando-os e destruindo seu habitat, era aterrorizante.

Montaram acampamento junto ao rio, numa área com uma pequena faixa de areia e águas calmas, pois aquele trecho do rio era bastante extenso. Durante à noite, uma criança voltou a chorar, e o som parecia vir de longe. Tainá despertou, chamou suas filhas e, como se estivessem sob um encantamento, seguiram na direção do choro infantil. Após um tempo de caminhada, depararam-se com a menina, que sorria, exibindo seus dentes reluzentes e um nariz agora mais comprido e arrebitado. O costume peculiar de Andira de atrair a atenção das pessoas deixou Tainá assustada.

— Fique calma, mãe, é Andira, a filha da feiticeira — Anaí falou.

— Vamos embora deste lugar, mãe, não quero ter contato com aquela mulher ruim — disse Kauane, já inquieta.

— Não, filha, tenho que conversar com aquela mulher. Suspeito que esteja envolvida no desaparecimento de seu pai.

— Ela é perigosa, uma bruxa — alertou Kauane, abraçando sua mãe.

— Me leve até sua mãe, Andira. — Tainá estava determinada a falar com Inaiê. — Mas vocês fiquem aqui — disse Tainá para Kauane e Anaí.

— Nós iremos com a senhora — respondeu Kauane, um pouco incomodada.

— Sim, iremos juntas — concordou Anaí.

Assim, foram andando noite a dentro pela floresta até chegarem ao sopé do monte onde vivia a bruxa. À esquerda da trilha, no início da subida íngreme, numa pequena árvore, o corvo observava e cantava, provavelmente surpreso ao ver tamanha coragem. Até mesmo Andira, a aprendiz de bruxa, já era capaz de causar muitos males, inclusive atraindo vítimas para rituais sombrios. Enquanto Tainá não percebia o perigo iminente, Kauane e Anaí sabiam que teriam que agir com extrema delicadeza e cautela ao lidar com Inaiê, que preferia ser tratada com gentileza e cortesia, mesmo sem corresponder da mesma maneira aos demais ao seu redor, tratando-os com rudeza e desdém. Como é comum entre as bruxas, ela tratava com bondade aqueles que lhe seriam úteis no momento, movida apenas por interesse ou conveniência; no entanto, posteriormente, quando já não precisava mais deles, afastava-os do seu caminho e, se necessário, devorava-os, lançando-os no Vale Assombrado das Estacas, onde ficavam à mercê dos abutres.

Merlina observava Tainá, uma mulher determinada, cujos passos rápidos a levavam a subir a colina sem olhar para trás, seguindo as pegadas deixadas por Andira. Enquanto se impressionava com Tainá, Merlina cantarolava canções alegres, mencionando Kauane e Anaí. Seu semblante transparecia alegria com a presença das filhas de Moacir. Desta forma, avançaram juntas em direção ao íngreme e vultoso monte, alcançado finalmente o longevo cume.

O semblante de Andira transbordava alegria toda vez que conduzia alguém para encontrar sua mãe, pois apreciava a possibilidade de presenciar as prováveis hostilidades dela. A satisfação de observar o pânico estampado nos rostos de suas vítimas fortalecia Andira em seu desenvolvimento pessoal.

— Chegamos à casa da mamãe — anunciou Andira, com um sorrido maroto, no alto da colina.

— Onde estão as ocas de Valeska e Herman?

Tainá ficou surpresa ao chegar à terra da bruxa e não encontrar uma única cabana para morar.

Andira pôs a mão sobre a boca e exibiu um enorme sorriso. "Que mulher sem noção", pensou Andira. Tainá foi entrando nos recantos onde se abrigavam cada um dos habitantes da colina, locais escuros, cobertos por pequenas e frondosas árvores. Havia muitos galhos e folhas espalhados pelo solo úmido.

— Onde fica o recanto da bruxa? — indagou Tainá.

— Se você ousar chegar lá, minha mãe te destrói — alertou Andira.

Tainá prosseguiu na sua jornada no alto da colina com coragem, descendo uma pequena elevação e então subiu novamente sem hesitar. Do alto, avistava o rio fluindo lá embaixo, serpenteando entre as rochas e formando um abismo. Naquele local, muitos anos mais tarde, seria erguida a barragem da pequena hidrelétrica de Auaris. Mais adiante, numa área de mata fechada e escura, havia uma entrada estreita que levava a um espaço sombrio coberto por densas folhas, ramos e galhos, nos quais pendiam alguns pequenos animais mortos; alguns sem cabeça, outros sem braço ou perna e alguns abertos sem coração ou rim. Além disso, havia algumas serpentes mortas penduradas sem cabeça e ossos que se assemelhavam a humanos espalhados pelo chão. Esse cenário excêntrico deixou Tainá pálida e com um suor frio a brotar pelo corpo, fazendo-a chamar por Anaí e Kauane. Contudo, elas estavam distantes, envolvidas com Valeska, que havia chegado trazendo um veado já abatido para o café da manhã.

— Eu tinha certeza que você viria, Tainá.

Tainá observou ao redor e avistou apenas Merlina no galho de uma árvore, a encarando de forma rara. Merlina estava em silêncio, com os olhos dilatados e brilhantes transmitindo uma expressão de preocupação. Em um salto, Merlina passou para outra árvore mais próxima, como se estivesse tentando bloquear o caminho de Tainá, para protegê-la. Foi então que Tainá avistou a sombra das costas de alguém sentado ao longe, em um canto escuro rodeado por galhos e arbustos. A pessoa usava um chapéu de palha escura sobre a cabeça e cabelos grisalhos que desciam até os ombros, tão ásperos quanto palha. Inaiê permanecia imóvel, sentada ou quase flutuando, de costas para Tainá, que estava paralisada. Diante dela estava sua mais feroz inimiga, aquela que tirara seu marido de forma abrupta e cujo destino poderia ser o mesmo para ela. A responsável por deixá-la sozinha e desesperançada por tantos anos. Tempo suficiente para secarem suas lágrimas.

Em meio a esse turbilhão emocional, Tainá se sentiu como que se estivesse anestesiada; seu medo não superava sua revolta ou sua desilusão com Inaiê. Os olhos de Merlina aos poucos foram relaxando, suas pupilas voltaram ao normal, e então ela entoou um canto suave, corvejando. Isso criou uma atmosfera mais leve entre Inaiê e Tainá. Tainá avançou alguns passos, parando a cerca de três metros de distância de Inaiê, que permanecia imóvel em seu canto.

— Diga-me a verdade, Inaiê! — A voz de Tainá era firme e imperativa.

— O que deseja saber? — A feiticeira permanecia imóvel, dando a sensação de estar envergonhada.

— O que fez com o meu marido?

Inaiê finalmente se levantou, com a mão sobre o rosto. Procurava esconder seus dentes pontiagudos e dourados, assim como seu nariz afilado, que media cerca de oito cm.

— É ainda mais bela do que eu imaginava.

A bruxa ajoelhou-se diante da beleza morena de Tainá.

Os olhos de Merlina se arregalaram, não por medo, mas por surpresa. O corvo soltou um grito e tombou no chão, lutando para respirar. Inaiê correu para acudir Merlina, mas suas garras dificultavam o manuseio da bela ave. Tainá se aproximou, manipulou o diafragma do corvo e logo uma semente foi expelida, permitindo que ele voltasse a respirar. Depois disso, Inaiê cobriu o rosto com as mãos mais uma vez, demonstrando constrangimento diante da beleza de Tainá.

— Por favor, Tainá, não olhe nos meus olhos — pediu Inaiê.

Porém, Tainá permanecia indignada com Inaiê.

— O que você fez com Moacir, você o entregou ao homem branco ou o matou? — questionou.

— Eu não matei seu marido, apenas o entreguei ao homem branco — respondeu Inaiê.

Tainá, tomada por um momento de fúria, agarrou o pescoço de Inaiê, apertando-o com força.

— Por que fez isso, mulher mal-amada? — gritava Tainá em cólera.

Inaiê caiu de joelhos novamente, como se as mãos de Tainá não tivessem efeito sobre ela.

— Sempre desejei ser igual a você — humilhou-se Inaiê, mantendo a cabeça baixa e os joelhos no chão enquanto abraçava com força a cintura de Tainá. E prosseguiu: — Como eu teria gostado de ter tido um marido que me amasse como você. Aritana era um bravo e belo guerreiro, assim como Moacir. Eu ansiava por ser amada pelo grande guerreiro de nossa aldeia. Você encontrou o seu verdadeiro amor e foi correspondida. Enquanto eu... Olhe para mim! Nunca fui agraciada com essa sorte. E, para piorar, Moacir tirou a vida do meu amado guerreiro, pai da minha filha!

— Aruna revelou que você matou sua filha antes de Moacir matar Aritana. Sempre soubemos que você tinha um caráter complicado. E Aritana, ele se alimentava de carne humana, devorava inocentes. Aritana era um canibal.

— Se Aritana não tivesse decidido me abandonar, eu não teria chegado a matar Andira, você sabe muito bem, Tainá.

— Jamais cometeria um mal contra minhas próprias filhas. Você é cruel, Inaiê, você é perversa! Onde está o homem branco que raptou Moacir?

— Invadindo a floresta, ele está degradando o ambiente natural e poluindo os cursos d'água.

— Você é uma megera, não tenho compaixão por você, Inaiê!

Tainá empurrou Inaiê, deu as costas e se retirou.

— Volte aqui! — disse Inaiê, irritada. Em seguida, começou a vociferar: — O homem branco vai devastar tudo isto. Vai derrubar até a última árvore e poluir até o último rio. Esta terra se transformará em um deserto árido e sem vida. Nada mais irá prosperar. Vocês sofrerão com a fome e a sede. Que o planeta exploda.

Ignorando as palavras, Tainá prosseguiu seu caminho sem olhar para trás, deixando a bruxa aos berros. Mais adiante, no topo da colina,

Tainá encontrou suas filhas, Valeska e Herman. Todos envolveram Tainá num abraço, pois estavam preocupados.

— Parem de consumir carne crua dos animais que vocês caçam e retornem à nossa aldeia, à nossa gente.

Herman abraçou Tainá com carinho.

— Sinto tanto a sua falta, Tainá. Mas não podemos retornar neste momento — explicou ele.

Anaí sentiu-se desconfortável ao perceber que Herman ocupava seus pensamentos, embora os olhos dele estivessem voltados apenas para Tainá.

— Vocês estão sendo manipulados por essa bruxa, voltem conosco — insistiu Tainá.

— Não, Tainá — disse Valeska —, se abandonarmos a feiticeira, suas filhas estarão em perigo. Inaiê fez uma promessa a mim e a Herman. Precisamos permanecer aqui!

Tainá abraçou Valeska e derramou lágrimas de gratidão.

— Obrigada, meus amigos! Um dia isso terá fim. Nós iremos resgatar vocês!

Assim, Tainá e suas filhas fizeram o caminho de regresso à aldeia. Mesmo não encontrando Xamã e Hannah pelo meio da floresta, pois eles estavam protegendo o território de Auaris dos garimpeiros e dos desflorestadores, voltaram contentes. Tainá finalmente encontrou um momento de paz ao enfrentar a bruxa. Pelas redondezas, ao tomarem conhecimento da coragem de Tainá diante de Inaiê, comentavam: "Ah, a bruxa não é tão assustadora. Talvez não tenha o poder que dizem".

Entretanto, ao chegarem na aldeia, depararam-se com mais uma maldição lançada pela bruxa Inaiê, que transformou sua inveja e frustação contra Tainá numa espécie de tragédia humana, o que levou muitas crianças a sofrerem com diarreia, vomito, dor de cabeça, vertigem e arritmia. A confusão mental se apoderou dos pequenos e muitos vieram a óbito. Inaiê, com os seguidores de Damião e Baltazar, contaminaram as águas de Auaris com mercúrio e cianeto durante o trajeto de Tainá e suas filhas até a aldeia.

— Você não deveria ter provocado a fúria de Inaiê, Tainá — ponderou Aruna, a indígena idosa.

— Me perdoe, Aruna. Não consegui me conter; agi de forma impulsiva, foi um equívoco. Ela é a mentora, desapareceu com Moacir e não consigo aceitar uma atitude tão desonesta. Pelo menos vi Andira, sua neta.

Aruna ficou em silêncio, pensativa:

— Minha neta está morta, Tainá. Andira se foi. — E se retirou, tomada por seus pensamentos.

Moacir matou seu filho, Aritana, e Aruna hesitava em lembrar desse episódio, mesmo ciente de que Aritana era homem mau e tudo ocorreu para que seu filho de criação, Hannah, fosse salvo.

— Minha neta está morta, Tainá — repetiu Aruna num sussurro ao chegar em sua oca.

Num belo dia, a anciã indígena deparou-se com o velho Rudá na sua porta. Ele exibia uma expressão preocupada e, pela primeira vez, revelava uma certa incerteza no olhar.

— Aruna, minha velha amiga — disse Rudá, com a voz carregada de preocupação.

— Fala, Rudá, em que posso lhe ser útil?

— Você é a única pessoa que pode ser ouvida por Inaiê. Nosso povo e nossas crianças estão perecendo. Já não sei mais o que fazer. Os meus chás e os meus rituais não estão sendo suficiente para proteger nosso povo.

Aruna então respondeu:

— Rudá, não devemos interferir no caminho de Inaiê. Os poderes que nos foram concedidos por Wanadi não permitem tal ato. Adentrar na dimensão de Inaiê resultaria em consequências fatais para nós, um risco que não podemos correr.

— Devemos simplesmente assistir sem intervir e enfrentar a morte inevitável? — indagou o pajé, um pouco irritado.

— Rudá, você sempre foi como as raízes e o tronco de uma imponente árvore que sustenta todos os galhos, folhas e frutos. É assim que você é para o nosso povo, um tronco fortalecido por suas raízes profundas. O que está acontecendo?

— Sinto-me vulnerável, Aruna. Não creio que tenha muito tempo de vida, estou apreensivo.

— O poder de Inaiê precisa ser enterrado, Rudá! É imperativo que a feiticeira seja colocada sob o solo.

— E como podemos realizar isso, se estamos impotentes?

— Não faremos ou podemos fazer. Apenas Hannah pode fazê-lo.

— Ele fará isso sozinho? — indagou o pajé.

— Isso eu não sei dizer, foi tudo que me foi revelado na Serra Parima. Só Hannah.

E o pajé, já idoso, tão velho quanto Aruna, regressou à sua cabana para tomar o seu chá e descansar; agora um pouco mais sereno.

# XLIV

# O PARLAMENTAR E A FUGA

Com a chegada de alguns empresários da região Sul do país, inclusive um ministro do governo federal corrupto, aliado a garimpeiros, grileiros e criminosos da floresta, e um deputado do Rio Grande do Sul, conhecido como Querubim do Agro; os homens ao serviço de Damião e do seu capataz, Baltazar, reuniram-se na Terra de São Marcos. Apesar dos obstáculos enfrentados na tentativa de invadir, Auaris, devido à resistência vigorosa e implacável de Hannah e à ajuda de Xamã, as madeiras nobres permaneciam de pé e, mesmo após serem cortadas, voltavam a crescer rapidamente. A mineração no rio tornou-se perigosa com a presença de guerreiros na floresta. A estratégia de transformá-la em "pasto para o gado" (como subterfúgio para desflorestar a terra dos povos originários) estava se revelando um objetivo complicado para os homens do Sul. A exportação das valiosas madeiras nobres para o exterior não era tão simples como esperavam por conta do trabalho precário, mas heroico da Polícia Federal, o que resultava em prejuízos e pressões enfrentas por eles por meio de empresários de outros países.

Querubim do Agro era visto como um verdadeiro ser celestial por seus apoiadores, colegas e aliados, no entanto, para seus adversários e aqueles que se opunham aos seus interesses, era conhecido como o Arcanjo Negro. Seus oponentes desapareciam misteriosamente ou eram encontrados sem vida, sem que ninguém detectasse as circunstâncias. Porém, no ambiente do Congresso, cravava um discurso afiado, repleto de elegância e simpatia, sendo um dos líderes mais carismáticos e influentes, graças à sua inteligência, ao modo refinado e ao sorriso cativante.

O Querubim do Agro pretendia despojar a vida na floresta de forma crua. Subjugar a matriarca, a provedora de tantos povos, povos de todas as gentes. Estava determinado a oprimir e submeter o mundo, desafiando seus anseios e sua sorte. Devorar a floresta como o leão devora sua presa, sem compaixão, sem remorso.

Inaiê nasceu uma criança atormentada, depois, seus sentimentos foram violados e a transformaram em uma bruxa má. De outra sorte, o Querubim teve uma vida farta, nasceu em palácios, frequentou boas escolas, teve babás, conforto e, a cada aniversário, uma festa e muitos presentes. No entanto, cresceu e aprendeu que, para obter poder e prestígio, era necessário agir como o senhor do engenho e que a senzala estava lá para servi-lo. A floresta era vista como uma negra a ser explorada, maltratada, para lhe proporcionar prazer; silenciada e reprimida, pois esse seria o seu papel na sociedade hierárquica. A floresta era comparável a uma jovem nativa desejável, uma donzela sedutora a ser assediada, manipulada, corrompida; uma mulher cuja voz deve ser calada e integridade violentada em troca de uma saia, um vestido novo ou um perfume qualquer. Por fim, havia a promessa de um nome, um rótulo sofisticado e vazio, o qual fizeram assim, denominado: desenvolvimento sustentável.

Para os vampiros da natureza, a floresta-mãe não deve clamar quando seus filhos forem perseguidos, escravizados, mortos diariamente. Aqueles que ousarem falar em nome da floresta e interferir em seus planos devem simplesmente desaparecer sem deixar vestígios, ossos ou memória alguma. Enquanto isso, os homens de negócios calculam cada metro quadrado de madeira desmatada e exportada, cada grama de ouro extraída do leito dos rios e seu valor no mercado, cada animal silvestre capturado e comercializado. A lamentação da terra não lhe diz respeito, ou melhor, deve ser silenciada, apagada, exterminada. O descaso com a degradação dos rios é manifesto. Os habitantes da Amazônia, os povos indígenas, ribeirinhos, ambientalistas e o próprio planeta devem ser despojados de sua Amazônia.

O parlamentar se aproximou de Damião, exibindo um sorriso.

— Meu caro Damião, você parece ter feito um excelente trabalho por essas bandas, por todo o Uraricoera, mas ainda não oficializou a posse das terras do Auaris para o teu patrão aqui, teu camarada. Dizem que os guerreiros daquela região são duros, desafiadores e particularmente um indivíduo chamado Hannah, enigmático e temível. Também fui informado de que capturaram o mais valente guerreiro da aldeia dessas redondezas. Faça trazer esse Moacir, o guerreiro, para que eu possa conhecê-lo – disse Querubim tocando no ombro de Damião, numa demonstração de amizade entre os dois. Faraó pensou em mencionar sobre a colaboração e a parceria com Inaiê, mas desistiu, ao pensar: "O deputado poderá julgar que estou enlouquecendo. Manterei isso em segredo".

Damião chamou Darci, Diego e Miguel, para acompanhar Baltazar na tarefa de levar Moacir até o deputado Querubim. Nas margens do rio Uraricoera, o guerreiro, junto a outros escravos acorrentados pelos tornozelos, cortava madeira e, como que transportando as mazelas do mundo por meio dos seus ombros, as colocavam na balsa para serem transportadas até o porto de Manaus e, posteriormente, seguir para Belém.

– Moacir! – Darci buscou a atenção do guerreiro à beira do rio.

Moacir olhou bruscamente para Darci ao deixar uma tora de madeira na balsa. O jagunço do agreste alagoano, por um instante, percebeu nos olhos do guerreiro a devastação e a injustiça imposta pelo homem branco que clamava por ajuda; tanto por ele quanto pela terra-floresta, buscando socorro pela natureza e por todos os seres vulneráveis.

– Moacir, termine logo de carregar a balsa, não temos tempo a perder. Vamos levá-lo até o deputado Querubim – disse Baltazar com voz e olhos intimidadores.

Moacir, já exausto, transportava a madeira com menos vigor, o que resultou em Baltazar lhe desferindo inúmeras chibatadas, causando-lhe tonturas. Miguel interveio pedindo para que Baltazar parasse, enquanto Darci observava o capataz de Damião com o pensamento focado em seu rádio portátil em mãos. "Com esse não vou desperdiçar mais do que uma bala", pensou Darci.

Moacir caiu de joelhos e, antes que Baltazar lhe desferisse mais um golpe com o chicote, Darci o agarrou pelo obro e o levantou.

– Vamos guerreiro, você é capaz.

Baltazar não tinha ideia do que significava uma organização criminosa, ele era simplesmente o homem carrasco, contratado por Damião, tal como Diego, Miguel e Darci, que atuavam como capangas e seguranças para ele. Agora, envolvidos com o esquema, tornavam-se parte do negócio.

Diante de Moacir, o deputado Querubim, eleito pelo voto popular e prestigiado no Congresso Nacional, ofereceu a mão para Moacir, que educadamente recusou o gesto.

— Moacir, este é o deputado Querubim, faça o favor de cumprimentá-lo — disse Baltazar, de forma autoritária. Porém, Moacir recusou mais uma vez.

— Então esse homem branco que é o líder, o homem que orienta a derrubar nossas árvores, poluir nossos rios? — questionou Moacir corajosamente, encarando nos olhos do Arcanjo Negro.

— O que esse indivíduo está dizendo? — perguntou o deputado a Baltazar.

Subitamente, Baltazar golpeou Moacir com um chicote nas costas, fazendo-o se curvar para frente.

— Pare, Baltazar, Moacir vai compartilhar conosco sobre sua terra, sua aldeia. Vai nos falar sobre Hannah. — Querubim dirigiu sua atenção a Moacir: — Não é verdade, Moacir?

Moacir permaneceu calado, seus lábios ficaram pálidos, o suor escorria da testa e seu coração batia acelerado. Mesmo diante das pressões do deputado, ele se recusou a falar. Querubim chamou Baltazar para um canto, juntamente aos homens de Faraó, e ordenou que fizessem o indígena trabalhar arduamente, que o castigassem e, quando fosse considerado inútil, que o matassem para evitar que regressasse à aldeia e causasse mais problemas. Sob ameaça de morte, Moacir baixou a cabeça e, após alguns golpes de chicote, voltou ao exaustivo trabalho de derrubar árvores, separar toras e transportá-las até a balsa em que seriam enviadas até o Porto de Manaus. Dali, seriam processadas pelas madeireiras, sendo distribuídas por todo o país, além da Europa e dos Estados Unidos.

Escoltado por Baltazar e Darci, Moacir retornou ao trabalho à beira do rio, parecendo um pouco desequilibrado. Conforme cada árvore centenária era derrubada — seja um angelim, um ipê, uma maçaranduba ou um cedro —, ele conseguia sentir a presença sinistra da bruxa Inaiê no ar. À beira do rio, Moacir rememorou Tainá e viu sua amada refletida nas águas do Uraricoera. Pelos olhos de Tainá, ele testemunhou a felicidade no momento em que entregou seu tacape para Xamã, comprometendo-se a dedicar-se a ela e à vida na aldeia, abandonando a guerra para sempre. Dos olhos de Tainá, o guerreiro viu suas lágrimas, que se transformavam em pedras e caíam no rio. Uma delas tocou seus pés, certamente transportada pela correnteza. O guerreiro se curvou, apanhou o pequeno diamante e viu os olhos de Tainá na pedra. Observando Moacir de longe, Baltazar percebeu que era um diamante.

— O Rio contém diamante — exclamou. — Dá-me o diamante, Moacir!

Todavia, ao segurar o diamante em sua mão, Baltazar se assustou ao ver um par de olhos refletidos na pedra como se estivesse sondando o profundo de sua alma. Assustado, ele devolveu o diamante a Moacir, que rapidamente sacou a arma da cintura de Baltazar e pulou no rio, confuso, em fuga.

— Darci, atira naquele índio, ele está fugindo com o diamante.

Darci empunhou sua arma e disparou três vezes contra o guerreiro; com sua precisão habitual, os três tiros cortaram as correntes dos tornozelos de Moacir. O guerreiro adentrou na mata e conseguiu escapar.

Baltazar ficou furioso com Darci.

— Como você errou os três tiros? Me explique isso!

— Eu atirei nas pernas para imobilizá-lo. Ele era essencial para nós, Baltazar — Darci mentiu pela primeira vez desde que chegara àquelas terras amazônicas.

Baltazar se aproximou e desferiu um soco no rosto de Darci, fazendo-o cair sentado.

— Era para matar, o tiro era para matar aquele infeliz. Incompetente!

Indignado com a situação, Baltazar saiu dali aborrecido enquanto Darci permanecia no chão com a arma apontada para ele, porém não disparou. No íntimo, ele se sentia satisfeito, reconhecendo que pela primeira vez tinha tomado uma atitude digna e não queria estragar aquele momento singular em sua vida.

XLV.

# O DESCONTROLE DE INAIÊ

Inaiê caminhava de um lado para o outro com Merlina pousada em seu ombro, irritada ao perceber que, apesar das perdas na população de Auaris devido às doenças transmitidas pelos garimpeiros, bem como dos crimes de assassinatos e sequestros para a escravidão no desmatamento, o povo da floresta continuava resiliente e esperançoso sob a liderança de Rudá e Aruna, contando com a alegria e proteção de Kauane, Tainá e Anaí. Contudo, o que realmente atormentava a feiticeira da floresta era a determinação do guerreiro Hannah em proteger toda a terra-floresta ao seu redor.

— Já não tenho mais tolerância com Hannah — dizia ela para Merlina, que apenas cantarolava enquanto disfarçava sua indiferença em relação a Inaiê. Percebendo a falta de interesse do corvo, a feiticeira arrancou-lhe algumas penas, o que fez com que Merlina voasse para longe, misturando revolta e melancolia.

Merlina ansiava por se aproximar de Hannah ao observar a paz entre os animais selvagens e as aves que viviam com o guardião da floresta. Porém, ela tinha medo de se aproximar de Iara e seus irmãos, Brenda e Thor, os leais companheiros de Hannah. As enormes e afiadas garras e seus imensos e penetrantes caninos despertavam um medo profundo em Merlina. Além disso, Inaiê sempre a alertava para evitar as onças, pois, certo dia, uma delas a tinha atacado e a devorado viva.

Mesmo assim, Merlina observava Hannah e seus amigos com um sorriso velado, cantando uma canção para chamar a atenção deles. Foi assim que, num belo e nublado dia, o defensor da floresta se aproximou do corvo.

— Venha, não precisa ter medo — disse o filho da tempestade para Merlina. No entanto, ela sabia que não podia chegar perto de Hannah, já que Inaiê poderia realmente devorá-la viva, como havia ameaçado fazer.

Amedrontada, Merlina limitava-se a observar e a cantar. Todavia, diante da insistência de Hannah, que lhe ofereceu a mão num gesto suave e envolvente, o corvo, como que se estivesse em hipnose, viu-se indo em direção à mão do guerreiro. Trêmula, ela fitava o rosto do guardião, apreciando sua expressão gentil como se admirasse o próprio rosto de Eros, o deus do amor. Porém, esse encantamento e surpresa logo seriam interrompidos com os berros de Inaiê:

— Merlina — bradou a bruxa, desesperada. — Merlina! Regresse ou serei obrigada a devorar-te viva.

Os olhos do corvo estavam fixos em Hannah, enquanto cantava e tremia na sua mão, encantado com o protetor e temeroso da megera. Inaiê, temendo perder Merlina, sua suposta companheira, enfureceu-se e voou em direção a Hannah.

— Devolva-me o corvo!

Pela primeira vez, a bruxa posicionou-se diante do filho da tempestade.

— Inaiê — disse Hannah. — Não posso dizer que é um prazer te ver aqui, devido aos danos que tem causado ao nosso povo.

— Devolva-me Merlina! — Inaiê voltou-se para Merlina e expressou: — Ele é perigoso, minha menina. Vem com a mamãe!

Porém, Merlina tremia ao fitar os olhos da feiticeira. Sua pele ainda ardia pela remoção das penas. O corvo, incapaz de voar da palma da mão de Hannah, parecia hipnotizado pela presença e proteção do guerreiro.

— Inaiê, Merlina tem o direito de estar e ir aonde bem entender. Ela não deve ser mantida prisioneira por você ou qualquer outra pessoa, muito menos de sua alma e, de fato, ninguém deve sentir-se aprisionado de forma alguma. O Deus Wanadi nos criou assim, livre como o corvo.

— Hannah, Merlina está ao meu lado há muito tempo, ela me pertence e você não pode mudar isso! Aliás, nem ouse tentar.

A floresta inteira estava tomada por uma aura sinistra emanada pela bruxa. Na aldeia, o pajé começou a relatar dores no peito e foi acalmado por Aruna, sua antiga amiga. Tainá sentiu dores de cabeça e um peso na nuca. Em algumas aldeias da floresta, a tristeza retornou. Alguns animais acabaram se afogando no rio. Diversas plantas tiveram suas flores murchas e caíram, tal como algumas folhas das árvores. O coração de Kauane começou a bater mais rápido.

— Inaiê, toda alma oprimida sufoca e definha. É assim que Merlina expressa seus sentimentos por você, em declínio. Permita que ela seja livre para que seu amor respire o mesmo ar que você e quem sabe um dia tenha a oportunidade de tê-la para sempre.

Mesmo perante o apelo de Hannah para libertar Merlina, Inaiê mantinha-se inflexível e furiosa, incapaz de responder com gentileza ou entender a importância da generosidade.

— Se Merlina não vier agora, hei de pôr fim a ti, príncipe desta maldita floresta!

Para Inaiê, o termo floresta representava algo aterrorizante. A ameaça de Inaiê ao referido príncipe revelava seu medo profundo daquele lugar.

Merlina, amedrontada, permaneceu imóvel na palma da mão de Hannah, enquanto a bruxa, de forma impulsiva, atacou o guerreiro. O corvo, ainda atordoado, voou até Iara e Thor em busca de proteção. As onças se aproximaram contra Inaiê e foram lançadas ao longe, entre as árvores, como se fossem simples gatos domésticos.

Hannah e Inaiê batalharam por meia hora, causando destruição em uma parte da floresta. As árvores perderam galhos e folhas, enquanto pequenos arbustos foram arrancados.

Inaiê fugiu, deixando um vazio no local após um redemoinho de terra, folhas, pequenos animais e insetos. Xamã, mesmo atordoado com os velozes movimentos da luta, em que seus olhos não foram capazes de acompanhar de forma precisa, cuidou de Hannah, que estava ferido. Como Hannah necessitava de maiores cuidados, Xamã o levou para a aldeia e o entregou aos cuidados de Kauane.

— O que houve com ele, Xamã, que está ferido e coxeando de uma perna?

— Ele lutou contra a bruxa da floresta. Você pode cuidar do filho da tempestade?

Kauane recordou as palavras de Aruna: "Kauane possui plena liberdade para escolher o caminho, porém, se tiver paciência necessária, será como um majestoso falcão na vida de Hannah, trazendo coragem e serenidade ao guerreiro. A pureza e determinação de Kauane serão as sentinelas dos segredos da floresta".

— Claro, eu vou cuidar dele!

Cada parte do corpo de Hannah estava marcado pelas garras da feiticeira. Rudá tratou das feridas com remédios naturais e preparou chás para Hannah tomar. Ele teve febre por várias noites e era aquecido pelo corpo de Kauane.

Na encosta enigmática da montanha, Inaiê clamava por Valeska. Não conseguia mais planar, estava extenuada e com todo o corpo deslocado. Os dois ativistas desceram o morro e ajudaram Inaiê a subir até o pico. Pensaram em deixar para trás a feiticeira e fugir, mas receavam que, quando recuperasse as forças, ela buscasse vingança. Valeska e Herman decidiram ajudar a megera com bandagens e plantas medicinais. Enquanto isso, Andira, a filha da bruxa, permaneceu do lado dela o tempo todo, jurando: "Quando crescer, hei de matar aquele Hannah". Mesmo assim, embora exibisse seus dentes ameaçadores, Andira matinha um sorriso constante diante da situação.

Inaiê, ferida, fugiu apavorada de ser dominada pelo guardião da floresta e enterrada. Porém, ao crepúsculo, na aurora do dia seguinte, a bruxa já havia se recuperado.

— O que aconteceu com você, Inaiê? Nunca te vi nesse estado antes — Valeska se aventurou a perguntar. E a bruxa respondeu:

— Lutei contra Hannah.

— De verdade, Inaiê. E quem saiu vitorioso? — insistiu Valeska.

— Não houve vencedores, minha jovem, mas posso prevalecer. O traidor escapou.

— Por que ele haveria de trair? Hannah não é assim. — Herman apertou o braço de Valeska para que ela se calasse perante a bruxa. — Ele não é tão bom quanto aparenta, mesmo — encenou.

— Ele carregou minha menina, levou Merlina. Preciso achá-la, mesmo que tenha que resolver as coisas com Kauane. Sei que Hannah nutre sentimentos por Kauane.

A feiticeira, ao levantar-se repentinamente do seu recanto para sair, foi surpreendida pelo canto do corvo. Merlina decidiu regressar ao perceber que Hannah ainda se recuperava; tinha medo de que Inaiê ficasse furiosa e saísse à sua procura, causando mais destruição na floresta.

— Desça logo dessa árvore, Merlina, e venha com a mamãe.

Mesmo com os pés gelados e tremores nas suas asas, Merlina pousou no ombro de Inaiê. Ser devorada viva pela bruxa era seu maior medo. No entanto, Inaiê ficou contente e decidiu voar pela floresta até chegar perto do Monte Parima. Mesmo ciente de que no alto do monte seus poderes ficariam limitados devido à intensidade da natureza, Inaiê aventurou-se a subir e levou Merlina consigo para o passeio, juntas.

Naquele dia esplêndido, uma águia deslizava majestosamente sobre o topo da serra, quando de forma surpreendente, para aflição de Inaiê, Merlina abandonou o seu ombro e alçou-se bem alto para se acomodar nas costas da águia. Juntas, realizaram um voo rasante por toda a montanha, revelando uma evidente conexão. Por um tempo, desvaneceram-se, explorando as quedas d'água do rio Parima e a floresta da Reserva Parima, nas imediações da nascente do rio Auaris, entre os territórios do Brasil e da Venezuela. Inaiê viu-se novamente tomada pela angústia, sentindo-se preterida. A majestosa águia havia lhe roubado a alegria de passear com Merlina pela ostentosa Serra Parima. Entretanto, a situação não perdurou e o corvo retornou ao seu ombro, no pináculo da Serra.

Entre o desapontamento e a alegria ao reconhecer Merlina novamente em seu ombro, a bruxa exibiu um discreto sorriso e afagou a cabeça de sua pequena amiga.

— Bom te ver por aqui, Inaiê!

A bruxa virou-se repentinamente, surpreendida. Naquele lugar, seus poderes estavam praticamente nulos. Diante dela estava uma anciã indígena magra, de longos cabelos brancos e pele enrugada, seus olhos negros e penetrantes fixando-a.

— Então foi você, Aruna, que me roubou Merlina?

Aruna caminhou até a beira do penhasco e lá permaneceu contemplando o território da Venezuela.

— Você sabe que aqui nessa encosta eu poderia acabar com você, Inaiê, não é mesmo?

— Mas você não faria isso, Aruna, eu sei que não faria isso com a mãe de sua neta.

— Você a matou envenenada. E pior, a transformou em uma pequena feiticeira.

— Andira é hoje minha melhor amiga, minha querida filha.

— Mesmo depois de morta!?

— Ela está morta para vós, humanos. Para mim, continua viva, assim como eu — afirmou Inaiê ao se afastar.

— Espere! — exclamou Aruna.

Inaiê virou-se e finalmente encarou Aruna nos olhos.

— Desista enquanto há tempo, Inaiê. Não pode destruir nosso povo nem devastar a floresta. É hora de parar de infligir tanto mal. Ainda há chance de regenerar sua alma. A alma é o que mais importa, pois ela perdura. Salve também sua filha!

— Você não conseguirá me impedir de continuar minha jornada e cumprir meu propósito. Tenho um objetivo, Aruna. Deixe-me em paz!

A feiticeira voou de regresso ao interior da floresta, levando Merlina consigo no ombro.

XLVI.

# OS OLHOS DO RIO

Na mente de Tainá ecoava uma triste canção dos antigos de sua aldeia, porém ela não sentia vontade de cantá-la. Enquanto Inaiê explorava o Monte Parima com Merlina e se reunia com Aruna, Tainá estava nas margens do rio lavando roupas, com um semblante entristecido. Com seus sentimentos estranhamente roubados, sua alma estava deserta e desnuda e seu corpo petrificado. Suas mãos outrora suaves e firmes agora pareciam pesadas, e seus belos olhos castanhos de repente se tornaram profundos e vazios.

Nesse cenário, Tainá avistou um homem na margem oposta do rio. Era impossível. Que homem seria aquele que sorria para ela, acenava e chamava pelo seu nome?

— Tainá! Sou eu, Moacir!

Tainá não conseguia distinguir se estava presenciando uma ilusão ou se sua sanidade estava escapando. Já fazia muito tempo desde que suas lágrimas tinham secado; ela costumava acreditar que suas lágrimas se transformariam em diamantes e encantaria o guerreiro, mas infelizmente elas haviam secado.

Moacir atravessou o rio e se aproximou dela.

— Tainá, sou eu, seu esposo!

Moacir temia que Tainá já tivesse encontrado outro companheiro.

A bela nativa desfaleceu nos braços do corajoso guerreiro, que a amparou e a levou de volta à aldeia.

Caminhando pela trilha que conduzia à aldeia, Moacir apareceu trazendo Tainá nos braços. Enquanto as crianças se divertiam e comentavam: "Parece o bravo guerreiro Moacir!", os adultos se prostravam no chão, acreditando que seu espírito tinha retornado à floresta. Muitos sussurravam: "Aquele que havia desaparecido ressurgi como uma divindade."

Sentado no banco da onça, Rudá observou Moacir se aproximando e murmurou:

— Eu estava aguardando por você, meu genro. Por que demorou tanto, se seu espírito é aliado da floresta?

Enquanto Tainá dormia em seus braços, Moacir, o guerreiro, revelou:

— Minha alma, mestre Rudá, estava aprisionada por correntes tecidas pelos espíritos que habitam e subjugam os homens na mata. Homens cruéis se encontram por toda parte na floresta.

— E como conseguiu se libertar? — questionou o pajé.

— Os olhos do rio e as lágrimas de Tainá me libertaram. As lágrimas de Tainá libertaram a alma de Moacir — proclamou o guerreiro.

Tainá finalmente despertou e, ao abraçar Moacir, o envolveu por completo e o apertava por todo o corpo para confirmar que era seu guerreiro de volta.

Kauane e Anaí ficaram paralisadas ao ver o pai, antes de abraçá-lo. Já estavam conformadas com sua ausência após alguns anos.

Moacir retirou um diamante preso em suas vestes e entregou-o a Tainá para guardar. Ela se surpreendeu com aqueles grandes olhos castanhos na pedra, havia a figura de uma pequena lágrima que se dirigia a um rio e no cerne da lágrima repousava o rio Auaris, no qual Tainá chorou por meses.

— Tainá deixou um exemplo de paciência e esperança para toda a aldeia — disse Rudá.

— Este diamante deve pertencer a Moacir, Tainá — anunciou Aruna, que acabava de chegar.

— Porque, Aruna, são os meus olhos neste diamante, não são?

— Não, Tainá, as lágrimas são suas, mas os olhos. Os olhos são do rio; residem na pedra de diamante. Enquanto Moacir carregar esta pedra consigo, nada de mal lhe sucederá. Os olhos do rio irão protegê-lo.

Assim sendo, Tainá confeccionou um colar com o diamante e o colocou em volta do pescoço de Moacir.

Pouco tempo depois, Moacir foi visitar Hannah, que se recuperava na oca do pajé.

— Eu sempre soube que você retornaria, acaba de tirar um peso dos meus ombros. Peço perdão por não ter conseguido te proteger.

— Não se preocupe, Hannah, você é como um filho para mim. Salvou Kauane duas vezes, quando era apenas uma criança das mãos de Aritana e depois das mãos da bruxa.

— E você me salvou das mãos de Aritana, Moacir.

— Você era tão pequeno e tão corajoso — disse Moacir.

— Eu também lhe tenho como um pai — disse Hannah. E os dois apertaram as mãos.

Hannah ainda se recuperava da batalha contra Inaiê. Preocupado com a segurança de Auaris, Moacir permaneceu apenas uma noite na aldeia e, para desgosto de Tainá, tomou para si um novo tacape e foi se unir a Xamã na defesa de seu povo.

Ao avistar Moacir durante um de seus voos pela floresta de Auaris, Merlina espalhou a notícia pelos montes, que logo chegou até Inaiê. Furiosa com o fracasso de seu plano, a bruxa lançou uma maldição adicional sobre a floresta e envenenou a mente do Querubim do Agro, que ordenou a dispersão de roupas contaminadas com o vírus da varíola por meio de aeronaves. Muitos habitantes da terra-floresta desafiaram a proibição do pajé e de Kauane de usarem as roupas, resultando em uma contaminação fatal. Ao testemunhar o sofrimento do povo e o desespero de muitas mães pela má sorte de seus filhos, Hannah derramou lágrimas. E toda a floresta chorou com ele.

Todavia, naquele momento, não era apenas Hannah e Xamã envolvidos na batalha, pois Moacir também lutava contra os invasores. Contudo, como uma praga de gafanhotos invadindo uma plantação, os garimpeiros e madeireiros se espalhavam pela floresta em todos os sentidos. Inaiê sentia-se feliz, havia cessado as discussões com Merlina, que costumava cantar. Valeska e Herman desfrutavam de dias tranquilos ao lado da feiticeira, que exibia um sorriso radiante, assim como Andira, cujo sorriso resplandecia sob a luz do sol.

# XLVII

# O REFÚGIO DO FARAÓ

Baltazar estava extremamente zangado depois da fuga de Moacir. Com a mente perturbada, decidiu ordenar a execução de alguns nativos e seringueiros doentes que estavam sob escravidão, com a permissão do Faraó. Em seguida, convocou todos os homens para atacar a floresta de Auaris. Damião convocou Darci, Miguel e Diego para uma reunião a fim de discutir a situação.

— Vamos permitir que Baltazar avance e entre em confronto com os guerreiros de Auaris, especialmente com Hannah. Vamos seguir até o esconderijo da feiticeira e, a partir dali, acompanharemos até o momento em que Inaiê colocar um fim na vida de Hannah, contando com a nossa colaboração.

De forma furtiva, Darci dirigiu-se ao acampamento e apanhou o seu rádio de pilhas, colocando-o sob o braço após conferir a munição. Dentro do rádio, ele guardava algumas "balas de prata". Enquanto isso, Damião, Diego e Miguel zombavam dessa mania de Darci.

— Um rádio de pilhas que mal funciona. Na selva, não capta ondas sonoras — gracejavam entre gargalhadas.

Darci fingiu não se importar e caminhou em direção aos seus companheiros. Ele sorriu para Damião e recordou-se de Daniela. "Eliminar Damião seria o melhor", pensou, de maneira impiedosa. Os quatro homens embarcaram em uma canoa e rumaram em direção ao monte da bruxa, remando nas turbulentas águas do Uraricoera e Auaris.

Durante esse período, na comunidade, o xamã Rudá abençoou todos os combatentes em um ritual com chá de ayahuasca e a fumaça de seu cachimbo. Ele designou alguns para proteger as margens do rio Auaris e outros para auxiliar Hannah. Permaneceram ao seu lado Aruna, a anciã indígena dos Mawiishas, Tainá e suas filhas, Kauane e Anaí.

O experiente Rudá, depois de alguns chás, voou como um gavião, pairando no ar sobre toda a extensão da floresta. Ele testemunhou conflitos por todos os cantos, sem identificar vencedores, apenas avistando a figura machucada de Hannah. No entanto, ele notou a presença de um homem que não se parecia com um indígena nem com um homem branco, retirando todo o ouro ao alcance de Inaiê. Enquanto isso, Aruna, como uma águia, discerniu apenas um breve momento de trégua nas terras de Auaris. Ela pedia por calma e incentivava a todos a depositarem sua confiança no Deus Wanadi.

Merlina passava dias em silêncio, ora pousada nos ramos das árvores, ora apoiada no ombro de Inaiê, que entoava melodias alegres. Por outro lado, Valeska, não tendo muito o que fazer naquele lugar, estava concentrada na caça de javalis e veados, ao lado de Herman. Eles pareciam dois indivíduos selvagens, com os seus longos e desgrenhados cabelos caindo sobre os ombros, por vezes cobrindo seus rostos. A longa barba grisalha de Herman descia até o peito e lhe dava uma aparência selvagem e descuidada. Ele não era exatamente um mendigo por necessidade, mas alguém que optara por um estilo de vida assim. Valeska não parecia ser uma mendiga; era mais como uma mulher selvagem que observava cautelosamente por entre as árvores como se temesse as pessoas.

Assim como Valeska, Auaris era atormentado pelo medo da feiticeira e agora receava os seres humanos. Indivíduos que aprisionam, ferem, maltratam e matam. Baltazar adentrou na floresta de Auaris disfarçado, acompanhado por seus homens, depois de posicionar a maioria dos garimpeiros às margens dos rios para confrontar Hannah, Moacir e Xamã. Enquanto isso, Damião e seus jagunços navegaram em direção ao morro da feiticeira, ocultaram sua canoa e adentraram a floresta em direção ao morro e à morada de Inaiê. No percurso, foram surpreendidos por um vento e uma força que os arremessaram morro abaixo, prendendo-os entre as árvores. Uma risada estridente ecoou. Era Andira, que testava suas habilidades e controle. De aprendiz de feiticeira, ela se tornou uma jovem bruxa em evolução. Inaiê estava mais poderosa e já não estava sozinha. "Se o poder de uma bruxa adolescente é assim tão forte, imagine o de Inaiê", pensavam eles.

O rádio de pilha de Darci despencou ladeira abaixo no exato momento em que ele foi arremessado por Andira, que prontamente desceu as encostas para recuperá-lo.

— O medo e a coragem são companheiros de caminho, porém o equilíbrio e a vontade guiam para o destino. — Foi com essas palavras que Darci se deparou ao pôr do sol. Olhou ao redor e divisou o corvo Merlina, que o espreitava de perto, pousado em um ramo de árvore.

Darci recolheu seu rádio de pilha e retornou subindo a encosta. No percurso, deparou-se com uma idosa indígena de pé, apoiada em um galho como se fosse numa bengala. Era Aruna, observando-o. Em seguida, avistou uma águia e um corvo voando; um pouco confuso, Darci seguiu em direção a Damião, Miguel e Diego, com a voz ressoando em sua mente: "o medo e a coragem estão juntos na jornada, mas o equilíbrio e a determinação conduzem ao destino".

Merlina voltou a cantar com a chegada de Darci, ao lado de Faraó e seus aliados.

— Por que estão aqui, covardes? Não deveriam estar apoiando Baltazar na luta contra Hannah? — Inaiê mostrava seu mau humor e, ao ver Damião, percebeu nele algo estratégico.

— Viemos para apoiá-la nesta batalha, rainha da floresta — afirmou Damião, submisso.

Os dentes de Inaiê brilharam e sua expressão facial agora calma transmitiu alívio a Damião e seus homens.

# XLVIII

# BALTAZAR ENCONTRA SEU ALGOZ

Exausto, Hannah se sentou às margens do Auaris ao lado de Moacir. Enquanto protegia a floresta e expulsava os invasores com sua força, garantia a segurança de Xamã e Moacir, que lutavam em defesa da sua gente.

— Caso eu venha a cair neste lugar lutando, por favor, transmita a Tainá que não foi por desprezo ou indiferença aos nossos propósitos, mas sim por amor pela nossa comunidade e família. Prometi a ela abandonar a guerra ao passar meu tacape para Xamã, contudo não posso ignorar a ameaça iminente que paira sobre nosso povo. Diga a Tainá e às minhas filhas que as amo.

— Sim, posso dizer isso, mas não se preocupe, não terá de enfrentar a morte em combate, confie em mim — afirmou Hannah.

Moacir decidiu confiar. Gradualmente, a batalha entre eles adentrava na floresta. O plano de Baltazar era levá-los às proximidades do monte da bruxa, onde Faraó e seus homens estavam posicionados.

Baltazar nunca tinha ouvido falar em Inaiê, mas alguns rumores haviam chegado até ele, indicando a existência de uma feiticeira maligna que odiava a floresta e vivia no monte conhecido como monte da bruxa, próximo ao Vale Assombrado das Estacas. Do outro lado do monte, junto ao sopé do morro, um rio corria por uma passagem estreita, entre pedras e com forte correnteza, no fundo de um perigoso penhasco.

Baltazar não era do tipo que acreditasse em bruxas com poderes sobrenaturais capazes de voar e desafiar a morte, mas ele acreditava em feiticeiras. Para ele, Inaiê só poderia ser uma delas na floresta, possuindo poderes malévolos, o que o deixava animado e predisposto.

Xamã e Moacir, com suas armas de fogo precárias e já sem munições, enfrentavam os invasores utilizando táticas como saltar das árvores ou disparar flechas. No entanto, precisavam escapar a cada ataque devido às armas de fogo dos inimigos. Enquanto isso, Hannah desafiava o perigo com sua habilidade incrível de mudar de posição rapidamente, sumindo diante dos olhos dos inimigos. Isso deixava os soldados de Baltazar perplexos ao atirarem sem encontrar mais sua presa no local. Esse cenário causava pânico em muitos soldados, levando-os a fugir desesperadamente cruzando o rio. Mesmo assim, em grande número, eles continuavam avançando rumo ao morro da bruxa, hipnotizados e guiados pela força de Inaiê.

Quando a batalha se aproximava da morada de Inaiê, Damião e os seus homens seguiram em direção a Baltazar para oferecer ajuda sob o comando da feiticeira. Baltazar e seus aliados já haviam eliminados muitos nativos, até que Moacir os enfrentou e abateu vários com seu arco e clava. Ferido, Moacir fugiu em direção ao Vale Assombrado das Estacas, seguido de perto por Baltazar. Ao chegar ao local do vale, Moacir parou e observou o abismo à sua frente, avistando apenas galhos secos transformados em estacas afiadas. Era um caminho difícil e perigoso a se atravessar. Contornar o monte levaria horas ou até dias, apesar disso, Moacir superou seu medo de altura e começou a cruzar o tronco de árvore apoiado em uma corda esticada para se equilibrar, conhecida como falsa baiana. No meio da travessia, Baltazar se aproximou de Moacir. Com apenas um estreito corredor como passagem e o precipício ao redor com as estacas lá embaixo, a situação era crítica.

— Fugir não foi a melhor decisão, Moacir. O seu fim será terrível, exatamente como eu planejei para eliminar você.

Moacir parou e encarou Baltazar, que portava um punhal nas mãos.

— O homem branco pode tirar a vida de Moacir, devastar a floresta, mas nosso povo sempre renascerá da terra, em algum lugar.

— Após sua fuga, Moacir, meus escravos se insurgiram e muitos escaparam pela mata, enquanto outros sucumbiram diante do meu poder. Você é culpado por toda a insubordinação dos meus prisioneiros.

HANNAH E OS VAMPIROS DA FLORESTA

Baltazar agarrou a corda de estabilidade que Moacir segurava e a cortou bruscamente. Com isso, Moacir perdeu o equilíbrio e ficou pendurado naquele tronco de árvore. O guerreiro tinha uma perna ferida por um disparo de arma de fogo. O capataz ao serviço de Damião mirou seu revólver em direção a um dos braços de Moacir e disparou, causando um ferimento no ombro. Em seguida, recarregou a arma e apontou para o outro braço.

Um disparo atingiu o peito de Baltazar, fazendo com que ele caísse próximo à borda do vale e rolasse por trinta metros até ser perfurado por uma estaca no abdômen. Nos momentos finais de agonia, ainda conseguiu vislumbrar Darci com um revólver em punho, apontado para ele. Confuso e sem compreender a situação, dirigiu o olhar para Moacir e depois para Darci e, em um último suspiro, resignou-se ao destino cruel dos malfeitores.

Moacir se arrastou com dificuldade, agarrado no tronco, e conseguiu atravessar o assombrado vale, sozinho. Darci observava Moacir sentado no chão, ferido, mas não esboçou qualquer sorriso ou proferiu palavra alguma. A mesma intuição que o guiara até o Vale o levou ao pico do monte de Inaiê. Enquanto isso, Moacir foi deixado para trás, recebendo cuidados de Merlina e Samir, que sempre levavam para ele algumas bananas e outras frutas sem que Inaiê percebesse.

Horas mais tarde, Damião chegou acompanhado de Miguel e Diego próximo ao vale após esperar por Baltazar do outro lado da montanha, sem sucesso.

— Baltazar se foi — informou Faraó a seus homens, ao perceber os abutres sobrevoando o local e Baltazar empalado em uma estaca no fundo do Vale. Muitos dos seguidores de Baltazar que chegaram até lá e viram seu líder morto com o corpo atravessado por uma estaca fugiram apavorados.

Darci apareceu em seguida, com seu rádio de pilha, passando despercebido sem levantar qualquer suspeita.

— Se não resgatarmos aquele sujeito dali, acabará virando comida para os abutres — alertou Darci para Damião.

— Um dos bravos de Auaris conseguiu eliminar Baltazar. Não vale a pena arriscar, Darci, pode ser perigoso tirar meu capataz desse lugar sombrio. Vamos deixar as aves de rapina se alimentarem. Vamos voltar e acompanhar Inaiê — disse Faraó.

Faraó havia perdido sua "mão direita", seu "general", e sabia que parte significativa de seu poder na floresta tinha sido arruinada com a trágica morte de Baltazar. A maioria dos homens de Baltazar havia fugido, apavorados e confusos, ao verem visões com o semblante de Baltazar no Vale Assombrado. Para Damião, lutar ao lado de Inaiê era agora sua única alternativa.

# XLIX

# CARANDIRUS

A morada da bruxa estava envolta pela fumaça do tabaco. Inaiê convidou Herman, Valeska e Andira, sua filha, para uma reunião com chá de ayahuasca, rapé e charuto; todos eles furtados da aldeia.

— O que estão celebrando? — perguntou Damião ao adentrar no recanto da bruxa.

— A morte — disse a bruxa.

Enquanto Inaiê seguia tranquila fumando seu charuto, Damião, incomodado, retirava-se com seu grupo.

— Qual é o problema, Faraó? Tem algo contra a morte?

A bruxa continuou a fumar seu charuto, sem sequer olhar para Damião.

— Hoje perdi um dos meus melhores homens, talvez o melhor — lamentou Damião, tirando o chapéu e dirigindo-se a Inaiê.

— Você não tem ideia do poder que a morte nos dá — disse a bruxa, soltando uma gargalhada. Então continuou: — Baltazar teve o mesmo fim que eu. Agora ele é um espírito malvado, sua carne servirá de alimento para os abutres. Em breve estará conosco contribuindo para a destruição desta terra-floresta, do povo de Tainá. Detesto a beleza de Tainá.

A feiticeira se encheu de fúria ao recordar da formosura de Tainá, soltando um grito que se transformou em um vento forte, desgalhando algumas árvores até atingir Xamã, que acabara de expulsar alguns homens de Baltazar.]

— Hannah, tempestuoso guerreiro da mata — exclamou Xamã, entusiasmado. — Precisamos nos preparar para a ira da feiticeira.

— Eu compreendo, guerreiro Xamã. A hora da feiticeira está próxima. Ela deve estar tramando a destruição de todos nós. Lutarei até o fim, seja qual for o termo.

Hannah pensou em Kauane e lembrou das palavras de Aruna: "Só estarão unidos quando seu nome for Uriah, o guerreiro da luz". Em seguida, com uma dispersão de energias autênticas, Hannah restaurou os danos causados por Inaiê às árvores, devolvendo rapidamente a exuberância à floresta.

Contudo, ao notar a restauração da floresta, Inaiê ficou zangada e proibiu Merlina de cantar, Valeska de caçar e convocou Damião e seus homens, Darci, Diego e Miguel, para uma conferência urgente.

— Dei todas as oportunidades para Hannah se redimir e abandonar essa ideia de transformar este lugar em um paraíso. Eu odeio paraísos.

— O que nossa rainha pretende fazer, Inaiê? — perguntou Damião.

— Eliminem Xamã e Moacir e deixem Hannah aos meus cuidados. Espero que seus homens tenham competência para não serem derrotados também. Se forem eficazes, terão minha lealdade eterna.

— Pessoalmente, só quero o ouro; que a floresta desapareça — afirmou Diego, satisfazendo Inaiê.

Miguel permanecia em silêncio diante da feiticeira.

— E você, Miguel, o que tem a dizer? — perguntou Inaiê, fitando-o nos olhos.

— A senhora também pretende destruir os rios, dona Inaiê? — perguntou Miguel, com serenidade e apreensão na voz.

— Tudo aqui vai desaparecer, inclusive você, se não me for leal.

— Eu só quero o ouro, mais nada. A floresta não me importa — acrescentou ele.

Neste momento, a bruxa virou-se para Darci, com um olhar e expressão perscrutadores. Darci estava agachado, fingindo acariciar Merlina no chão.

— Estou aguardando sua resposta, Darci.

— Não estou aqui na condição de um ativista da floresta, senhora bruxa. Tal como os meus parceiros, vim para este local com um propósito. Não sairei de mãos vazias.

Inaiê ficou surpresa com os argumentos de Darci.

— O que esse saqueador está falando, Valeska? Você estava representando aquele papel absurdo de ativista?

Valeska, irritada com a feiticeira, deu-lhe uma resposta curta, contundente e ambígua.

— Exatamente como você, ele não está aqui para defender a causa da floresta, ele está aqui por interesses próprios, Inaiê.

Mesmo confusa, Inaiê ficou satisfeita com a resposta de Valeska e convidou Damião e seus homens para atacarem os guardiões da floresta.

— Vamos surpreendê-los à meia-noite!

Enquanto isso, Moacir, ferido e camuflado, observava a conversa entre Inaiê, Faraó e seus companheiros. Ele reconheceu o homem que o havia salvado por duas vezes entre eles. Mesmo confuso, Moacir dirigiu-se a Hannah, preocupado com a segurança de seus amigos.

— A meia-noite está chegando e a bruxa vai nos atacar — alertou Moacir, chamando a atenção de Hannah e seu cunhado.

Moacir não quis abandonar seus amigos e retornar à aldeia, com isso, o pajé foi informado de seus ferimentos. Delirando de febre, Moacir sentiu as ervas sendo aplicadas em seu corpo. O calafrio diminuiu e logo ele sentiu o calor de outro corpo. Agitado, foi tranquilizado por palavras sussurradas por Tainá.

— Estou aqui, Moacir, meu distinto guerreiro, você vai melhorar.

Ele se recuperou e dormiu por um dia inteiro. Ao despertar, estava completamente curado. Procurou por Tainá, mas, como num sonho, ela não estava mais presente.

Por aqueles dias, Inaiê não apareceu para o ataque à meia-noite.

Entretanto, em uma noite inesperada, Xamã foi atingido no peito por um projétil enquanto dormia. O irmão de Tainá estava exausto após expulsar invasores da floresta ao longo do dia. Logo depois, uma flecha atravessou o tórax de Diego enquanto ele tentava escapar. Ao ouvir o som de um disparo e avistar Xamã ferido, Moacir perseguiu Diego até o rio. O capanga de Damião se jogou na água, ferido, e sumiu nas profundezas do rio Auaris, sendo devorado pelos carandirus, os temidos "peixes vampiros" das águas amazônicas, resignando-se ao destino cruel dos perversos.

Ao notar a morte de Diego e a fúria de Hannah, Miguel partiu em uma canoa pelos rios Auaris e Uraricoera, deixando para trás o Faraó e a bruxa. Enquanto isso, Damião e Darci optaram por fugir de volta para o morro de Inaiê.

Faraó, confuso, encarou Darci, ao lado dele estava Merlina, em completo silêncio. Merlina repousava sobre o rádio como se estivesse guardando algo importante.

— Diego acertou Xamã no peito, mas nós o perdemos, morto por Moacir — relatou Damião à feiticeira.

— Ah, como eu adoro isso — exclamou a bruxa, visivelmente irritada.

— Como assim? — questionou Damião, intrigado e insatisfeito.

— Todos perecerão — anunciou a bruxa antes de se retirar para seu mágico aposento.

Damião percebeu que estava sendo ludibriado por Inaiê.

— Você viu isso, Darci? Ela simplesmente me ignorou. Nem se importou com a morte de nosso amigo, Diego.

— E quem irá se importar conosco, Damião?

— Daniela — com orgulho, Damião respondeu.

Darci, distraído, observou:

— Eu não sei se Daniela se importa comigo.

— Você é amigo dela, não é? Com certeza ela também deve se importar contigo. — lembrou Damião.

Darci ficou encabulado com as palavras de Damião. Como decidir o destino de alguém que de repente demonstra bondade para consigo? Diante disso, Darci se viu em um dilema: "Diacho! Eu só elimino pessoas más e inimigos".

Inaiê retornou com Valeska.

— Damião, conte a ela o que seu capanga Diego fez com Xamã — disse Inaiê.

— O que aconteceu com ele? — perguntou Valeska, visivelmente aflita.

— Ele está morto, com uma "bala" cravada no coração — ousou dizer Damião, o Faraó.

Valeska, tomada pelo desespero, começou a gritar de forma incessante e furiosa. Recebeu alguns tapas no rosto desferido pela bruxa e fugiu correndo morro abaixo, arrancando pedaços de seus cabelos com as próprias mãos. Despida de suas roupas, adentrou na selva clamando pelo nome Xamã, numa tentativa desesperada de trazê-lo de volta para seus braços. Contudo, Xamã não se fez presente, levando Valeska a desabar em prantos às margens do rio, na esperança de que, talvez, assim como ocorreu com Tainá, suas lágrimas pudessem ressuscitá-lo.

Inaiê, perturbada com o delírio de Valeska, permitiu que ela chegasse até as margens do rio, mas proibiu veementemente sua tentativa de atravessá-lo a nado, lançando uma maldição sobre as águas. Merlina, percebendo a gravidade da situação, passou a monitorar Valeska de perto, evitando que ela se afogasse.

# L

# A HORA DA BRUXA

No alto da colina, Inaiê observou ao redor, sem sentir mais prazer na companhia dos humanos. Baltazar e alguns de seus homens estavam sem vida, os demais haviam fugido. Damião estava sozinho, com exceção de Darci, que nunca se importara com seus planos. Valeska vagueava perdida pela floresta, chorando à beira do rio. Mesmo Merlina, sua leal escudeira, não parecia se importar em estar a seu lado. A feiticeira chamou sua filha, Andira e, do topo do monte, proclamou:

— Chegou a hora da bruxa, minha filha.

— Estarei sempre ao seu lado, mamãe.

— Vá chamar aqueles dois patetas, tenho uma mensagem para eles.

Andira retornou com o Faraó e Darci, que carregava seu rádio de pilha.

— Antes de mais nada, entregue-me o rádio, Darci. A hora da feiticeira chegou e o jogo acabou.

Darci tentou resistir, porém a firmeza e a determinação de Inaiê o enfraqueceram, FFlogo o rádio estava nas mãos da feiticeira.

— Prestem muita atenção em mim — disse a bruxa, fazendo um gesto apontando para eles e depois para si mesma. — Eu cuidarei do guardião da floresta, darei fim a ele e vocês lidarão com Moacir. Se completarem essa missão com sucesso, todo o ouro dos rios e encostas será de vocês. Depois, removam todas as árvores deste lugar. Assim que terminarem o trabalho, partam, pois, este local se tornará um deserto. Os rios irão secar e a terra se tornará pura areia. — A bruxa soltou uma risada interminável. — Ninguém suportará o calor do sol no planeta Areia. — E voltou a gargalhar.

Em seguida, Inaiê ficou com expressão séria e pensativa.

— Ah, Tainá — murmurou a bruxa em voz alta. — Primeiro farei você sofrer com a morte de Moacir, então matarei todas as suas filhas, deixando Kauane por último. Aqueles dois velhos, Rudá e Aruna, já estão quase mortos de qualquer forma, um sopro será suficiente. Mas você, Tainá, eu farei você sofrer.

Aproximando de uma árvore centenária, a bruxa a sacudiu com fúria até derrubá-la usando suas mãos. Merlina voou a tempo e escapou por pouco de ser atingida por um dos galhos.

Do outro lado da colina da bruxa, Hannah e Moacir aguardavam com grande expectativa a chegada da feiticeira.

— Moacir, meu arquétipo guerreiro, quando Inaiê vier me procurar, se algo sair errado, fuja com nosso povo para um novo lar e recomecem, como já fizemos no passado. Dos perigosos, só resta um homem chamado Faraó; vença-o enquanto enfrento a bruxa e então parta com nosso povo. Entre eles está Darci, um homem branco que te salvou duas vezes; não lhe faça mal.

Moacir ouviu em silêncio, abraçou Hannah e disse:

— Você é como um filho para mim.

Ao romper da aurora, Inaiê partiu do alto do morro em direção a Hannah, deixando instruções específicas: em primeiro lugar, pediu a Darci e a Faraó que resolvessem a situação envolvendo Moacir; em seguida, solicitou a Herman que zelasse por seu monte durante sua ausência: por fim, instruiu Andira:

— Filha, caso algo aconteça com sua velha mãe, fuja para o outro lado do Monte Parima, na Venezuela. Retorne somente quando estiver pronta e repleta de energias negras e poderosas.

Dessa forma, a feiticeira se encontrou com Hannah próximo ao Vale Assobrado das Estacas, enquanto o Faraó foi ao encontro do guerreiro Moacir e incumbiu Darci de armar uma emboscada para ele.

— Chegou o momento, Hannah. Estou prestes a assumir o comando da floresta. Sugiro que se retire ou serei forçada a agir contra você — comunicou a feiticeira.

— Eu já aguardava por você, Inaiê. Sabe que não tenho escolha. Meu lugar é aqui, ao lado do meu povo e da terra-floresta.

— Insiste em encarar o sacrifício? Ainda há uma pequena oportunidade de salvar sua vida.

A bruxa blefava, consciente de que a vitória era incerta para ambos. Nunca haviam realmente testado seus poderes até o limite.

— Inaiê, nenhum de nós pode escapar do que está predestinado. Se é assim que deve ser, que assim seja, que o nosso flagelo seja breve.

Do meio das árvores emergiram os dois, trocando olhares carregados de intensidade, em uma disputa silenciosa pelo controle apenas pelo contato visual. Os olhos de Inaiê brilhavam como chamas ardentes, enquanto os de Hannah emanavam uma luz radiante, tal qual o sol.

Iara, Brenda e Thor, ao perceberem a intenção da bruxa, investiram contra Inaiê, sendo violentamente repelidos de volta às árvores, feridos e encurralados.

Hannah e Inaiê se envolveram numa batalha épica que perdurou até alcançarem o Vale das Estacas. Enquanto isso, com seu pensamento hábil, Moacir outrora perseguido, transformou-se em caçador ao acertar Faraó com flechas no ombro e na perna, após enfrentar perigo iminente. Damião, desprovido da proteção de Darci, escapou em uma frágil canoa indígena, descendo o rio Auaris. Horas mais tarde, Darci emergiu com seu rádio de pilhas, após Merlina desvendar o esconderijo onde a bruxa o mantivera refém.

Após a fuga de Damião, Darci decidiu acertar as contas com Inaiê. Para isso, abriu o rádio de pilha e retirou dele seu revólver carregado com munições de prata. Desconfiado das intenções de Inaiê, dirigiu-se ao Vale Assobrado das Estacas e lá encontrou Hannah e Inaiê lutando ferozmente em cima da tora de madeira, sobre o vale, local onde inflama o feitiço da bruxa. Inaiê estava estrangulando Hannah, ameaçando jogá-lo no fundo do vale sobre as estacas, momento em que Darci acertou suas costas com uma bala de prata. Sentindo o impacto, Inaiê virou-se e avistou Darci com a arma apontada para ela. Ela voou na direção de Darci e foi atingida por mais um tiro no peito, caindo ao seu lado. A bruxa ainda tentou agarrar os pés de Darci para jogá-lo no vale, mas acabou perdendo suas forças.

Darci olhou para Hannah ao seu lado e ficou imóvel, sendo envolvido pela energia que emanava dele. Quando Hannah o tocou, ele recuperou a consciência.

— Por ventura você tinha a bala de prata? — perguntou Hannah, admirado.

— Sim, eu tinha, guerreiro da floresta — respondeu, também entusiasmado.

Ao contemplar o guardião, ouviu suas palavras:

— A prata enfraquecerá a bruxa por sete dias. Devemos cavar uma cova bem funda no topo do morro, em direção à garganta profunda do rio Auaris, onde as pedras se encontram e, enterrar Inaiê lá, para que seu poder de regeneração seja aniquilado pela terra.

Assim, com a chegada de Moacir, eles levaram a bruxa até o cume do morro, em direção ao rio e a enterraram ainda viva, pois as bruxas nunca morrem, deixando-a ser aniquilada pela terra na cova profunda. Mesmo com a terra rachando ao redor da cova de Inaiê, ela não conseguiu escapar, enquanto sua filha Andira partiu para além do morro, jurando vingança. Andira seguiu rumo às terras venezuelanas conforme os desejos de Inaiê, deixando para trás Merlina, que estava temerosa de ser abandonada.

Hannah resolveu adotar Merlina; no entanto, seu medo das onças era tamanho que o corvo passava a maior parte do tempo no topo das árvores, observando a vida na floresta e alertando sobre atividades suspeitas nas margens do rio Auaris.

Tainá, acompanhada de suas filhas, Anaí e Kauane, decidiu ir em busca de Valeska e Herman ao saber que a bruxa estava sepultada. Apesar de preferirem a vida na selva, eles resolveram voltar quando souberam que Xamã se encontrava ferido na aldeia após ser salvo pelo pajé e Aruna, com seus conhecimentos medicinais e rituais sagrados. A persuasão de Tainá fez com que Herman também retornasse, trazendo alegria para Anaí, que sonhava em visitar a Europa.

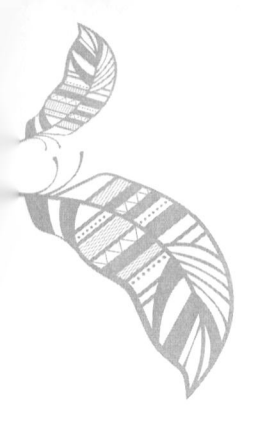

# LI

# URIAH E HANNA

De maneira irreconhecível, apenas com uma tanga e seus longos cabelos emaranhados, Valeska chorou nos braços de Xamã, que já se recuperava na aldeia ao lado de seu pai, Rudá. Desde então, ela permaneceu na aldeia e na floresta, vivendo ao lado de Xamã, compartilhando a mesma oca e desempenhando o papel de guardiã da floresta. Enquanto isso, Herman retornou à Europa com Anaí, condição fornecida pela jovem indígena para que pudessem viver juntos. Entretanto, Tainá ficou chorando pela ausência da filha e se alegrando ao lado de Moacir.

Ao presenciar Hannah abraçando Kauane, Aruna o chamou de Uriah. Dessa forma, ao final da última batalha com Inaiê, ele havia deixado para trás a identidade com o nome Hannah, a transferindo para Kauane como Hanna, e assumindo uma personalidade puramente masculina e guerreira, tornando-se Uriah, o guerreiro da luz, finalmente recebendo Kauane como sua noiva. Ao se casar com Hanna (antes Kauane), Uriah passou a representar com ela o reino da floresta.

Debilitada, Aruna foi levada para sua oca e de lá não mais saiu. Ela contraiu pneumonia, teve febre alta e tremores intensos. Poucos dias depois, uma águia foi avistada deixando a oca em direção ao Monte Parima. Voando majestosamente e de maneira suave em direção ao monte, a águia sobrevoou a aldeia, entoando seu canto característico: croac, croac, croac. A oca de Aruna ficou vazia, abandonada, sem nunca mais ser habitada. A antiga anciã dos Mawiishas, antes conhecidos como canibais, jamais foi vista em Auaris novamente. A única aparição era da bela águia, que se renovava no topo do monte, fortalecendo seu bico, garras e asas, voando incansavelmente por muitos e muitos anos.

O pajé, ao saber da bravura de Darci, que salvou seu povo com uma "bala de prata", mandou chamá-lo. Todo ouro recuperado dos garimpeiros foi ofertado a Darci em agradecimento por sua generosidade para com o povo indígena. Embora tenha recusado participar dos rituais do pajé, Darci tornou-se amigo de Moacir. Sua devoção e respeito eram tão profundos que Darci prometeu protegê-lo de todos os inimigos que pudessem surgir. Com seu rádio de pilha debaixo do braço e o ouro numa cesta indígena, Darci partiu numa canoa seguindo rumo a Boa Vista.

Damião, surpreso, apoiado em uma muleta, avistou Darci na entrada do cabaré, se aproximando.

— Você está vivo?! — perguntou ele, admirado.

— Da mesma forma que você — respondeu Darci, indiferente.

Daniela logo apareceu para se juntar a Darci na entrada da boate e o abraçou, despertando ciúmes em Damião.

— Você chegou na hora certa, Darci. Onde esteve? — questionou ela.

— Na hora certa para o quê, Daniela? — perguntou Darci.

— Faraó não te contou? Miguel e Luana vão se casar.

— Então a festa é por minha conta — afirmou Darci, deixando Daniela e Damião surpresos.

Darci havia vendido todo o ouro e depositado o dinheiro no Banco do Brasil. Ele estava milionário.

— E a bruxa, o que aconteceu com ela? — questionou Damião em segredo para Darci.

— Ela está morta e enterrada.

Surpreso, Damião perguntou:

— Hannah a matou?

— Não, eu a matei — revelou Darci. Diante da confusão de Damião, Darci explicou: — Eu a matei com uma "bala de prata".

Melissa, que escutava a conversa, perguntou curiosa:

— Quem foi a vítima dessa "bala de prata", Darci?

— Curiosidade também mata, e não necessita de uma "bala de prata", Melissa.

Constrangida e sem entender nada, Melissa ficou desorientada enquanto Darci se retirava.

Presumindo que Darci tinha conquistado riqueza, Daniela selecionava a música na boate "Entre o Mar e o Sertão" em homenagem a Darci e à sua origem, se aproximando cada vez mais dele e despertando ciúmes em Damião.

Poucos dias depois, Faraó arquitetou um plano contra Darci, revelando ao deputado Querubim sobre a morte de Inaiê. Desapontado com os prejuízos financeiros na floresta, o deputado acionou a polícia para investigar o caso.

Durante a cerimônia de casamento de Miguel e Luana, na qual Darci e Daniela eram padrinhos, a polícia invadiu o cabaré. Aproveitando a situação, Damião facilitou a revista no quarto de Darci pelos agentes. Entre os itens apreendidos estavam seu rádio de pilhas, sua arma e as munições de prata. Agora, era imperativo investigar a morte de Inaiê na floresta e desvendar o verdadeiro assassino.

Além disso, o deputado solicitou investigação sobre a morte de Diego e Baltazar. Faraó buscava a prisão de Darci, enquanto o deputado Querubim planejava responsabilizar os indígenas, a fim de facilitar a invasão da floresta.

LII.

# AUARIS É ALVO DE INVESTIGAÇÃO POLICIAL

Uma frota de barcos chegou ao território do povo Ye'kwana. A bordo estavam o deputado Querubim, também conhecido como Arcanjo Negro, um ministro do Governo, alguns assessores, Damião, de codinome Faraó, e os agentes policiais. Enquanto Iara e Samir observavam a estranha chegada dos barcos em Auaris, Merlina reconheceu Damião entre eles e correu para avisar Uriah aos berros. Traumatizada pelos abusos da feiticeira ou preocupada com invasores, Merlina não cantava; o corvo gritava: "Uriah", que permanecia observando aqueles homens brancos que se aproximavam da aldeia nas terras Yanomami.

Um policial se apresentou aos Ye'kwana.

— Somos agentes da polícia, estamos procurando o pajé Rudá.

Enquanto isso, o velho Rudá fumava seu charuto tranquilamente, sentado no banco da onça ao lado de sua oca. A comitiva se aproximou com o Faraó, o ministro e o deputado, logo atrás dos policiais. Os olhos do pajé encontraram os do Faraó, que fingiu não reconhecer Rudá.

— Viemos até aqui para investigar os assassinatos que ocorreram — comunicou o delegado.

— Fiquem à vontade, senhores. Fomos atacados por covardes e precisamos nos proteger — disse Rudá.

— Vocês podem nos guiar até o Vale Assombrado das Estadas e ao Monte da Bruxa Inaiê? — perguntou o delegado.

Uriah, Xamã, Moacir e Merlina conduziram os policiais e toda a equipe até o Vale das Estacas, enfrentando desafios ao longo do caminho, mas sem encontrar qualquer vestígio do corpo de Baltazar. Os abutres já haviam devorado sua carne e carregado seus ossos para além do Monte Parima, os quais desapareceram de forma misteriosa.

Os policiais, descrentes da história da bruxa, decidiram ir ao local onde ela fora enterrada para remover as balas de seu corpo e compará-las com a arma de Darci, a fim de prendê-lo.

Ao escavarem a sepultura de Inaiê, para surpresa de todos, inclusive dos bravos guerreiros de Auaris, não encontraram o corpo. O dia estava chegando ao fim quando, subitamente, na mata, pôde-se ouvir uma risada similar à de Andira. Os homens da comitiva conseguiram vislumbrar, entre as árvores na penumbra, dentes afiados e brilhantes refletindo os últimos raios de sol. Assustados, abandonaram o monte da bruxa e partiram tropeçando pelas encostas, confusos e perplexos.

# AGRADECIMENTOS

A toda a equipe da Editora Appris/Selo Artêra, que recebeu este livro escrito em tempos de incertezas e expectativas com atenção e primor. Em especial, ao agente e consultor Gabriel Lemos, que me acolheu na editora de forma calorosa e prestativa. Ao editor-executivo, Augusto Coelho, pela comunicação gentil, e à minha produtora editorial, Adrielli de Almeida, pela sua paciência e comprometimento, elevando o valor da obra. Aos conferentes e revisores Manu Marquetti e José A. Ramos Junior, cuja revisão cuidadosa e perspicaz enriqueceu os textos, assim como a Mariana Brito e todo o núcleo responsável pela capa, que se empenhou em criar uma imagem ideal que já narrasse a história antes mesmo da leitura da primeira página.

À minha irmã Maria Estela dos Santos, pelas fotos e pela confiança que depositou na minha escrita.

Ao meu amigo Cleber Machado, que acreditou na história desde os primeiros capítulos, servindo como um grande incentivo para o meu trabalho literário.

Em especial à minha amiga Maria Àvila, pela generosidade e companhia ao longo dos anos, muito além das páginas deste livro...

À minha irmã Márcia dos Santos, que cuidou com amor e devoção da nossa mãe antes e durante a edição desta obra.

À minha filha Caroline Rebeca, a mulher mais integra e amável deste mundo.

Agradeço a Deus por ter me permitido concluir este livro, escrito com muito carinho e dedicação e encontrado pessoas especiais que tornaram sua publicação possível.